古典詩歌研究彙刊

第十七輯

龔鵬程　主編

第 10 冊

陸游詞接受史（上）

陳宥伶　著

國家圖書館出版品預行編目資料

陸游詞接受史（上）／陳宥伶 著 -- 初版 -- 新北市：花木蘭文
化出版社，2014〔民 103〕

目 4+160 面：17×24 公分

（古典詩歌研究彙刊 第十七輯：第 10 冊）

ISBN 978-986-404-078-0（精裝）

1.（宋）陸游 2.宋詞 3.詞論

820.91   103027252

ISBN-978-986-404-078-0

9 789864 040780

古典詩歌研究彙刊
第十七輯 第 十 冊   ISBN：978-986-404-078-0

陸游詞接受史（上）

作　　者	陳宥伶
主　　編	龔鵬程
總 編 輯	杜潔祥
副總編輯	楊嘉樂
編　　輯	許郁翎
出　　版	花木蘭文化出版社
社　　長	高小娟
聯絡地址	235 新北市中和區中安街七二號十三樓
	電話：02-2923-1455／傳眞：02-2923-1452
網　　址	http://www.huamulan.tw 信箱 hml 810518@gmail.com
印　　刷	普羅文化出版廣告事業
初　　版	2015 年 3 月
定　　價	第十七輯 14 冊（精裝）台幣 22,000 元

陸游詞接受史(上)

陳宥伶 著

作者簡介

陳宥伶，1985 年生，臺灣臺南人。國立臺南大學國語文學系學士，國立成功大學中國文學研究所文學碩士，現任教於小學。研究方向為詞學、魏晉南北朝文學等。學術著作有：《陸游詞接受史》（碩士論文）、〈從《世說新語》看魏晉士人的癖好〉（《有鳳初鳴年刊》第 6 期）等。

提　　要

　　接受美學理論源自 1960 年代末、1970 年代初的聯邦德國，以漢斯・羅伯特・姚斯（Hans Robert Jauss）與沃爾夫岡・伊瑟爾（Walfangg Iser）二人為主要理論家，他們各自提出「期待視野」與文本間的「空白」等觀點，一改過去以作家、文本為主的傳統，將讀者置於焦點中心，主要探討讀者對文本的閱覽、詮釋、吸收再創作的接受過程。詞體於中國文學史上，扮演著承先啟後的重要角色，以詞作為接受主體，進而建構出一部接受史，實屬必要。陸游屬南宋大家，詩、文、詞兼擅，其中詞作更與詩駢並，甚不落於後。因此，本論文以西方接受美學理論為基礎，運用豐富多元的中國詞學資料，企圖建構屬陸游詞之接受史研究。

　　本論文實採「三維歷時結構」之研究方法，將接受史區分為「效果史研究」、「闡釋史研究」與「影響史研究」三個層面。效果史研究，首先梳理陸游詞集的版本刊刻，確立文本的存在與流行概況，其次再以計量分析之方法，統計歷代詞選收錄陸游詞的情況，得出陸游詞在歷朝流傳與接受現象。闡釋史研究，以歷代詞學批評資料為討論主體，諸如詩話、詞話、筆記、詞籍（集）序跋、詞作評點資料、論詞絕句、論詞長短句等，並加以分析歸納。影響史研究，即從歷代詞作中蒐羅，受陸游詞影響進而創作的作品，包含「和韻」、「仿擬」、「集句」等，探析出後人在創作上對陸游詞之接受情況。

　　經典的產生，必通過漫長且複雜的時空背景，淬鍊而成。因此，文學研究不應偏限於單一時代，或單向度的作者、文本，透過讀者對作品的詮釋、接受，才能完整建立作品的內涵，故本論文由歷代讀者的接受角度出發，確立陸游詞於詞史之經典地位與價值。

目

次

第一章　緒　論

第一節　研究動機與目的

　　接受美學理論的開展，使得長久以來「作家──作品」此種單一雙向的連結架構，被轉換成「作家──作品──讀者」的立體模式。文學作品的意義是在不斷的被接受、闡釋與影響而來，此間所追尋的不必然是作品的本質，或創作者的本意，而是「作者之用心未必然，而讀者之用心何必不然」〔註1〕的讀者層面。讀者間的共通性與相異性則爲研究接受史之砥柱，孟子曾言：「口之於味也，有同耆焉；耳之於聲也，有同聽焉；目之於色也，有同美焉，至於心獨無所同然乎？」〔註2〕孟子肯定人有同然之心性，人心的共通性實不難理解。若論及文學接受，則需以共時與歷時兩層面觀之：以共時面來看，一個時代的風尚促使人心的趨向，造就流行文學的產生；以歷時面來看，則表示經典的留存。然人心的複雜性與多樣性也使得接受結果產生千姿百態，蘇軾有「文章如金玉，各有定價」〔註3〕的看法，這些評價的背後皆有著龐大且複雜的因素，蘇軾之言頗具道理，因文學作品的價值

〔註1〕〔清〕譚獻：《復堂詞話》，收錄於唐圭璋《詞話叢編》（北京：中華書局，2005年10月），冊4，頁3987。

〔註2〕〔戰國〕《孟子》（上海：上海古籍出版社，1989年9月），頁87。

〔註3〕〔宋〕蘇軾：〈答毛澤民〉，收錄於曾棗莊，舒大剛主編《三蘇全書》（北京：語文出版社，2001年），冊13，頁419。

論斷亦是由讀者決定，然「定」與「不定」之間，可由讀者個人之微觀，與時代群體之宏觀探知，而這也成就了「文章隱顯，固自有時」〔註4〕的結果。因此筆者認爲，無論是讀者本身，或是讀者對文學作品的選擇、批評與闡釋，在此之間的共通性與相異性，即爲建構接受史的主體，而藉由接受美學理論所探求作品意義，不再有唯一的答案，亦無單一層面的解釋，將這些眾多的答案、解釋聚攏並條理編織，形成共時性與歷時性的歷史，此即爲接受史研究。

接受美學理論的代表人物姚斯（Hans Robert Jauss）曾指出文學學術發展過程表現在對原有觀念的背棄，它是一種間斷性的質的跳躍。當一種範型已不能充任它統領文學研究的角色時，便受到摒棄。於是一種新的、更適於研究過程的範型——獨立於舊的範型模式——將取代過時的角色，直到它的功能在更爲現實的研究過程中消失。每種特定的範型，不僅限定評論家的介入文學——指這一學術群體內「正規」的文學研究——可以接受的方法，而且限定了某種可以接受的文學規範。〔註5〕姚斯透過範型的建構，提供文學學術研究的方法，以及對象，姚斯所言當是以西方文學研究爲主體，若將此論點拉至中國文學的角度來看，有些部分或可行之。唐詩、宋詞、元曲代表中國文學歷史上文體的消長，「詞」爲宋代文學的代表，它於形式、內容上皆對「詩」展開補充與完善的作用，同時亦往下開啓「曲」的發展，是爲承先啓後，於中國文學史上有著不可或缺的價值與地位；詞體的流行，也形成對詞體的研究方法，包含塡詞方法、詞學批評……等。然不若姚斯所言，以詞體的「垂直接受」〔註6〕來看，詞體於中國歷史上雖有衰頹

〔註4〕〔宋〕蔡啓：《蔡寬夫詩話》，收錄於郭紹虞編《宋詩話輯佚》（北京：中華書局1987年5月），下冊，頁399。

〔註5〕羅勃 C・赫魯伯著，董之林譯：《接受美學理論》（臺北：駱駝出版社，1994年6月），頁1。

〔註6〕「垂直接受」是指從歷史的角度考察文學作品被讀者接受、產生作用以及對其評價的情況，而「水平接受」則是指某個歷史時期、集團、階層對一部作品的接受狀況。參殷善培：〈美感的重置——論宋

之時，但並無消失，甚至於清代時又再度繁盛；若以「水平接受」的角度而言，詞體由民間詞到文人詞，亦是精采的接受過程。因此，將「詞」作爲接受主體，進而建構出一部接受史，實屬必要。

　　一位作家於文學史上的地位，不僅僅是由他本身創作的文學作品建構而成，讀者對他與其作品的解讀亦不可忽略，高中甫曾言：「任何一位偉大的作家，都應當也有必要爲他寫一部接受史，這是文學科學的一個內容，也是構成一部完整的文化史、社會史的一個部分。一個作家的接受史，它一方面能更全面、更深刻地去認識作家，同時也反應了不同時代的審美情趣、鑑賞能力、期待視野、社會思潮以及某些意識型態上的發展和變化。」〔註7〕可見這不只牽扯到作家所處的時代，同時也帶起了不同時代的背景因素。

　　陸游（1125～1209），字務觀，號放翁，越州山陰（今浙江紹興）人。出身官宦世家，高祖陸軫，曾於宋仁宗朝任太傅；其祖陸佃，爲王安石弟子，累官至尙書左丞，治經有成，尤精於《禮》，其苦學精神及堅定性格，對陸游影響頗深；其父陸宰，北宋末官轉運副使，南渡後，多與主戰派人物交遊，官途備受秦檜打壓，但所具愛國思想，陸游深受影響。「愛國詩人」似乎是陸游的標誌，揮舞著忠君愛國的旗幟，將滿腔熱血遍灑至詩歌當中，然「詩」或許是陸游畢生傾力之作，其實他詩、文、詞兼擅。劉克莊認爲其詩可爲一大宗：「近歲詩人，雜博者惟對仗，空疏者窘材料，出奇者費搜索，縛律者少變化。惟放翁記問足以貫通，力量足以驅使，才思足以發越，氣魄足以陵暴，南渡而後，故當爲一大宗。」〔註8〕劉壎贊其文章：「其文初不累疊全句，專尙風骨，雄渾沈着，自成一家，眞騈儷之標準也。因摘其妙語，

　　　代文人詞的形成〉，收錄於淡江大學中國文學研究所編：《文學與美學》（臺北：文史哲出版社，1995 年 9 月），第五集，頁 556。
〔註 7〕高中甫：《歌德接受史》（北京：社會科學文獻出版社，1993 年 4 月），頁 2。
〔註 8〕〔宋〕劉克莊：《後村詩話》，收錄於四川大學古籍整理研究所編：《宋集珍本叢刊》（北京：線裝書局，2004 年），冊 82，頁 756。

以訓諸幼。……以上皆放翁集中語。凡此皆以議論為文章,以學識發議論。非胸中有千百卷書,筆下能挽萬鈞重者不能及。」〔註9〕可見其詩文精善。《四庫全書總目提要》論及陸游是以餘力填詞,〔註10〕但這並不代表陸游詞不如其詩文,宋代黃昇曾言:「楊誠齋嘗稱陸放翁之詩敷腴,尤梁溪復稱其詩俊逸,余觀放翁之詞,尤其敷腴俊逸者也。」〔註11〕認為陸游詞不落於詩之後,反更加「敷腴俊逸」,可知從接受者的角度而言,陸游詞並非其詩文之附庸,其中亦有價值所在。同時,陸游詞風之多樣性,以及他藏於詞作之後的本事軼聞,皆使後世接受者能有更多的反應、感受與評論,加以反饋、詮釋其詞作。

王兆鵬、劉尊明〈歷史的研究──宋代詞人歷史地位的定量分析〉〔註12〕一文中將陸游詞定位於「名家」,且經由定量分析的結果,將陸游詞的古代品評名次與現代研究成果相較之下,可知現代詞學家比起古代詞評家給予陸游詞較多的關注。臺灣學界對陸游詞之研究,多著重於詞人評述,探求詞作風格、本事,以及陸游詞史地位,未有從接受美學理論之角度切入者;大陸地區雖有分析後人對陸游詞之接受情況,如歐陽明亮〈清代陸游詞的批評歷程〉〔註13〕,但僅以清代為基準,未得陸游詞被接受之全面,且亦未以接受美學理論為基礎,只得見清代詞評家對陸游詞批評接受的歷程。有鑑於此,本論文期以接受美學理論為基礎,建構陸游詞接受史,首先探求陸游詞於歷代詞選中的選輯效果,以及從詞學批評、評論中對陸游詞之闡釋,求得作品

〔註9〕 〔元〕劉壎:《隱居通議》,收入《叢書集成初編》(北京:中華書局,1991年),冊214,頁212。

〔註10〕《四庫全書總目提要》:「游生平精力,盡於為詩,填詞乃其餘力。」〔清〕紀昀等:《四庫全書總目提要》(臺北:臺灣商務印書館,1971年7月),冊5,頁4444。

〔註11〕 〔宋〕黃昇:《中興詞話》,收錄於唐圭璋編:《詞話叢編》(北京:中華書局,2005年10月),冊1,頁212。

〔註12〕 王兆鵬、劉尊明:〈歷史的研究──宋代詞人歷史地位的定量分析〉,《文學遺產》,1995年第4期,頁47~54。

〔註13〕 歐陽明亮:〈清代陸游詞的批評歷程〉,《中國韻文學刊》,第25卷第3期,2011年7月。

的「整體意義」，最後由歷代詞人的創作、仿擬，查探陸游詞之影響，企圖將歷代接受者的感受、反應歸納分析，且進行共時性與歷時性的背景爬梳，爲陸游詞接受史建立出完整的架構。

第二節　前人研究成果概述

一、接受史之研究現況

（一）以接受史爲題之論文（不含詞學接受）

　　接受美學理論企圖將文學研究主體轉向讀者。如果說二十世紀矯正十九世紀實證主義的「作家——作品」批評，提倡作品本體批評，極端化爲作品解剖學，那麼，接受美學則是對這種理論的反撥，直接把批評的焦點轉移到讀者，推出文學研究的一種新範式。〔註14〕接受美學理論大約於八〇年代中期傳入中國，爲中國文學研究開啓另一視野，並試圖將理論中國化，經歷一連串的嘗試運用後，才出現中國文學接受史此等研究區塊。近年來，以接受美學理論研究中國文學之期刊論文、研究專著大幅增加，研究面向趨於多元，研究範圍廣羅古今，茲就「以作者爲接受主題」、「以作品爲接受主題」、「以文體、流派、文學理論、時代性文學爲接受主題」三端，〔註15〕臚列如次：

1. 以作者爲接受主題

出版類型	作者／篇名	年代
期刊論文	蕭榮華〈千秋萬歲名，寂寞身後事——文學批評史上的李白〉〔註16〕	1995

<hr>

〔註14〕〔德〕姚斯、霍拉勃著，周寧、金元浦譯：《接受美學與接受理論・譯者前言》（瀋陽：遼寧人民出版社，1987年9月），頁1。

〔註15〕此分類格式參張巽雅《賀鑄詞接受史》（臺南：國立成功大學碩士論文，2012年1月），頁2～7。

〔註16〕蕭榮華：〈千秋萬歲名，寂寞身後事——文學批評史上的李白〉，《華東師範大學學報（哲學社會科學版）》，1995年06期，頁138～145。

王衛平〈魯迅接受與解讀的接受學闡釋及重建策略──魯迅接受史研究〉〔註17〕	2001
焦雨虹〈胡適的「接受史」〉〔註18〕	2005
嚴寶瑜〈貝多芬在中國的接受史初探〉〔註19〕	2007
陳友冰〈李賀詩歌接受現象初探〉〔註20〕	2008
楊再喜〈中興詩人對柳宗元詩歌的接受──以陸游為例〉〔註21〕	2009
羅春蘭、張潔〈千古流傳「江鮑體」──江淹對鮑照的接受及其貢獻〉〔註22〕	2009
傅含章〈論歷代對李賀詠馬詩之接受觀點〉〔註23〕	2009
張安琪〈日本平安時代對白居易詩歌的接受〉〔註24〕	2010
楊慧〈清代「紅樓夢」八家評比讕論──從接受與闡釋視閾分析〉〔註25〕	2010
楊再喜〈晚唐五代時對柳宗元的接受及其影響〉〔註26〕	2010
李麗嬙〈徐渭生命化的創作及接受史研究〉〔註27〕	2010

〔註17〕王衛平:〈魯迅接受與解讀的接受學闡釋及重建策略──魯迅接受史研究〉,《魯迅研究月刊》,2001 年 11 期,頁 28～32。

〔註18〕焦雨虹:〈胡適的「接受史」〉,《江淮論壇》,2005 年 04 期,頁 136～141。

〔註19〕嚴寶瑜:〈貝多芬在中國的接受史初探〉,《音樂研究》(2007 年 9 月),第 3 期,頁 43～55。

〔註20〕陳友冰:〈李賀詩歌接受現象初探〉,《淡江中文學報》(2008 年 6 月),第 18 期,頁 89～113。

〔註21〕楊再喜:〈中興詩人對柳宗元詩歌的接受──以陸游為例〉,《蘭州學刊》,2009 年 11 期,頁 206～208。

〔註22〕羅春蘭、張潔:〈千古流傳「江鮑體」──江淹對鮑照的接受及其貢獻〉,《江西社會科學》,2009 年 12 期,頁 86～90。

〔註23〕傅含章:〈論歷代對李賀詠馬詩之接受觀點〉,《高餐通識教育學刊》,2009 年第 5 期,頁 87～106。

〔註24〕張安琪:〈日本平安時代對白居易詩歌的接受〉,《湖北成人教育學院學報》,2010 年 02 期,頁 89～90。

〔註25〕楊慧:〈清代「紅樓夢」八家評比讕論──從接受與闡釋視閾分析〉,《大連大學學報》(2010 年 6 月),第 31 卷第 3 期,頁 33～36。

〔註26〕楊再喜:〈晚唐五代時對柳宗元的接受及其影響〉,《新疆社會科學》,2010 年第 5 期,頁 93～97。

〔註27〕李麗嬙:〈徐渭生命化的創作及接受史研究〉,《大視野》,2010 年第 15 期,頁 20～21。

	莫軍苗〈金元柳宗元文章接受史〉〔註28〕	2011
	謝佩芬〈宋祁對韓愈的接受——以重新、探源、校改爲中心的討論〉〔註29〕	2011
	陳建忠〈一個接受史的視角——賴和研究綜述〉〔註30〕	2011
	郭根群〈北宋人唐詩觀管窺——從北宋人所撰詩集序跋文看李杜在北宋的接受〉〔註31〕	2012
	張慶〈淺析李賀詩歌對莊子的接受〉〔註32〕	2012
	何世劍〈試論李商隱對庾信詩賦的接受〉〔註33〕	2012
	張海〈論李東陽對李白的接受〉〔註34〕	2012
	李啓迪〈何景明對李白詩歌的接受〉〔註35〕	2012
	羅浩剛〈韓孟、元白與李賀詩在中晚唐的接受〉〔註36〕	2012
	申東城〈從歷代著名唐詩選本看李白杜甫詩歌的接受〉〔註37〕	2012
研究專著	蔡振念《杜詩唐宋接受史》〔註38〕	2002

〔註28〕莫軍苗：〈金元柳宗元文章接受史〉，《柳州師範學報》（2011 年 4 月），第 26 卷第 2 期，頁 22～25。

〔註29〕謝佩芬：〈宋祁對韓愈的接受——以重新、探源、校改爲中心的討論〉，《師大學報》（2011 年 3 月），第 56 卷第 1 期，頁 83～113。

〔註30〕陳建忠：〈一個接受史的視角——賴和研究綜述〉，《文訊》（2011 年 3 月），頁 52～55。

〔註31〕郭根群：〈北宋人唐詩觀管窺——從北宋人所撰詩集序跋文看李杜在北宋的接受〉，《長城》（2012 年 2 月），第 4 期，頁 117～118。

〔註32〕張慶：〈淺析李賀詩歌對莊子的接受〉，《宿州教育學院學報》（2012 年 4 月），頁 25～27。

〔註33〕何世劍：〈試論李商隱對庾信詩賦的接受〉，《河北師範大學學報（哲學社會科學版）》（2012 年 5 月），第 35 卷第 3 期，頁 53～58。

〔註34〕張海：〈論李東陽對李白的接受〉，《重慶師範大學學報（哲學社會科學版）》，2012 年 02 期，頁 85～90。

〔註35〕李啓迪：〈何景明對李白詩歌的接受〉，《重慶科技學院學報（社會科學版）》，2012 年 09 期，頁 103～105。

〔註36〕羅浩剛：〈韓孟、元白與李賀詩在中晚唐的接受〉，《時代文學》，2012 年 03 期，頁 150～151。

〔註37〕申東城：〈從歷代著名唐詩選本看李白杜甫詩歌的接受〉，《中華文化論壇》，2012 年 02 期，頁 19～25。

〔註38〕蔡振念：《杜詩唐宋接受史》（臺北：五南書局，2002 年 2 月）。

	李劍鋒《元前陶淵明接受史》〔註39〕	2002
	楊文雄《李白詩歌接受史》〔註40〕	2003
	劉學鍇《李商隱詩歌接受史》〔註41〕	2004
	朱麗霞《清代辛稼軒接受史》〔註42〕	2005
	劉中文《唐代陶淵明接受研究》〔註43〕	2006
	羅秀美《宋代陶學研究：一個文學接受史個案分析》〔註44〕	2007
	米彥青《清代李商隱詩歌接受研究》〔註45〕	2007
	張靜《元好問詩歌接受史》〔註46〕	2010
	王紅霞《宋代李白接受史》〔註47〕	2010
學位論文	李妮庭《閑樂：宋初白居易接受研究》〔註48〕	2003
	羅春蘭《鮑照詩接受史研究》〔註49〕	2004
	舒剛波《沈從文接受史研究（1925年～1949年）》〔註50〕	2005
	洪迎華《劉柳詩歌明前傳播接受史研究》〔註51〕	2006
	白愛平《姚賈接受史》〔註52〕	2006

〔註39〕李劍鋒：《元前陶淵明接受史》（濟南：齊魯書社，2002年9月）。

〔註40〕楊文雄：《李白詩歌接受史》（臺北：五南書局，2003年3月）。

〔註41〕劉學鍇：《李商隱詩歌接受史》（合肥：安徽大學出版社，2004年8月）。

〔註42〕朱麗霞：《清代辛稼軒接受史》（濟南：齊魯書社，2005年1月）。

〔註43〕劉中文：《唐代陶淵明接受研究》（北京：中國社會科學出版社，2006年7月）。

〔註44〕羅秀美：《宋代陶學研究：一個文學接受史個案分析》（臺北：秀威資訊科技出版，2007年1月）。

〔註45〕米彥青：《清代李商隱詩歌接受研究》（北京：中華書局，2007年8月）。

〔註46〕張靜：《元好問詩歌接受史》（北京：中國社會出版社，2010年1月）。

〔註47〕王紅霞：《宋代李白接受史》（上海：上海古籍出版社，2010年10月）。

〔註48〕李妮庭：《閑樂：宋初白居易接受研究》（花蓮：國立花蓮教育大學碩士論文，2003年6月）。

〔註49〕羅春蘭：《鮑照詩接受史研究》（上海：復旦大學博士論文，2004年4月）。

〔註50〕舒剛波：《沈從文接受史研究（1925年～1949年）》（北京：中央民族大學碩士學位論文，2005年4月）。

〔註51〕洪迎華：《劉柳詩歌明前傳播接受史研究》（武漢：武漢大學博士論文，2006年3月）。

〔註52〕白愛平：《姚賈接受史》（西安：陝西師範大學博士論文，2006年9月）。

董繼兵《阮籍詩歌接受史研究》〔註53〕	2006
王芳《清前謝靈運詩歌接受研究》〔註54〕	2007
王巖《李賀詩歌宋元接受史研究》〔註55〕	2007
陳偉文《清代前中期黃庭堅詩接受史研究》〔註56〕	2007
宗頂俠《元稹詩歌接受史研究》〔註57〕	2008
李宜學《李商隱詩接受史重探》〔註58〕	2008
盧華燕《晚唐賈島接受史論》〔註59〕	2008
曾金承《韓愈詩歌唐宋接受研究》〔註60〕	2008
莊千慧《心慕與手追──中古時期王羲之書法接受研究》〔註61〕	2009
郭曉明《司法相如接受史──漢魏晉南北朝時期》〔註62〕	2009
楊再喜《唐宋柳宗元文學接受史》〔註63〕	2009
李亮《劉禹錫詩歌兩宋接受史研究》〔註64〕	2010

〔註53〕董繼兵:《阮籍詩歌接受史研究》(武漢:華中師範大學碩士學位論文,2006年11月)。

〔註54〕王芳:《清前謝靈運詩歌接受研究》(上海:復旦大學博士論文,2007年6月)。

〔註55〕王巖:《李賀詩歌宋元接受史研究》(桂林:廣西師範大學碩士學位論文,2007年3月)。

〔註56〕陳偉文:《清代前中期黃庭堅詩接受史研究》(北京:北京師範大學博士論文,2007年8月)。

〔註57〕宗頂俠:《元稹詩歌接受史研究》(合肥:安徽師範大學碩士論文,2008年4月)。

〔註58〕李宜學:《李商隱詩接受史重探》(新竹:國立清華大學博士論文,2008年6月)。

〔註59〕盧華燕:《晚唐賈島接受史論》(武漢:華中師範大學碩士論文,2008年8月)。

〔註60〕曾金承:《韓愈詩歌唐宋接受研究》(臺北:淡江大學博士論文,2008年6月)。

〔註61〕莊千慧:《心慕與手追──中古時期王羲之書法接受研究》(臺南:國立成功大學博士論文,2009年6月)。

〔註62〕郭曉明:《司法相如接受史──漢魏晉南北朝時期》(北京:首都師範大學碩士論文,2009年8月)。

〔註63〕楊再喜:《唐宋柳宗元文學接受史》(杭州:蘇州大學博士論文,2009年11月)。

〔註64〕李亮:《劉禹錫詩歌兩宋接受史研究》(南寧:廣西師範大學碩士論文,2010年8月)。

任燕妮《近現代陶淵明研究接受史》〔註65〕	2010
朱維《王國維文學批評的接受史研究》〔註66〕	2011
彭偉《明前韋應物接受研究》〔註67〕	2011
楊郁君《楊喚童詩接受史研究》〔註68〕	2011
王家琪《元前王維接受史研究》〔註69〕	2012

2. 以作品為接受主題

出版類型	作者／篇名	年代
期刊論文	鄭芳祥〈蘇軾「省試刑賞忠厚之至論」闡釋史一隅〉〔註70〕	2002
	周家嵐〈從接受史角度看晚清知識分子對「水滸傳」的三種詮釋策略〉〔註71〕	2003
	朱我芯〈試以堯斯「文學接受史」與巴爾特「五種語碼」解讀白居易「賣碳翁」〉〔註72〕	2003
	陳莉〈接受視野中的金聖歎研究──以金評本《水滸傳》為接受史研究重點〉〔註73〕	2006

〔註65〕 任燕妮：《近現代陶淵明研究接受史》（呼和浩特：內蒙古大學碩士論文，2010 年 9 月）。

〔註66〕 朱維：《王國維文學批評的接受史研究》（武漢：華中師範大學博士論文，2011 年 5 月）。

〔註67〕 彭偉：《明前韋應物接受研究》（長春：吉林大學博士論文，2011 年 5 月）。

〔註68〕 楊郁君：《楊喚童詩接受史研究》（臺東：國立臺東大學兒童文學研究所碩士論文，2011 年 6 月）。

〔註69〕 王家琪：《元前王維接受史研究》（臺中：國立中興大學碩士論文，2012 年 1 月）。

〔註70〕 鄭芳祥：〈蘇軾「省試刑賞忠厚之至論」闡釋史一隅〉，《東方人文學誌》（2002 年 9 月），頁 139～156。

〔註71〕 周家嵐：〈從接受史角度看晚清知識分子對「水滸傳」的三種詮釋策略〉，《中華學苑》（2003 年 2 月），第 56 期，頁 85～112。

〔註72〕 朱我芯：〈試以堯斯「文學接受」與巴爾特「五種語碼」解讀白居易「賣碳翁」〉，《僑光學報》（2003 年 7 月），第 21 期，頁 121～130。

〔註73〕 陳莉：〈接受視野中的金聖歎研究──以金評本《水滸傳》為接受史研究重點〉，《廣西民族學院學報（哲學社會科學版）》（2006 年 3 月），第 28 卷第 2 期，頁 146～151。

蔣方〈唐代屈騷接受史論略〉〔註74〕	2006
趙丹〈「關雎」的接受史〉〔註75〕	2007
高嘉文〈論「臨川夢」對「臨川四夢」之理解、詮釋與接受的關係〉〔註76〕	2008
劉小雙〈《詩經‧周南‧卷耳》接受史研究〉〔註77〕	2009
景獻力〈復古與誤讀——以明清之際六朝詩的接受史為例〉〔註78〕	2010
徐中原〈品讀、創作與批評：後世文學對《水經注》的接受〉〔註79〕	2011
汪俊〈《文選》賦與詩在唐宋時代的接受〉〔註80〕	2011
陳文忠〈從「手抄本」到「印刷本」的文化旅程——《尋隱者不遇》傳播接受史研究〉〔註81〕	2011
李嘉瑜〈從眾聲靜默到七絕典範～～讀者對〈江南逢李龜年〉的接受與闡釋〉〔註82〕	2011
林耀潾〈魏晉南北朝《詩經》接受論——以普通讀者為中心〉〔註83〕	2011

〔註74〕蔣方：〈唐代屈騷接受史論略〉，《新亞論叢》（2006 年 10 月），第 8 期，頁 239～246。

〔註75〕趙丹：〈「關雎」的接受史〉，《吉林華橋外國語學院學報》，2007 年第 1 期。

〔註76〕高嘉文：〈論「臨川夢」對「臨川四夢」之理解、詮釋與接受的關係〉，《人文與社會學報》（2008 年 6 月），第 2 卷第 2 期，頁 213～242。

〔註77〕劉小雙：〈《詩經‧周南‧卷耳》接受史研究〉，《安徽廣播電視大學學報》，2009 年第 3 期，頁 82～84。

〔註78〕景獻力：〈復古與誤讀——以明清之際六朝詩的接受史為例〉，《中國韻文學刊》，2010 年 01 期，頁 41～45。

〔註79〕徐中原：〈品讀、創作與批評：後世文學對《水經注》的接受〉，《山西師大學報（社會科學版）》（2011 年 7 月），第 38 卷第 4 期，頁 51～54。

〔註80〕汪俊：〈《文選》賦與詩在唐宋時代的接受〉，《華南師範大學學報（社會科學版）》（2011 年 12 月），頁 39～43。

〔註81〕陳文忠：〈從「手抄本」到「印刷本」的文化旅程——《尋隱者不遇》傳播接受史研究〉，《浙江社會科學》（2011 年 12 月），頁 133～140。

〔註82〕李嘉瑜：〈從眾聲靜默到七絕典範～～讀者對〈江南逢李龜年〉的接受與闡釋〉，《漢學研究》（2011 年 12 月），頁 105～131。

〔註83〕林耀潾：〈魏晉南北朝《詩經》接受論——以普通讀者為中心〉，《興大中文學報》（2011 年 12 月），頁 49～76。

	查屏球〈名家選本的初始化效應──王安石《唐百家詩選》在宋代的流傳與接受〉〔註84〕	2012
	楊秀苗〈論《說岳全傳》傳播與接受的價值取向〉〔註85〕	2012
研究專著	尚永亮《莊騷傳播接受史綜論》〔註86〕	2000
	高日暉、洪雁《水滸傳接受史》〔註87〕	2006
	伏滌修《「西廂記」接受史研究》〔註88〕	2008
學位論文	陳俊宏《「西遊記」主題接受史研究》〔註89〕	2001
	余丹《《琵琶記》接受史研究》〔註90〕	2002
	黃月銀《馬致遠神仙道化劇及其接受史研究》〔註91〕	2003
	曾國瑩《「西遊記」接受史研究》〔註92〕	2004
	羅豔秋《明前〈木蘭詩〉接受史研究》〔註93〕	2008
	高嘉文《臨川四夢戲曲接受史研究》〔註94〕	2008
	趙晶晶《王國維《人間詞話》接受史》〔註95〕	2009

〔註84〕查屏球:〈名家選本的初始化效應──王安石《唐百家詩選》在宋代的流傳與接受〉,2012 年 01 期。

〔註85〕楊秀苗:〈論《說岳全傳》傳播與接受的價值取向〉,《明清小說研究》,2012 年 01 期,頁 205～217。

〔註86〕尚永亮:《莊騷傳播接受史綜論》(北京:文化藝術出版社,2000 年)。

〔註87〕高日暉、洪雁:《水滸傳接受史》(濟南:齊魯書社,2006 年 7 月)。

〔註88〕伏滌修:《「西廂記」接受史研究》(合肥:黃山書社,2008 年 6 月)。

〔註89〕陳俊宏:《「西遊記」主題接受史研究》(臺北:國立政治大學碩士論文,2001 年 6 月)。

〔註90〕余丹:《《琵琶記》接受史研究》(合肥:安徽師範大學碩士學位論文,2002 年)。

〔註91〕黃月銀:《馬致遠神仙道化劇及其接受史研究》(臺北:國立臺灣師範大學碩士論文,2003 年 6 月)。

〔註92〕國瑩:《「西遊記」接受史研究》(臺中:東海大學碩士論文,2004 年 6 月)。

〔註93〕羅豔秋:《明前〈木蘭詩〉接受史研究》(濟南:山東師範大學碩士論文,2008 年 4 月)。

〔註94〕高嘉文:《臨川四夢戲曲接受史研究》(臺北:東吳大學碩士論文,2008 年 6 月)。

〔註95〕趙晶晶:《王國維《人間詞話》接受史》(福州:福建師範大學碩士論文,2009 年 6 月)。

賈吉林《楚辭在西漢的傳播與接受》〔註 96〕	2010
李嵩明《唐前《古詩十九首》接受史》〔註 97〕	2011
王文華《《長生殿》接受研究》〔註 98〕	2011
劉酩詩《《古詩十九首》在魏晉六朝唐代的傳播接受》〔註 99〕	2011
蒲素《《世說新語》在中國古代的傳播和接受》〔註 100〕	2011
李小燕《柳宗元詩文《楚辭》接受研究》〔註 101〕	2011
徐文郁《南宋前期愛國詞人楚辭接受研究》〔註 102〕	2011

3. 以文體、流派、文學理論、時代性文學為接受主題

出版類型	作者／篇名	年代
期刊論文	陳俊榮〈臺灣小說的接受史觀〉〔註 103〕	2004
	劉磊〈從歷代選本看韓孟詩派之傳播與接受〉〔註 104〕	2005
	楊金梅〈接受史視野中的古典詩歌研究〉〔註 105〕	2007

〔註96〕 賈吉林：《楚辭在西漢的傳播與接受》（南寧：廣西師範大學碩士論文，2010 年 8 月）。

〔註97〕 李嵩明：《唐前《古詩十九首》接受史》（哈爾濱：黑龍江大學碩士論文，2011 年 4 月）。

〔註98〕 王文華：《《長生殿》接受研究》（杭州：蘇州大學碩士論文，2011 年 5 月）。

〔註99〕 劉酩詩：《《古詩十九首》在魏晉六朝唐代的傳播接受》（廣州：暨南大學碩士論文，2011 年 5 月）。

〔註100〕 蒲素：《《世說新語》在中國古代的傳播和接受》（西寧：青海師範大學碩士論文，2011 年 6 月）。

〔註101〕 李小燕：《柳宗元詩文《楚辭》接受研究》（保定：河北大學碩士論文，2011 年 6 月）。

〔註102〕 徐文郁：《南宋前期愛國詞人《楚辭》接受研究》（保定：河北大學碩士論文，2011 年 6 月）。

〔註103〕 陳俊榮：〈臺灣小說的接受史觀〉，《政大中文學報》（2004 年 12 月），第 2 期，頁 161～184。

〔註104〕 劉磊：〈從歷代選本看韓孟詩派之傳播與接受〉，《東南大學學報（哲學社會科學版）》，2005 年第 2 期，頁 95～99。

〔註105〕 楊金梅：〈接受史視野中的古典詩歌研究〉，《浙江學刊》，2007 年第 3 期，頁 99～102。

解國旺〈接受美學與漢魏六朝文學研究略論〉〔註106〕		2007
耿祥偉〈從文體演變看秋胡故事的接受〉〔註107〕		2008
曾慶豹〈批判理論的效果歷史——法蘭克福學派在臺灣的接受史〉〔註108〕		2010
陳文忠〈唐詩的兩種輝煌——兼論唐詩經典接受史的研究思路〉〔註109〕		2010
熊海英〈「誠齋體」在南宋的接受及其影響〉〔註110〕		2011
林永昌〈從報載史料論日治時期臺灣歌仔戲的接受歷程〉〔註111〕		2011
陳元鋒〈北宋文壇對「元和、長慶風格」之接受及其意義〉〔註112〕		2011
汪俊〈《文選》賦與詩在唐宋時代的接受〉〔註113〕		2011
彭安湘〈傳播與接受視域中的中古賦及中古賦論〉〔註114〕		2012
李玉寶〈晚明閩派對王世貞復古思想接受探微〉〔註115〕		2012

〔註106〕 解國旺:〈接受美學與漢魏六朝文學研究略論〉,《殷都學刊》,2007年第1期,頁85～88。

〔註107〕 耿祥偉:〈從文體演變看秋胡故事的接受〉,《江淮論壇》,2008年第4期,頁148～152。

〔註108〕 曾慶豹:〈批判理論的效果歷史——法蘭克福學派在臺灣的接受史〉,《哲學與文化》(2010年6月),頁111～125。

〔註109〕 陳文忠:〈唐詩的兩種輝煌——兼論唐詩經典接受史的研究思路〉,《安徽師範大學學報(人文社會科學版)》(2010年9月),第38卷第5期,頁530～546。

〔註110〕 熊海英:〈「誠齋體」在南宋的接受及其影響〉,《南昌大學學報(人文社會科學版)》(2011年7月),第42卷第4期,頁81～85。

〔註111〕 林永昌:〈從報載史料論日治時期臺灣歌仔戲的接受歷程〉,《崑山科技大學人文暨社會科學學報》(2011年9月),第3期,頁91～153。

〔註112〕 陳元鋒:〈北宋文壇對「元和、長慶風格」之接受及其意義〉,《山東師範大學學報(人文社會科學版)》,2011年第56卷第5期,頁75～81。

〔註113〕 汪俊:〈《文選》賦與詩在唐宋時代的接受〉,《華南師範大學學報(社會科學版)》(2011年12月),頁39～43。

〔註114〕 彭安湘:〈傳播與接受視域中的中古賦及中古賦論〉,《湖北大學學報(哲學社會科學版)》(2012年3月),第39卷第2期,頁13～17。

〔註115〕 李玉寶:〈晚明閩派對王世貞復古思想接受探微〉,《集美大學學報(哲學社會科學版)》,2012年01期。

研究專著	陳文忠《中國古典詩歌接受史研究》〔註116〕	1998
	尚學鋒、過常寶、郭英德《中國古典文學接受史》〔註117〕	2000
	王玫《建安文學接受史論》〔註118〕	2005
	查清華《明代唐詩接受史》〔註119〕	2006
	趙山林《中國戲曲傳播接受史》〔註120〕	2008
學位論文	易小平《建安文學接受史（232～960）》〔註121〕	2002
	李丹《元白詩派元前接受史研究》〔註122〕	2006
	劉磊《韓孟詩派傳播接受史研究》〔註123〕	2006
	黃培青《宋元時期嚴羽詩論接受史研究》〔註124〕	2007
	萬小紅《明中葉六朝詩歌接受研究》〔註125〕	2011
	李程《明代宋詩接受研究》〔註126〕	2011

　　近年來，無論是期刊論文、研究專著或是學位論文，以接受角度為論題者，可謂繁花盛開，從中國古典文學的詩、文、小說、戲曲、文學思想皆可納入討論範圍，乃至現代小說、童詩，甚至音樂、書法

〔註116〕陳文忠：《中國古典詩歌接受史研究》（合肥：安徽大學出版社，1998年8月）。
〔註117〕尚學鋒、過常寶、郭英德：《中國古典文學接受史》（濟南：山東教育出版社，2000年9月）。
〔註118〕王玫：《建安文學接受史論》（上海：上海古籍出版社，2005年7月）。
〔註119〕查清華：《明代唐詩接受史》（上海：上海古籍出版社，2006年7月）。
〔註120〕趙山林：《中國戲曲傳播接受史》（上海：上海人民出版社，2008年8月）。
〔註121〕易小平：《建安文學接受史（232～960）》（成都：四川師範學院碩士學位論文，2002年6月）。
〔註122〕李丹：《元白詩派元前接受史研究》（武漢：武漢大學博士論文，2006年3月）。
〔註123〕劉磊：《韓孟詩派傳播接受史研究》（武漢：武漢大學博士論文，2006年3月）。
〔註124〕黃培青：《宋元時期嚴羽詩論接受史研究》（臺北：國立臺灣師範大學博士論文，2007年6月）。
〔註125〕萬小紅：《明中葉六朝詩歌接受研究》（哈爾濱：黑龍江大學碩士論文，2011年4月）。
〔註126〕李程：《明代宋詩接受研究》（武漢：華中師範大學碩士論文，2011年5月）。

等藝術範疇亦羅列其中，可知以讀者爲中心的接受理論，其討論範圍誠然包羅萬象。

（二）詞學接受史之論文

將接受理論觀點運用至詞學領域，近年來有逐漸增加之趨勢，以研究主題爲劃分，約可分爲「以詞家爲研究主題」、「以詞集、詞選爲研究主題」、「以時代性文學爲研究主題」，〔註127〕茲就此三大主題，表述近十年詞學領域之接受研究概況：

主 題	出版類型	作者/篇名	年代
以詞家爲研究主題	期刊論文	譚新紅〈史達祖接受史初探〉〔註128〕	2000
		王秀林〈「亡國之音」穿越歷史時空：李煜詞的接受史探賾〉〔註129〕	2004
		宗頂俠〈張孝祥詞的傳播與接受〉〔註130〕	2005
		程繼紅〈《全明詞》對稼軒詞接受情況的調查分析〉〔註131〕	2006
		朱麗霞〈八百年詞學接受視野中的秦觀詞〉〔註132〕	2008
		顏文郁〈論宋代詞壇對蘇軾之接受〉〔註133〕	2008

〔註127〕 此分類格式參張巽雅《賀鑄詞接受史》（臺南：國立成功大學碩士論文，2012 年 1 月），頁 8～10。

〔註128〕 譚新紅：〈史達祖接受史初探〉，《中國韻文學刊》，2000 年 2 期，頁 57～61。

〔註129〕 王秀林：〈「亡國之音」穿越歷史時空：李煜詞的接受史探賾〉，《江海學刊》，2004 年 4 期，頁 170～174。

〔註130〕 宗頂俠：〈張孝祥詞的傳播與接受〉，《安慶師範學院學報（社會科學版）》（2005 年 11 月），第 24 卷第 6 期，頁 70～73。

〔註131〕 程繼紅：〈《全明詞》對稼軒詞接受情況的調查分析〉，《浙江海洋學院學報（人文科學版）》（2006 年 3 月），第 23 卷第 1 期，頁 21～28。

〔註132〕 朱麗霞：〈八百年詞學接受視野中的秦觀詞〉，《雲南大學學報（社會科學版）》，2008 年 1 期，頁 69～80。

〔註133〕 顏文郁：〈論宋代詞壇對蘇軾之接受〉，《東方人文學誌》（2008 年 12 月），第 7 卷第 4 期，頁 175～200。

		袁志成、唐朝暉〈浙西詞派與常州詞派的交匯──張翥詞接受〉〔註 134〕	2010
		余宛蒨〈李清照詞闡釋史研究──以〈點絳唇〉(蹴罷秋千)為例〉〔註 135〕	2011
		顧寶林〈清初王士禛的晏歐詞批評與接受〉〔註 136〕	2011
		鄭彩蟬〈歐陽修經典詞作〈踏莎行〉(候館梅殘)的傳播與接受〉〔註 137〕	2011
		袁志成〈陳銳詞學思想研究──兼談晚清民國詞壇對柳永詞的接受〉〔註 138〕	2012
	研究專著	宋麗霞《清代辛稼軒接受史》〔註 139〕	2005
		張璟《蘇詞接受史研究》〔註 140〕	2009
	學位論文	康曉娟《兩宋詞學對蘇軾「以詩為詞」的接受》〔註 141〕	2000
		王秀林《李煜詞研究二題》〔註 142〕	2000
		吳思增《清真詞在兩宋接受視野的歷史嬗變》〔註 143〕	2002

〔註 134〕 袁志成、唐朝暉：〈浙西詞派與常州詞派的交匯──張翥詞接受〉，《唐山師範學院學報》(2010 年 1 月)，第 32 卷第 1 期，頁 1～4。
〔註 135〕 余宛蒨：〈李清照詞闡釋史研究──以〈點絳唇〉(蹴罷秋千)為例〉，《語文曉望》(2011 年 5 月)，頁 159～178。
〔註 136〕 顧寶林：〈清初王士禛的晏歐詞批評與接受〉，《南陽師範學院學報》(2011 年 10 月)，第 10 卷第 10 期，頁 86～89。
〔註 137〕 鄭彩蟬：〈歐陽修經典詞作〈踏莎行〉(候館梅殘)的傳播與接受〉，《吉林師範大學學報 (人文社會科學版)》，2011 年 1 期，頁 15～17。
〔註 138〕 袁志成：〈陳銳詞學思想研究──兼談晚清民國詞壇對柳永詞的接受〉，《邵陽學院學報 (社會科學版)》(2012 年 2 月)，頁 78～82。
〔註 139〕 宋麗霞：《清代辛稼軒接受史》(濟南：齊魯書社，2005 年 1 月)。
〔註 140〕 張璟：《蘇詞接受史研究》(北京：光明日報出版社，2009 年 10 月)。
〔註 141〕 康曉娟：《兩宋詞學對蘇軾「以詩為詞」的接受》(北京：首都師範大學碩士論文，2000 年 4 月)。
〔註 142〕 王秀林：《李煜詞研究二題》(武漢：湖北大學碩士論文，2000 年 5 月)。
〔註 143〕 思增：《清真詞在兩宋接受視野的歷史嬗變》(長春：東北師範大學碩士論文，2002 年 1 月)。

陳穎《周邦彥詞的接受過程研究》〔註144〕	2002
張春媚《溫庭筠傳播接受研究》〔註145〕	2002
仲冬梅《蘇詞接受史研究》〔註146〕	2003
張殿方《蘇軾詞接受史研究——北宋中葉至清代》〔註147〕	2003
鄧健《柳永詞傳播接受》〔註148〕	2003
陳福生《柳永、周邦彥詞接受史研究》〔註149〕	2004
楊蓓《論東坡詞在宋金元的傳播接受》〔註150〕	2004
洪豆豆《清代李清照詞傳播接受研究》〔註151〕	2005
王卿敏《小山詞的接受史》〔註152〕	2006
蘭玲《秦觀詞的宋代接受概論》〔註153〕	2006
張航《姜夔詞傳播與接受研究》〔註154〕	2006

〔註144〕 陳穎：《周邦彥詞的接受過程研究》（北京：首都師範大學碩士論文，2002年5月）。

〔註145〕 張春媚：《溫庭筠傳播接受研究》（武漢：湖北大學碩士論文，2002年5月）。

〔註146〕 仲冬梅：《蘇詞接受史研究》（上海：華東師範大學博士論文，2003年4月）。

〔註147〕 張殿方：《蘇軾詞接受史研究——北宋中葉至清代》（濟南：山東師範大學碩士論文，2003年4月）。

〔註148〕 鄧健：《柳永詞傳播接受》（武漢：湖北大學碩士論文，2003年6月）。

〔註149〕 陳福生：《柳永、周邦彥詞接受史研究》（上海：華東師範大學碩士論文，2004年4月）。

〔註150〕 楊蓓：《論東坡詞在宋金元的傳播接受》（福州：福建師範大學碩士論文，2004年4月）。

〔註151〕 洪豆豆：《清代李清照詞傳播接受研究》（武漢：湖北大學碩士論文，2005年5月）。

〔註152〕 王卿敏：《小山詞的接受史》（上海：華東師範大學碩士論文，2006年5月）。

〔註153〕 蘭玲：《秦觀詞的宋代接受概論》（北京：北京師範大學碩士論文，2006年5月）。

〔註154〕 張航：《姜夔詞傳播與接受研究》（福州：福建師範大學碩士論文，2006年9月）。

李春英《宋元時期稼軒詞接受研究》〔註155〕	2007
王麗琴《歐陽脩在宋代的傳播接受研究》〔註156〕	2007
黎蓉《二晏詞接受史論》〔註157〕	2007
王樀先《蘇軾詞在北宋元祐時期的接受》〔註158〕	2007
葉祝滿《性別與認同——李清照其人其詞的創作與接受研究》〔註159〕	2007
邱全成《蘇軾詞的接受與影響——從期待視野的角度觀之》〔註160〕	2008
李偉《李清照接受史研究》〔註161〕	2009
薛乃文《馮延巳詞接受史》〔註162〕	2009
顏文郁《韋莊詞接受史》〔註163〕	2009
曾春英《歐陽修詞接受史研究》〔註164〕	2009
普義南《吳文英詞接受史》〔註165〕	2010

〔註155〕 李春英：《宋元時期稼軒詞接受研究》（濟南：山東師範大學博士論文，2007年3月）。

〔註156〕 王麗琴：《歐陽脩在宋代的傳播接受研究》（武漢：湖北大學碩士論文，2007年5月）。

〔註157〕 黎蓉：《二晏詞接受史論》（武漢：湖北大學碩士論文，2007年5月）。

〔註158〕 王樀先：《蘇軾詞在北宋元祐時期的接受》（甘肅：西北師範大學碩士論文，2007年6月）。

〔註159〕 葉祝滿：《性別與認同——李清照其人其詞的創作與接受研究》（臺北：國立政治大學碩士論文，2007年6月）。

〔註160〕 邱全成：《蘇軾詞的接受與影響——從期待視野的角度觀之》（彰化：國立彰化師範大學碩士論文，2008年6月）。

〔註161〕 李偉：《李清照接受史研究》（河北：河北大學碩士論文，2009年6月）。

〔註162〕 薛乃文：《馮延巳詞接受史》（臺南：國立成功大學碩士論文，2009年6月）。

〔註163〕 顏文郁：《韋莊詞接受史》（臺南：國立成功大學碩士論文，2009年6月）。

〔註164〕 曾春英：《歐陽修詞接受史研究》（江西：南昌大學碩士論文，2009年12月）。

〔註165〕 普義南：《吳文英詞接受史》（臺北：淡江大學博士論文，2010年6月）。

		許淑惠《秦觀詞接受史》〔註 166〕	2010
		柯瑋郁《晏幾道小山詞接受史》〔註 167〕	2010
		杜懷才《朱彝尊詞與詞學接受史》〔註 168〕	2010
		黃水平《論陽羨詞派對蘇辛的接受與發展》〔註 169〕	2011
		夏婉玲《張先詞接受史》〔註 170〕	2011
		張巽雅《賀鑄詞接受史》〔註 171〕	2012
以詞集、詞選爲研究主題	期刊論文	孔祥云〈淺析《花庵詞選》在明清的接受〉〔註 172〕	2011
		朱建光〈論《草堂詩餘》在明代的傳播接受〉〔註 173〕	2012
	研究專著	李冬紅《「花間集」接受史論稿》〔註 174〕	2004
	學位論文	范松義《「花間集」接受論》〔註 175〕	2003
		白靜《「花間集」傳播接受研究》〔註 176〕	2003

〔註 166〕 許淑惠:《秦觀詞接受史》(臺南:國立成功大學碩士論文,2010年 6 月)。

〔註 167〕 柯瑋郁:《晏幾道小山詞接受史》(臺南:國立成功大學碩士論文,2010 年 6 月)。

〔註 168〕 杜懷才:《朱彝尊詞與詞學接受史》(合肥:安徽大學碩士論文,2010年 8 月)。

〔註 169〕 黃水平:《論陽羨詞派對蘇辛的接受與發展》(重慶:西南大學碩士論文,2011 年 4 月)。

〔註 170〕 夏婉玲:《張先詞接受史》(臺南:國立成功大學碩士論文,2011年 6 月)。

〔註 171〕 張巽雅:《賀鑄詞接受史》(臺南:國立成功大學碩士論文,2012年 1 月)。

〔註 172〕 孔祥云:〈淺析《花庵詞選》在明清的接受〉,《現代教育》,2011年 09 期,頁 52～53。

〔註 173〕 朱建光:〈論《草堂詩餘》在明代的傳播接受〉,《理論導刊》,2012年 04 期,頁 100～102。

〔註 174〕 李冬紅:《「花間集」接受史論稿》(濟南:齊魯書社,2006 年 6 月)。

〔註 175〕 范松義:《「花間集」接受論》(開封:河南大學碩士論文,2003 年 5 月)。

〔註 176〕 白靜:《「花間集」傳播接受研究》(武漢:湖北大學碩士論文,2003年 6 月)。

| 以時代性文學爲研究主題 | 學位論文 | 陳松宜《清代接受宋詞之研究》〔註177〕 | 1998 |
| | | 尹禧《宋詞在韓國傳播與接受》〔註178〕 | 2006 |

二、陸游詞之研究概況

臺灣學界對陸游的探討，多是圍繞其詩文而行，關於詞的研究反而冷清。茲將臺灣研究陸游詞的論文臚列如次：

出版類型	作者／篇名	年代
論文專著	翟瞻納《放翁詞研究》〔註179〕	1972
期刊論文	陳水雲〈放翁詞及其感情生活〉〔註180〕	1980
期刊論文	陳香〈〈釵頭鳳〉及其他：磨折陸游一生的感情觸礁〉〔註181〕	1982
期刊論文	薛順雄〈陸游「釵頭鳳」詞辨析〉〔註182〕	1992
期刊論文	張雪松〈陸游的婚姻悲劇〉〔註183〕	1992
期刊論文	陳秀端〈心在天山，身老滄洲——談放翁詞〉〔註184〕	1993
期刊論文	吳建華〈此恨綿綿無絕期——陸游與唐琬的愛情悲劇〉〔註185〕	1998
學位論文	許鸝玲《朱敦儒與陸游詞比較研究》〔註186〕	2004

〔註177〕 陳松宜：《清代接受宋詞之研究》（桃園：國立中央大學碩士論文，1998年6月）。
〔註178〕 尹禧：《宋詞在韓國傳播與接受》（北京：北京師範大學碩士論文，2006年5月）。
〔註179〕 翟瞻納：《放翁詞研究》（臺北：嘉新水泥公司，1972年3月）。
〔註180〕 陳水雲：〈放翁詞及其感情生活〉，《哲學與文化》（1980年1月），頁39～42。
〔註181〕 陳香：〈〈釵頭鳳〉及其他：磨折陸游一生的感情觸礁〉，《東方雜誌》（1982年5月），頁63～66。
〔註182〕 薛順雄：〈陸游「釵頭鳳」詞辨析〉，《東海中文學報》（1992年8月），頁31～38。
〔註183〕 張雪松：〈陸游的婚姻悲劇〉，《國文天地》（1992年9月），頁80～83。
〔註184〕 陳秀端：〈心在天山，身老滄洲——談放翁詞〉，《國文天地》（1993年8月），頁86～92。
〔註185〕 吳建華：〈此恨綿綿無絕期——陸游與唐琬的愛情悲劇〉，《中國語文》（1998年3月），頁95～97。
〔註186〕 許鸝玲：《朱敦儒與陸游詞比較研究》（彰化：國立彰化師範大學碩士論文，2004年6月）。

學位論文	何家育《陸游和朱敦儒詞中隱逸思想比較研究》〔註187〕	2009
期刊論文	何淑貞〈橋下春波驚鴻照影——談陸游的感情本質〉〔註188〕	2009
學位論文	蘇振杰《陸游詞研究》〔註189〕	2010

　　綜觀台灣學界研究陸游詞的概況，以期刊論文為多數，學位論文總三本，另有一本論文專著。翟瞻納《放翁詞研究》為臺灣學界早期研究陸游詞之論文專著，內容含括陸游簡略年譜，並依詞作風格進行分類，同時討論其中形式技巧，而陸游詞之校記、注釋、集評與編年實為本書重點。學位論文三本，其中兩本以陸游與朱敦儒詞相互比較為主題，包含二人的創作背景、共同偏好與各自側重的創作主題、形式技巧與風格的比較；另《陸游詞研究》則以探究陸游詞的創作背景、詞作內容、形式技巧、用典情形、詞風探討為主。論及陸游詞的期刊論文，多以陸游的感情世界或〈釵頭鳳〉一詞及其本事為討論對象，如〈放翁詞及其感情生活〉以詞體更適於書寫情感為由，從陸游詞作著手，探究陸游情感中的愛國思想、隱逸意趣、沈鬱哀怨等，細繪出陸游的情感世界；〈〈釵頭鳳〉及其他：磨折陸游一生的感情觸礁〉、〈陸游「釵頭鳳」詞辨析〉、〈陸游的婚姻悲劇〉、〈此恨綿綿無絕期——陸游與唐琬的愛情悲劇〉、〈橋下春波驚鴻照影——談陸游的感情本質〉等四篇，多聚焦在陸游與唐琬故事，並以〈釵頭鳳〉一詞與陸游詩作為佐證，探析陸游之兒女情長。然亦有認為〈釵頭鳳〉為陸游宦遊蜀地時的作品，即〈陸游「釵頭鳳」詞辨析〉，此文以「宮牆」、「柳」等詞應指風月歡場，故言此闋詞應是陸游於四川時懷念所愛歌妓之作品；〈心在天山，身老滄洲——談放翁詞〉，則是從陸游詞作探究其壯

〔註187〕　何家育：《陸游和朱敦儒詞中隱逸思想比較研究》（嘉義：南華大學碩士論文，2009 年 6 月）。

〔註188〕　何淑貞：〈橋下春波驚鴻照影——談陸游的感情本質〉，《中國語文》（2009 年 11 月），頁 33～53。

〔註189〕　蘇振杰：《陸游詞研究》（彰化：國立彰化師範大學碩士論文，2010 年 6 月）。

志未酬的感慨與苦悶。可知臺灣研究陸游詞多以詞作內容及其思想情感爲出發點。

　　較之臺灣的研究概況，大陸地區研究陸游詞的數量及面向，皆豐於臺灣，以下爲大陸地區研究陸游詞之概況：

出版類型	作者／篇名	年代
研究專著	夏承燾《放翁詞編年箋注》〔註190〕	1984
	王雙啓《陸游詞新譯輯評》〔註191〕	2001
學位論文	黃慧忻《〈放翁詞〉研究》〔註192〕	2006
	王平《〈放翁詞〉綜論》〔註193〕	2006
	張莉姍《陸游詞心初探》〔註194〕	2008
	陳淼《陸游詞藝術研究》〔註195〕	2008

分　類	作者／篇名	年代
研究綜述及批評接受	傅明善〈近百年來陸游研究綜述〉〔註196〕	2001
	梁桂芳〈陸游詞的心態──兼論陸詞風格及其在詞史上的地位〉〔註197〕	2004

〔註190〕　〔宋〕陸游撰、夏承燾箋注：《放翁詞編年箋注》（臺北：漢京文化事業公司，1984年7月）。
〔註191〕　王雙啓：《陸游詞新譯輯評》（北京：中國書店，2001年1月）。
〔註192〕　黃慧忻：《〈放翁詞〉研究》（廣州：暨南大學碩士論文，2006年5月）。
〔註193〕　王平：《〈放翁詞〉綜論》（武漢：華中師範大學碩士論文，2006年5月）。
〔註194〕　張莉姍：《陸游詞心初探》（貴陽：貴州大學碩士論文，2008年4月）。
〔註195〕　陳淼：《陸游詞藝術研究》（福州：福建師範大學碩士論文，2008年5月）。
〔註196〕　傅明善：〈近百年來陸游研究綜述〉，《中國韻文學刊》，2001年第1期，頁27～31。
〔註197〕　梁桂芳：〈陸游詞的心態──兼論陸詞風格及其在詞史上的地位〉，《新疆師範大學學報（哲學社會科學版）》（2004年10月），第25卷第4期，頁145～148。

	農遼林〈陸游詞研究綜述〉〔註198〕	2008
	胡金佳〈近十年陸游研究綜述〉〔註199〕	2009
	劉揚忠〈陸游及其詩詞八百年來的影響和被接受簡史〉〔註200〕	2011
	焦寶〈陸游詞論與詞的傳播研究初探〉〔註201〕	2011
	歐陽明亮〈清代陸游詞的批評歷程〉〔註202〕	2011
解析陸游詞作之內容主題	樊英〈只有香如故——也談陸游詞的愛國精神〉〔註203〕	2001
	戴思蘭〈放翁詠梅詩詞賞析〉〔註204〕	2001
	宮紅英〈從陸游的詠梅詩詞看其人格美——兼評郭沫若關於〈卜算子〉的分析〉〔註205〕	2003
	黃連平〈放翁原具自家真——淺談陸游詞的內容特色〉〔註206〕	2005
	古玉芳〈老卻英雄似等閑——從陸游詞中「閑」字看其仕與隱的矛盾心理與不平之思〉〔註207〕	2006

〔註198〕 農遼林:〈陸游詞研究綜述〉,《南寧師範高等專科學校學報》(2008 年 6 月),第 25 卷第 2 期,頁 37～39。

〔註199〕 胡金佳:〈近十年陸游研究綜述〉,《齊齊哈爾師範高等專科學校學報》,2009 年第 5 期,頁 88～90。

〔註200〕 劉揚忠:〈陸游及其詩詞八百年來的影響和被接受簡史〉,《紹興文理學院學報》(2011 年 1 月),第 31 卷第 1 期,頁 1～8。

〔註201〕 焦寶:〈陸游詞論與詞的傳播研究初探〉,《紹興文理學院學報》(2011 年 1 月),第 31 卷第 1 期,頁 14～17。

〔註202〕 歐陽明亮:〈清代陸游詞的批評歷程〉,《中國韻文學刊》(2011 年 7 月),第 25 卷第 3 期,頁 35～42。

〔註203〕 樊英:〈只有香如故——也談陸游詞的愛國精神〉,《楚雄師專學報》(2001 年 4 月),第 16 卷第 2 期,頁 28～29。

〔註204〕 戴思蘭:〈放翁詠梅詩詞賞析〉,《北京林業大學學報》(2001 年 1 月),第 23 卷特刊,頁 71～72。

〔註205〕 宮紅英:〈從陸游的詠梅詩詞看其人格美——兼評郭沫若關於〈卜算子〉的分析〉,《邯鄲師專學報》(2003 年 12 月),第 13 卷第 4 期,頁 26～30。

〔註206〕 黃連平:〈放翁原具自家真——淺談陸游詞的內容特色〉,《中國青年政治學院學報》,2005 年第 5 期,頁 123～127。

〔註207〕 古玉芳:〈老卻英雄似等閑——從陸游詞中「閑」字看其仕與隱的矛盾心理與不平之思〉,《紹興文理學院學報》(2006 年 6 月),第 26 卷第 3 期,頁 85～88。

姜榮〈茫茫夢境　畢竟成塵──陸游記「夢」詞創作類型及創作原因探究〉〔註208〕	2007
邱文俠〈放翁回憶詞初探〉〔註209〕	2007
王惠梅〈未爲堯舜用　且向煙霞托──論陸游隱逸詞〉〔註210〕	2007
張會〈放翁詞中「船」意象的原型分析〉〔註211〕	2008
李曉箏、羅玲誼〈拳拳心‧綿綿意‧深深情──陸游詩詞創作情感淺析〉〔註212〕	2008
白振奎〈陸游‧地理‧空間〉〔註213〕	2008
張莉珊〈從陸游詞看其狂與悲交織的複雜心態〉〔註214〕	2009
張莉珊〈「三山山下閑居士」──從陸游詞看其仕與隱的矛盾心理〉〔註215〕	2009
吳婷〈「亙古男兒一放翁」──陸游詞中愛國思想解析〉〔註216〕	2009
練怡〈陸游詞中的舟船意象〉〔註217〕	2009

〔註208〕　姜榮：〈茫茫夢境　畢竟成塵──陸游記「夢」詞創作類型及創作原因探究〉，《樂山師範學院學報》（2007年1月），第22卷第1期，頁28～31。

〔註209〕　邱文俠：〈放翁回憶詞初探〉，《和田師範專科學校學報（漢文綜合版）》（2007年7月），第27卷第6期。

〔註210〕　王惠梅：〈未爲堯舜用　且向煙霞托──論陸游隱逸詞〉，《十堰職業技術學院學報》（2007年12月），第20卷第6期，頁70～72。

〔註211〕　張會：〈放翁詞中「船」意象的原型分析〉，《安康學院學報》（2008年2月），第20卷第1期，頁50～55。

〔註212〕　李曉箏、羅玲誼：〈拳拳心‧綿綿意‧深深情──陸游詩詞創作情感淺析〉，《安徽文學》，2008年第8期，頁31～32。

〔註213〕　白振奎：〈陸游‧地理‧空間〉，《中國韻文學刊》（2008年9月），第22卷第3期，頁30～35。

〔註214〕　張莉珊：〈從陸游詞看其狂與悲交織的複雜心態〉，《貴州教育學院學報（社會科學）》（2009年4月），第25卷第4期，頁56～60。

〔註215〕　張莉珊：〈「三山山下閑居士」──從陸游詞看其仕與隱的矛盾心理〉，《貴州民族學院學報》，2009年第3期，頁163～165。

〔註216〕　吳婷：〈「亙古男兒一放翁」──陸游詞中愛國思想解析〉，《新西部》，2009年06期，頁111～112。

〔註217〕　練怡：〈陸游詞中的舟船意象〉，《安徽文學》，2009年第12期，頁96～97。

	于財有〈試析陸游的宮怨詩詞〉〔註218〕	2009
	李娟〈陸游隱逸詞意象探析〉〔註219〕	2009
	陳蘇梅〈析陸游的海棠詞〉〔註220〕	2009
	朱秀芳〈「亙古男兒一放翁」──陸游愛國詩詞解讀〉〔註221〕	2010
	高利華〈陸游隱逸詞的地域人文淵藪〉〔註222〕	2011
	何玉玲〈初論陸游艷情詞〉〔註223〕	2011
	許芳紅〈杜陵詩在得其骨 賀鑒湖老荒此身──陸游鏡湖詩詞析論〉〔註224〕	2011
論陸游詞之風格特色及藝術技巧	黃英、鄧永洪〈陸游詞修辭藝術初探〉〔註225〕	2001
	付僑生、劉瑞鳳〈陸游詞的語言風格淺析〉〔註226〕	2004
	劉軍政〈論陸游詞風之變〉〔註227〕	2006
	胡元翎〈陸游詞之缺失及原因探析〉〔註228〕	2006

〔註218〕 于財有:〈試析陸游的宮怨詩詞〉,《佳木斯大學社會科學學報》(2009年2月),第27卷第1期,頁65～67。

〔註219〕 李娟:〈陸游隱逸詞意象探析〉,《長沙通信職業技術學院學報》(2009年6月),第8卷第2期,頁89～91。

〔註220〕 陳蘇梅:〈析陸游的海棠詞〉,《語文學刊》,2009年第5期,頁25～26。

〔註221〕 朱秀芳:〈「亙古男兒一放翁」──陸游愛國詩詞解讀〉,《銅仁學院學報》(2010年7月),第12卷第4期,頁33～38。

〔註222〕 高利華:〈陸游隱逸詞的地域人文淵藪〉,《紹興文理學院學報》(2011年3月),第31卷第2期,頁6～10。

〔註223〕 何玉玲:〈初論陸游艷情詞〉,《邊疆經濟與文化》,2011年第3期,頁82～83。

〔註224〕 許芳紅:〈杜陵詩在得其骨 賀鑒湖老荒此身──陸游鏡湖詩詞析論〉,《紹興文理學院學報》(2011年7月),第31卷第4期,頁25～29。

〔註225〕 黃英、鄧永洪:〈陸游詞修辭藝術初探〉,《攀枝花大學學報》(2001年3月),第18卷第1期,頁20～24。

〔註226〕 付僑生、劉瑞鳳:〈陸游詞的語言風格淺析〉,《廣東教育學院學報》,2004年01期,頁43～46。

〔註227〕 劉軍政:〈論陸游詞風之變〉,《南陽師範學院學報(社會科學版)》(2006年2月),第5卷第2期,頁45～48。

〔註228〕 胡元翎:〈陸游詞之缺失及原因探析〉,《北京大學學報(哲學社會科學版)》(2006年3月),第43卷第4期,頁78～84。

	才學娟〈試述陸游對詞的認知態度及創作實踐〉〔註229〕	2006
	韋少娟〈論陸游詞的藝術特色〉〔註230〕	2007
	蘇愛風〈陸游詞中的「夢」「鬢」「淚」〉〔註231〕	2007
	房日晰〈陸游詞「以詩爲詞」說〉〔註232〕	2008
	王姝〈梅品人品兩奇葩——陸游詩詞中梅的意象探勝〉〔註233〕	2008
	陳祖美〈論《放翁詞》的「創調」和「壓調」之作〉〔註234〕	2008
	陳桂聲〈論放翁詞與三國事〉〔註235〕	2009
	練怡〈從詩化之詞的美感特質看陸游詞之得失〉〔註236〕	2009
	陳洪清〈「亙古男兒一放翁」——論陸游詞中的抒情主人公形象〉〔註237〕	2009
	張謹〈陸游詩餘別解〉〔註238〕	2010
論〈釵頭鳳〉一詞	高利華〈陸游〈釵頭鳳〉是「僞作」嗎——兼談文本中「宮牆」諸意象的詩詞互証〉〔註239〕	2001

〔註229〕　才學娟:〈試述陸游對詞的認知態度及創作實踐〉,《江西廣播電視大學學報》,2006 年第 3 期,頁 20〜22。

〔註230〕　韋少娟:〈論陸游詞的藝術特色〉,《韶關學院學報·社會科學》(2007 年 1 月),第 28 卷第 2 期,頁 10〜12。

〔註231〕　蘇愛風:〈陸游詞中的「夢」「鬢」「淚」〉,《古代文學研究》(2007 年 3 月),頁 26〜28。

〔註232〕　房日晰:〈陸游詞「以詩爲詞」說〉,《古典文學知識》,2008 年 02 期,頁 120〜127。

〔註233〕　王姝:〈梅品人品兩奇葩——陸游詩詞中梅的意象探勝〉,《遼寧經濟管理幹部學院學報》,2008 年第 4 期,頁 150〜151。

〔註234〕　陳祖美:〈論《放翁詞》的「創調」和「壓調」之作〉,《文學遺產》,2008 年第 5 期,頁 67〜72。

〔註235〕　陳桂聲:〈論放翁詞與三國事〉,《蘇州大學學報(哲學社會科學版)》(2009 年 1 月),第 1 期,頁 73〜76。

〔註236〕　練怡:〈從詩化之詞的美感特質看陸游詞之得失〉,《黃岡師範學院學報》(2009 年 12 月),頁 16〜18。

〔註237〕　陳洪清:〈「亙古男兒一放翁」——論陸游詞中的抒情主人公形象〉,《經濟與社會發展》,2009 年第 3 期,頁 83〜85。

〔註238〕　張謹:〈陸游詩餘別解〉,《西安歐亞學院學報》(2010 年 10 月),第 8 卷第 4 期,頁 67〜70。

〔註239〕　高利華:〈陸游〈釵頭鳳〉是「僞作」嗎——兼談文本中「宮牆」諸意象的詩詞互証〉,《學術月刊》(2001 年 4 月),第 43 卷,頁 107〜112。

張乃良〈千古一愛傷心事──陸游「沈園詩詞」的論探〉〔註240〕	2001
高利華〈〈釵頭鳳〉的背景〉〔註241〕	2001
周先慎〈千言萬語鎖住舌尖頭──陸游〈釵頭鳳〉賞析〉〔註242〕	2001
蕭曉燕〈刻骨銘心悵然永存──讀陸游的愛情詩詞〉〔註243〕	2002
黃世中〈〈釵頭鳳〉公案考辨〉〔註244〕	2006
趙之蘭〈陸游〈釵頭鳳〉詞本事辨析〉〔註245〕	2007
龔瑩瑩〈天長地久有時盡 此恨綿綿無絕期──賞析陸游唐琬之〈釵頭鳳〉〉〔註246〕	2008
范新陽〈山盟雖在 錦書難托──陸游〈釵頭鳳〉詞賞析兼論其本事〉〔註247〕	2008
李青雲〈亙古男兒的千年情殤──陸游寫給唐琬的愛情詩詞賞析〉〔註248〕	2008
韋秀堂〈論陸游沈園詩詞的悲劇美〉〔註249〕	2009

〔註240〕 張乃良:〈千古一愛傷心事──陸游「沈園詩詞」的論探〉,《榆林高等專科學校學報》,2001 年 01 期,頁 54～57。

〔註241〕 高利華:〈〈釵頭鳳〉的背景〉,《文史知識》,2001 年 12 期,頁 44～47。

〔註242〕 周先慎:〈千言萬語鎖住舌尖頭──陸游〈釵頭鳳〉賞析〉,《文史知識》,2001 年 12 期,頁 40～43。

〔註243〕 蕭曉燕:〈刻骨銘心悵然永存──讀陸游的愛情詩詞〉,《集寧師專學報》(2002 年 3 月),第 24 卷第 2 期,頁 30～32。

〔註244〕 黃世中:〈〈釵頭鳳〉公案考辨〉,《中國海洋大學學報(社會科學版)》,2006 年第 1 期,頁 57～67。

〔註245〕 趙之蘭:〈陸游〈釵頭鳳〉詞本事辨析〉,《中文自學指導》,200 年第 5 期,頁 58～60。

〔註246〕 龔瑩瑩:〈天長地久有時盡 此恨綿綿無絕期──賞析陸游唐琬之〈釵頭鳳〉〉,《中學課程資源》,2008 年 03 期,頁 15～16。

〔註247〕 范新陽:〈山盟雖在 錦書難托──陸游〈釵頭鳳〉詞賞析兼論其本事〉,《名作欣賞》,2008 年 17 期,頁 96～99。

〔註248〕 李青雲:〈亙古男兒的千年情殤──陸游寫給唐琬的愛情詩詞賞析〉,《河北旅遊職業學院學報》,2008 年第 1 期,頁 97～100。

〔註249〕 韋秀堂:〈論陸游沈園詩詞的悲劇美〉,《貴州教育學院學報(社會科學)》(2009 年 5 月),第 25 卷第 5 期,頁 69～72。

論單篇詞作	尹占華〈陸游〈釵頭鳳〉詞本事再辨〉〔註250〕	2012
	段學紅〈陸游〈卜算子 詠梅〉解讀〉〔註251〕	2000
	何俊霞〈一生不忘匡復 暮年空增悲憤——走近陸游，解讀〈訴衷情〉〉〔註252〕	2006
	林紅〈從女性主義視點讀陸游〈水龍吟 榮南作〉〉〔註253〕	2008
	王珂〈淺析放翁〈鷓鴣天〉詞三首〉〔註254〕	2009
	歐明俊〈陸游〈卜算子 詠梅〉一首宋詞「經典」的形成史解析〉〔註255〕	2010
與其他詞家並論	唐月琴〈試論李清照、陸游、辛棄疾詞作的對比手法〉〔註256〕	2003
	劉揚忠〈陸游、辛棄疾詞內容與風格異同論〉〔註257〕	2006
	周建梅〈論蘇軾、陸游、辛棄疾詞作中的相同關鍵詞「歸」〉〔註258〕	2006
	權梨舟〈談陸游、辛棄疾的人生哲理詩詞〉〔註259〕	2008
	張玉奇〈陸游、辛棄疾詠梅詞之比較〉〔註260〕	2008

〔註250〕 尹占華：〈陸游〈釵頭鳳〉詞本事再辨〉，《菏澤學院學報》（2012年 2 月），第 34 卷第 1 期，頁 20～22。

〔註251〕 段學紅：〈陸游〈卜算子 詠梅〉解讀〉，《河北廣播電視大學學報》（2000 年 12 月），第 5 卷第 4 期，頁 27～28。

〔註252〕 何俊霞：〈一生不忘匡復 暮年空增悲憤——走近陸游，解讀〈訴衷情〉〉，《河北自學考試》，2006 年第 8 期，頁 22。

〔註253〕 林紅：〈從女性主義視點讀陸游〈水龍吟 榮南作〉〉，《博覽群書》，2008 年 07 期，頁 34～37。

〔註254〕 王珂：〈淺析放翁〈鷓鴣天〉詞三首〉，《古典文學知識》，2009 年第 2 期，頁 28～32。

〔註255〕 歐明俊：〈陸游〈卜算子 詠梅〉一首宋詞「經典」的形成史解析〉，《文史知識》，2010 年 05 期，頁 4～10。

〔註256〕 唐月琴：〈試論李清照、陸游、辛棄疾詞作的對比手法〉，《深圳大學學報》（2003 年 7 月），第 20 卷第 4 期，頁 100～130。

〔註257〕 劉揚忠：〈陸游、辛棄疾詞內容與風格異同論〉，《中國韻文學刊》（2006 年 3 月），第 20 卷第 1 期，頁 30～35。

〔註258〕 周建梅：〈論蘇軾、陸游、辛棄疾詞作中的相同關鍵詞「歸」〉，《樂山師範學院學報》（2006 年 4 月），第 21 卷第 4 期，頁 6～10。

〔註259〕 權梨舟：〈談陸游、辛棄疾的人生哲理詩詞〉，《渭南師範學院學報》（2008 年 7 月），第 23 卷第 4 期，頁 40～41。

〔註260〕 張玉奇：〈陸游、辛棄疾詠梅詞之比較〉，《九江學院學報》，2008 年第 5 期，頁 99～102。

許芳紅〈論唐宋詞對南宋詩的滲透——以范成大、陸游、姜夔爲中心的初步探討〉〔註261〕	2008
王奧玲〈如泣如歌訴衷腸——愛倫·坡的〈安娜貝爾·麗〉與陸游的〈釵頭鳳〉之比較〉〔註262〕	2011
許芳紅〈從詩詞題材構成解讀南宋初期之詩詞觀——以南宋陸游、辛棄疾、姜夔爲例〉〔註263〕	2011
許芳紅〈詩顯而詞隱詩直而詞婉——從陸游、辛棄疾、姜夔的詠梅詩詞解讀詩詞互滲〉〔註264〕	2011

　　大陸地區對陸游詞的研究，專著部分以夏承燾《放翁詞編年箋注》及王雙啓《陸游詞新譯輯評》兩本爲主，兩者在陸游詞的編年以及注譯上皆有所貢獻。此外，若以研究陸游爲中心，孔凡禮、齊治平《陸游資料彙編》〔註265〕，也是必要的參考資料。關於陸游年譜，最早由錢大昕《陸放翁先生年譜》〔註266〕、趙翼《陸放翁年譜》〔註267〕爲先鋒，然二者體例嚴謹，惜規模未宏或考論事蹟過略，近代大陸地區學者于北山《陸游年譜》或可補遺。學位論文方面，共計四本，分別探究陸游詞的風格、意境、詞學思想與藝術成就，多從詞作本身思考、探析。有別於研究專著與學位論文之數量，期刊論文著述頗豐，筆者蒐羅近十年論及陸游詞之期刊論文，

〔註261〕 許芳紅：〈論唐宋詞對南宋詩的滲透——以范成大、陸游、姜夔爲中心的初步探討〉，《文學遺產》，2008 年第 6 期，頁 59～67。

〔註262〕 王奧玲：〈如泣如歌訴衷腸——愛倫·坡的〈安娜貝爾·麗〉與陸游的〈釵頭鳳〉之比較〉，《長城》，2011 年 06 期，頁 91～92。

〔註263〕 許芳紅：〈從詩詞題材構成解讀南宋初期之詩詞觀——以南宋陸游、辛棄疾、姜夔爲例〉，《江蘇教育學院學報（社會科學）》（2011 年 9 月），第 27 卷第 5 期，頁 75～79。

〔註264〕 許芳紅：〈詩顯而詞隱詩直而詞婉——從陸游、辛棄疾、姜夔的詠梅詩詞解讀詩詞互滲〉，《山西大學學報（哲學社會科學版）》（2011 年 11 月），第 34 卷第 6 期，頁 31～37。

〔註265〕 孔凡禮、齊治平：《陸游資料彙編》（北京：中華書局，2004 年 1 月）。

〔註266〕 〔清〕錢大昕：《陸放翁先生年譜》，收錄於《北京圖書館藏珍本年譜叢刊》（北京：北京圖書館，1999 年）第 25 冊，頁 437～494。

〔註267〕 〔清〕趙翼：《陸放翁年譜》，收錄於《宋人年譜叢刊》（成都：四川大學出版社，2003 年），冊 9。

共計得 69 篇，觀其研究內容略可分爲:「研究綜述及批評接受」、「解析陸游詞作之情感思想」、「論陸游詞之風格特色及藝術技巧」、「論〈釵頭鳳〉一詞」、「論單篇詞作」、「與其他詞家並論」六類，其中以「論陸游詞之風格特色及藝術技巧」爲夥，且若涉及陸游單篇詞作，〈釵頭鳳〉也是聚焦所在，而陸游詞作中的愛國之思、隱逸閑情也爲討論重點。與本論文較爲相關的「研究綜述及批評接受」部分，多合論陸游詩、詞、文，且著重於詩歌，詞、文則相對關注較少。

第三節　研究方法與範圍

一、研究方法

　　本論文的研究方法，係以「接受美學」（Rezeptionsasthetic）爲理論基礎，以讀者爲中心的概念，分析、歸納中國歷代對陸游詞的接受概況。

　　接受美學亦稱作「接受理論」（Rezeptionschorie），源自 1960 年代末、1970 年代初聯邦德國的新文學思潮，主要理論家爲康斯坦茨大學教授漢斯・羅伯特・姚斯（Hans Robert Jauss）與沃爾夫岡・伊瑟爾（Walfangg Iser），接受理論由二人發出後，漸成流行，甚擴及至西歐各國。爾後更與美國「讀者反應批評」理論相互合流，至 1980 年代中期傳入中國，開啓以接受理論爲基礎，中國文學爲對象之研究熱潮，它不僅突破研究中國傳統文學之困境與侷限，也爲中國文學研究拓展出新的視野。接受美學理論首先以「反文本中心論」出發，姚斯認爲文本應存於歷史當中，並且經歷不斷地演化交替，獨立且絕對的文本是不存在的，它不過是文學史上讀者反應效果的呈現；伊瑟爾則指出文本是作品與讀者相互作用而成，本質上屬於動態。可見二人皆肯定文本的不確定性，並認爲閱讀也是一種創作的過程。其次，提出「讀者中心論」，強調讀者的能動作用、閱讀的創造性，強調接受

的主體性，作品的意義是讀者從文本中發掘出來的。〔註 268〕

　　姚斯提出「期待視野」爲其理論之核心，認爲讀者依自身之生活經驗與閱讀經驗，重新解讀文本，此爲創造的過程，然不同的讀者會有不同的解讀，甚同一位讀者在不同時期的閱讀，也會創造出不同的理解，而將其串連、編織，掌握解讀文本的歷時性及共時性，逐漸建立出一種轉向讀者的文學史。姚斯主張：「一部文學作品，並不是一個自身獨立，向每一時代的每一讀者均提供同樣觀點的客體。它不是一尊紀念碑，形而上學地展示其超時代的本質。它更多地像一部管弦樂譜，在其演奏中不斷獲得讀者新的反響，使文本從詞的物質型態中解放出來，成爲一種當代的存在。」〔註 269〕姚斯企圖編纂一部「讀者的文學史」，他爲此畫下有別於傳統文學史的界線，他認爲文學史是一個審美接受和審美生產的過程，審美生產是文本在接受者、批評家和其他作者經過閱讀，進而解讀、創作，實現文本的過程，而在傳統文學史中，僅是將此一過程所遺留下來的靜態成果收集並歸類，若將此種「事實」看作文學史，則是混淆了藝術作品的動態生成的特點和一般的歷史事實。相較於姚斯對於讀者的特別關注，伊瑟爾則強調文本與讀者在閱讀中的相互作用，提出「空白」、「隱含讀者」等觀點，試圖以微觀的角度探析讀者與文本之間的關係，他認爲文本的意義不是文本或讀者單一方面的產物，而是雙方相互作用之後的結果，閱讀經驗中的產物，主張文本所使用的語言間留有眾多的「空白」與「不確定性」，而此種「空白」與「不確定性」正供給了讀者詮釋的空間，且文本在未被閱讀之前並非眞正存在，而是有待實現的隱含文本，期待可能出現之讀者。〔註 270〕

〔註 268〕　〔德〕姚斯、霍拉勃著，周寧、金元浦譯：《接受美學與接受理論》（瀋陽：遼寧人民出版社，1987 年 9 月），頁 1～2。

〔註 269〕　〔德〕姚斯、霍拉勃著，周寧、金元浦譯：《接受美學與接受理論》（瀋陽：遼寧人民出版社，1987 年 9 月），頁 26。

〔註 270〕　〔德〕沃爾夫岡·伊瑟爾著，周寧、金元浦譯：《閱讀活動——審美反應理論》（北京：中國社會科學出版社，1991 年 7 月），頁 217～278。

接受美學理論雖源於西方，然傳入中國後，與中國文學研究產生的融合也不可忽略。從 1980 年代之後，中國開始對接受美學理論進行引進和消化，隨之而來的是對接受史的研究與嘗試，至 1990 年代，遂開始多元發展。學術深化離不開理論方法的自覺，在做具體接受史研究的同時，不少研究者結合中國文學的接受傳統，對接受史的學術基礎、學術性質、學術價值及研究方法等問題，提出了各自的見解。〔註271〕陳文忠於〈走出接受史的困境──經典作家接受史研究反思〉一文中提出，在當前所見經典作家接受史研究著作，在研究方法上可概括爲三種模式：

> 一種可稱爲「三維歷時結構」，楊文雄的《李白詩歌接受史》既屬此類。筆者曾把經典作品接受史區分爲三個層面，即「以普通讀者爲主體的效果史研究；以詩評家爲主體的闡釋史研究；以詩人創作者爲主體的影響史研究。」……一種可稱爲「一維歷時結構」，即對作家接受史不細分爲效果史、闡釋史、影響史和經典閱讀史，完全按時間順序綜合性地評述作家在歷代的接受狀況。這一思路較爲普遍，高中甫的《歌德接受史》、蔡振念的《杜詩唐宋接受史》等均屬此類。……一種可稱爲「多維歷時結構」，李劍鋒的《元前陶淵明接受史》當屬此類。李著在〈緒論〉中提出了「兩條橫線和五條縱線」的思路：「一部陶淵明接受史在共時態上要把握陶淵明爲人和詩文兩條橫線，……在歷時形態上則要把握五條縱線：重點讀者史、聲名傳播史、創作影響史、闡釋評價史、視野史。」〔註272〕

本論文實採「三維歷時結構」的研究方法，將接受史區分爲「效果史

〔註271〕　陳文忠：〈20 年文學接受史研究回顧與思考〉，《安徽師範大學學報（人文社會科學版）》（2003 年 9 月），第 31 卷第 5 期，頁 354～357。

〔註272〕　陳文忠：〈走出接受史的困境──經典作家接受史研究反思〉，《陝西師範大學學報（哲學社會科學版）》（2011 年 7 月），第 40 卷第 4 期，頁 27～28。

研究」、「闡釋史研究」與「影響史研究」三個層面。筆者採行此研究方法與論題之對象、範圍密切相關,研究對象是陸游的詞作,企圖分析、歸納時人與後世對陸游詞的接受,且將其接受以共時及歷時二線並論之方式,建構出陸游詞之接受「史」。然若以「一維歷時結構」之研究方法,因「效果史」、「闡釋史」與「影響史」三者往往是互為作用、交相滲透,而此研究方法「一維」的思考架構,卻易漏失以普通讀者為主體之效果史與創作者為主體之影響史所產生的歷時性層面;「多維歷時結構」之研究方法則較適於經典作家之接受史,因李劍鋒所提出「兩條橫線和五條縱線」的思路,其中包含作家之為人與聲名傳播史等部分,而此類分析若使用於本論文,則不免失焦,亦橫跨出本論文的研究範圍。

因此,本論文是以「接受美學理論」為基礎,使用「三維歷時結構」——「效果史」、「闡釋史」、「影響史」三種層面之探討為研究方法,梳理中國歷代對陸游詞之接受概況,逐步建構出陸游詞接受史,研究方法與步驟如次:

(一)「效果史研究」

效果史研究是以普通讀者為主體,換言之,即是從普通讀者之角度,探究陸游詞之接受情況,然如何確立「普通讀者」的存在?此為效果史研究首要面對的課題。文本在完成之後,並不會自動投向接受者。在文本與接受者之間必定還有一個傳播過程,只有通過傳播,文本才能到達接受者之中。〔註273〕此傳播過程首先到達的,即是普通讀者的手中,沒有評論或感想的出現,僅是經由閱讀而接受,若要確立「普通讀者」的存在,可透過作品傳播的過程與方法探析之。經典作品的產生實要通過創作、流通、接受三個階段,然就「詞」的傳播與流通方式而言,有「傳唱」與「文本流通」兩種,然古人傳唱詞作之實況已無法見得,目前僅能由「文本流通」的傳播方式著手;詞作

〔註273〕 馬以鑫:《接受美學新論》(上海:學林出版社,1995 年 10 月),頁74。

的文本流通，可從詞人別集與歷代選本兩方面觀之，因此，陸游詞效果史研究，首先梳理陸游詞集的版本刊刻，確立陸游詞集的完整存在與流行概況，其次再以歷代詞選收錄陸游詞的情況，並以計量分析之方式，探求選本對陸游詞之接受，以期得出陸游詞在歷朝流傳與接受之現象。

（二）「闡釋史研究」

闡釋史是效果史的進一步深化，以評論家爲主體，評論家從自我感覺中進行理性的、科學的分析考察，這與普通讀者的接受是不同的。〔註274〕伊瑟爾曾提出文本的「空白」，並期待讀者給予填充，而填充的過程或可言即是評論家給予文本詮釋的過程，每部文學作品皆潛藏著一個多元的「整體意義」，而此「整體意義」是需要不斷地接受詮釋、評論，才可能被開展、呈現。歷代評論家給予文學作品的評論，正是一種闡釋的過程，以此爲主體，涉及作品的創作根源、意蘊內涵、風格特徵、審美意義等，將它進行分析闡釋所形成的歷史，即爲「闡釋史」；而「闡釋史研究」則是對歷代闡釋加以分析與重新思考，以期能提供新的思考結果及學術見解。〔註275〕因此，以陸游詞爲闡釋史研究的對象，則可由歷代詞學批評資料著手，筆者蒐羅歷代對陸游詞的評論，諸如詩話、詞話、筆記、詞籍（集）序跋、詞作評點資料、論詞絕句、論詞長短句等，並加以分析歸納，以期建構陸游詞之闡釋史研究。

（三）「影響史研究」

所謂「影響史」，就是受到藝術原型和藝術母題的影響啓發、形成文學系列的歷代作品史。〔註276〕簡而言之，應是受到經典作家、

〔註274〕 馬以鑫：《接受美學新論》（上海：學林出版社，1995年10月），頁143。
〔註275〕 陳文忠：《文學美學與接受史研究》（合肥：安徽人民出版社，2008年4月），頁267。
〔註276〕 陳文忠：《文學美學與接受史研究》（合肥：安徽人民出版社，2008年4月），頁301。

作品的影響，進而創作出來的作品，將它歷時串連，便可形成「影響史」。而「影響史研究」，正是對這些作品展開分析，探究其中模仿或與原作連結的部分，其表現方式可分爲三大類別，即「和韻」、「仿擬」、「集句」，筆者即從歷代詞作中蒐羅，受陸游詞影響進而創作之作品，試圖探析出後人在創作上對陸游詞的接受情況。

二、研究範圍與材料

　　本論文的研究範圍，自宋迄清，因此研究材料的蒐羅至清代止，民國以後的資料，則爲輔助論述之用，若有作家或評論者生卒年跨越朝代之情形，以其「卒年」爲斷限。

　　研究材料方面，由於接受美學理論乃以讀者爲中心，故因讀者、評論家或創作者而產生的資料，必爲聚焦所在。近年來，王師偉勇論接受史之研究材料云：「詞人『接受史』之研究而言，欲具體掌握其研究材料，宜自十方面著手：一曰他人和韻之作，二曰他人仿擬之作，三曰詩話，四曰筆記，五曰詞籍（集）序跋，六曰詞話，七曰論詞長短句，八曰論詞絕句，九曰評點資料，十曰詞選。」〔註 277〕茲就十大面向略述如次：

（一）和韻

　　明代徐師曾於《詩體明辨》對「和韻」的種類有清楚且明確的定義：「和韻詩有三類，一曰依韻，爲同在一韻中，而不必用其字也；二曰次韻，謂和其原韻，而先後次第皆因之也；三曰用韻，謂用其韻，而先後不必次也。」〔註 278〕和韻之法，首體現於詩歌，爾後詞人將此法移植於詞作之中，即爲「和韻詞」。蒐集詞題、詞序中有標註「次韻」、「和」、「步韻」、「用韻」於陸游詞者，或言「陸游體」者，皆可屬和韻材料。

〔註 277〕　王師偉勇：《清代論詞絕句初編》（臺北：里仁書局，2010 年 9 月），頁 1。

〔註 278〕　〔明〕徐師曾：《詩體明辨》（臺北：廣文書局，1972 年 4 月），下冊，卷 14，頁 1039。

（二）仿擬

　　王國維《人間詞話》云：「最工之文學，非徒善創，亦且善因。」
〔註279〕可見文學之美感不僅來自於獨創，其中承襲前人或自我經驗
之轉化，亦屬可貴。據王師偉勇撰〈兩宋詞人仿擬典範作品析論〉中
指出「仿擬體」依其效仿方式，可列歸爲：「效仿作法與體製」、「效
仿體製、內容與風格」以及「效仿總體風格」三種類型。〔註280〕所
謂「仿擬」即是作品於題序中標明「擬」、「效」、「改」、「法」、「用」
等字，且將原作之體製、作法、內容與風格皆仿效、承襲者。因此，
蒐羅詞作題序中含有「擬」、「效」、「改」、「法」、「用」等字者，則爲
仿擬材料。

（三）詩話

　　在詞話未成系統、專著之時，許多論詞之言語係散落於詩話當
中，自詞體於宋代興盛之後，詩話或多或少、或分散或集中的話及詞，
有以專卷或專「門」話詞的，如《浩然齋雅談》下卷、《詩人玉屑》
卷二十一爲〈詩餘門〉等。爾後，詩與詞之界線逐漸分明，詞話亦有
自成門戶，但詩話中仍有不少散見或連續的話詞條目。〔註281〕而詩
話資料以《歷代詩話》、《歷代詩話續編》等大型叢編本所收錄的詩話
較爲完備，其中對詞學評論的重要著作，多已收入《詞話叢編》，而
朱崇才《詞話叢編續編》〔註282〕也對《詞話叢編》未收錄者完成增
補。因此，歷代詩話中之論詞資料，也成爲研究材料之一。

（四）筆記

　　中國筆記資料內容含括甚廣，諸如史事實錄、見聞雜記、文學創

〔註279〕　王國維著、施議對譯注：《人間詞話譯注》（臺北：貫雅文化事業公
　　　　　司，1991年5月），頁448。
〔註280〕　王師偉勇撰：〈兩宋詞人仿擬典範作品析論〉，收錄於《人文與創意
　　　　　學術研討會論文集》（臺北：里仁書局，2008年6月），頁89～129。
〔註281〕　朱崇才：《詞話史》（北京：中華書局，2007年3月），頁3。
〔註282〕　朱崇才：《詞話叢編續編》（北京：人民文學出版社，2010年6月）。

作者，皆可納入筆記資料的範疇，然其中亦不乏論詞之語，雖體例較為鬆散，眞實性亦待考證，但當中所呈現的詞學觀點或詞作本事，也不可忽略。當今主要筆記資料之蒐集亦可由大型叢書著手，如《唐宋史料筆記叢刊》、《全宋筆記》、《筆記小說大觀》等。

（五）詞籍（集）序跋

詞籍（集）序跋主要出現在詞之別集、總集前後之文章，此外叢編、詞律、詞譜、詞韻等書之序跋，也在討論範疇之內，而這些序跋不僅言及詞籍（集）之內容、作者之概況，更重要的是它將詞籍（集）所蘊含的詞學思想，加以論述呈現，同時也會涉及詞學評論，以期讀者能接受、體會詞籍（集）內容，並達成共鳴。現今《詞籍序跋萃編》與《唐宋詞集序跋彙編》二書，已將大部分詞籍（集）序跋資料收錄完備，可資參考。

（六）詞話

詞話為詞學思想與評論之大宗，而詞話資料之蒐羅則有賴於詞話叢書之編纂，今以唐圭璋編《詞話叢編》、朱崇才編《詞話叢編續編》、映庵輯《彙輯宋人詞話——補詞話叢編》、張宗橚編、楊寶霖補正《詞林紀事補正》、張璋、職承讓等編《歷代詞話》、鄧子勉輯《宋金元詞話叢編》等書為詞話資料的主要來源，探求對陸游詞之評論材料。

（七）論詞長短句、論詞絕句

談及詞人詞作之接受，以韻文形式呈現之「論詞長短句」、「論詞絕句」為不可或缺之材料，二者皆以簡短之篇幅呈現作者本身之詞學評論。王師偉勇曾論及論詞絕句之價值云：「以『接受史』研究之觀點，清代論詞絕句之價值凡四：一曰擴大詞學批評之視野；二曰廣泛反映詞人之接受；三曰輔助建構論詞之觀點；四曰指出詞壇爭議之論題。」〔註283〕可知此對接受史之建構，至為重要。「論詞絕句」之蒐

〔註283〕 王師偉勇：《清代論詞絕句初編》（臺北：里仁書局，2010 年 9 月），
頁 42。

羅，經王師偉勇整理輯佚，計得 136 家，1137 首作品，萃成《清代論詞絕句初編》一書，本論文以此爲底本；論詞長短句方面，則蒐自《全宋詞》、《全金元詞》、《全明詞》、《全明詞補編》、《全清詞・順康卷》、《全清詞順康卷・補編》、《清詞別集百三十四種》等書，輔以《國朝詞綜續編》、《瑤華集》、《國朝詞綜補》等選集，作爲研究的材料。

（八）評點資料、詞選

　　評點資料往往散見於詞選當中，詞選之編選者爲抒發一己之見，或表達自身詞學觀點，故於詞選中以簡短之品評、眉批呈現；從接受美學的觀點來看，詞選的消費的行爲就是「接受」的過程。〔註 284〕編選者易受當時所處的時代風氣、社會文化，以及自身的審美價值、文學主張所囿，其中作品聲譽的流轉起伏，點滴畫出它們被接受的軌跡。本論文據王兆鵬《詞學史料學》、《四庫全書總目・詞曲類》所羅列之書目，爲蒐集歷代選本材料之主體，復參考其他詞籍叢書，並擷取選本中評點資料，加以整理歸納，遂成研究材料。

〔註284〕　蕭鵬：《群體的選擇——唐宋人詞選與詞人群通論》（南京：鳳凰出版社，2009 年 4 月），頁 52。

第二章　陸游詞效果史研究

　　姚斯在《接受美學與接受理論》一書中，企圖以接受美學為基礎，重新建立起編寫文學史的新觀點，他指出文學史不應只是編年史一類的事實堆積，〔註1〕而是要重視其中的審美判斷，並以讀者的接受為主。他認為：

> 一部文學作品的歷史生命如果沒有接受者的積極參與是
> 不可思議的。因為只有通過讀者的傳遞過程，作品才進
> 入一種連續性變化的經驗視野。在閱讀的過程中，永遠
> 不停地發生著從簡單接受到批評性的理解，從被動接受
> 到主動接受，從認識的審美標準到超越以往的新的生產
> 轉換。〔註2〕

可見作品需透過讀者的閱讀接受才能被賦予更豐富的視野角度，不再只是平面陳述，而是轉換成立體的理解。文學的歷史不只是作家作品排列成的事件史，更主要是作品所產生的效果史。沒有讀者接受和持續效果，作品就在實際上失去了存在和生命。〔註3〕同一部作品或同

〔註1〕〔德〕姚斯、霍拉勃著，周寧、金元浦譯：《接受美學與接受理論·走向接受美學》（瀋陽：遼寧人民出版社，1987年9月），頁5。

〔註2〕〔德〕姚斯、霍拉勃著，周寧、金元浦譯：《接受美學與接受理論·走向接受美學》（瀋陽：遼寧人民出版社，1987年9月），頁24。

〔註3〕楊文雄：《李白詩歌接受史》（臺北：五南圖書出版有限公司，2000年3月），頁23。

一位作家，經過時空的流轉，在每一時代所產生的接受效果大不相同，聲譽的揚抑、反應的強弱也展現出當時整體的社會背景，以及接受者的審美觀點與文化意蘊。

效果史研究，即考察作品審美效果的嬗變衍化和成因規律，包括讀者群的構成及其變遷，不同時代讀者對作品的接納反應及作品的顯晦聲譽，進而透過作品效果史探尋文藝風氣和審美趣味的演變軌跡等。〔註4〕所謂效果史係為作品在讀者間所造成連續性的審美效應與變化，但古人當時的審美反饋已無法精確得知，只可在文本、史料之間旁敲側擊，仔細推敲其中意蘊情感。如何從龐大的文本或史料記載中下手，此為處理效果史所要面對的第一難題，有學者則從選集始著手。〔註5〕通過選本收錄的作品數量，以及考察選本對當代的影響，便可描繪出作品、作家效果史的約略輪廓。

詞起興於宋，社會與政治的安定，促成文藝活動的繁盛，無論是創作或是傳播，皆日益豐富、快速，詞體也漸為文壇主流之一，如同韋勒克（Rene Wellek）與華倫（Austin Warren）在《文學論》中指出：「文學本身便是社會的一份子，它具有一種特定的社會地位，那就是說它接受某種程度的社會認許和報酬。……文學的興起經常始和特定的社會行為有密切的關係。」〔註6〕文學與社會文化息息相關，它不僅代表作者的個人情志，同時也蘊含時代的社會文化。詞在宋代是一種文化現象的代表，造成宋詞如此興盛，有部分肇因於當時傳播方式的快速與轉變。

李劍亮在《唐宋詞與唐宋歌妓制度》一書中提出唐宋詞有「動態

〔註4〕陳文忠：《文學美學與接受史研究》（合肥：安徽人民出版社，2008年4月），頁294。

〔註5〕如程千帆即是從選本中探尋考察，最後得出〈春江花月夜〉在被冷落幾百年之後，由明代李攀龍選入《古今詩刪》才出現轉機，直至聞一多讚賞此詩為「詩中之詩，頂峰上的頂峰。」〈春江花月夜〉的聲譽達到最高。

〔註6〕韋勒克（Rene Wellek）、華倫（Austin Warren）著，王夢鷗、許國橫譯：《文學論》（臺北：志文出版社，1983年2月），頁149。

傳播」與「靜態傳播」兩種方式，〔註7〕一般文學作品的接受，大多為文本與讀者雙向的直接傳遞，但詞經常是付諸於歌唱的，詞的文本有時通過歌者以歌唱方式傳播的間接接受，有時則是透過讀者閱讀的直接接受。前者在唐、五代時就已流為風尚，歐陽炯在〈花間集序〉中言：「昔郢人有歌陽春者，號為絕唱，乃命之為《花間集》，庶使西園英哲，用資羽蓋之歡；南國嬋娟，休唱蓮舟之引。」〔註8〕可見《花間集》為應歌選本，也可知當時唱詞之興。

　　直至宋代，印刷術蓬勃發展，書籍的傳播方式達到空前的進步與快速，書本被大量出版，不僅成本降低，品質也十分精良。張高評曾在〈北宋讀詩詩與宋代詩學──從傳播與接受之視角切入〉一文中曾言：「寫本典藏、雕版刊行、圖書流通、知識傳播、閱讀接受，五者循環無端，傳播與接受交相反饋，遂形成宋代文化之網絡系統。」〔註9〕書籍量產之後，帶動宋代整體的文化繁盛，也間接促成詞學的榮興，詞作的傳播除藉由歌唱方式外，文本的流通也漸轉為主流，出版書籍的豐富與快速，也造成詞選集的發展勃興。

　　受消費心理的影響，選集往往比別集更受歡迎，從接受美學的觀點來看，詞選的消費的行為就是「接受」的過程。一部經典的文學作品，必會經過創作、流通、接受三階段，詞選在傳播的過程中，不單只是個別傳本地位的提昇或削弱，經過長時間的流傳，選集不斷地被「複製」與「改造」，使內容轉變而加值，〔註10〕編選者易受當時所

〔註7〕李劍亮：「詞的傳播方式比較明顯地存在著兩種基本的範式，即以詞籍為媒介的靜態傳播和以歌妓為中介的動態傳播。」《唐宋詞與唐宋歌妓制度》（杭州：杭州大學出版社，1999年5月），頁170。

〔註8〕〔後蜀〕歐陽炯：〈花間集序〉，收錄於《花間集》（臺北：臺灣學生書局，1981年10月），頁2。

〔註9〕張高評師：〈北宋讀詩詩與宋代詩學──從傳播與接受之視角切入〉，《漢學研究》第24卷第2期，2006年，頁193～194。

〔註10〕蕭鵬指出選集的重新翻刻，以及內容的更動（包含改選、增補、重選與評點），皆獲得內容附加值而再現人間。《群體的選擇──唐宋人詞選與詞人群通論》（南京：鳳凰出版社，2009年4月），頁52。

處的時代風氣、社會文化，以及自身的審美價值、文學主張所囿，其
中作品聲譽的流轉起伏，點滴畫出它們被接受的軌跡。蕭鵬認為從詞
選看到的「不僅僅是一批詞人，一批作品，還有一個時代、一個社會
的背影。這些詞選疊加在一起的總和，就是整個詞壇的完整面貌。」
〔註 11〕可見在歷代選本在流傳時的共時性與歷時性值得去深究、探
討。

　　除歷代詞選外，詞人別集在各代歷朝的流行也可視為傳播接受討
論的重點之一，雖詞人別集流通的廣泛程度不及詞選，但若要探討陸
游詞在歷代的流傳情形，陸游詞集的版本刊刻則不可忽略，同時透過
版本刊刻的梳理，可確立陸游詞集的完整存在，因此，本章節希望藉
由詞集的版本刊刻與歷代詞選收錄陸游詞的情況來探討陸游詞在歷
朝流傳與接受之現象。

第一節　歷代陸游文集版本刊刻

　　陸游詞之刊刻大多附於文集之後，直至明代才由文集中分出，納
入總集，因此，若要探討陸游詞之版本刊刻，定從文集始。陸子遹〈渭
南文集跋〉曰：

> （陸游）嘗謂子遹曰：「《劍南》乃詩家事，不可施於文，
> 故別名《渭南》。如《入蜀記》、《牡丹譜》，樂府詞，本當
> 別行，而異時或散失，宜用廬陵所刊《歐陽公集》例，附
> 於集後。」〔註12〕

陸游本有詩集《劍南詩稿》與文集《渭南文集》流傳，且此二集或經
陸游親自編纂，或由其子傳達意志，如〈劍南詩稿跋〉中言及此書由
陸游經手編撰：

〔註11〕蕭鵬：《群體的選擇——唐宋人詞選與詞人群通論》（南京：鳳凰出
　　　　版社，2009 年 4 月），頁 6。
〔註12〕〔宋〕陸子遹：〈渭南文集跋〉，收錄於孔凡禮、齊治平編：《陸游資
　　　　料彙編》（北京：中華書局，2004 年 1 月），頁 42。

（陸游）嘗爲子虡等言：「蜀風俗厚，古今類多名人，苟居
之，後世子孫宜有興者。」……然心固未嘗一日忘蜀也，
其形於歌詩，蓋可考矣。是以題平生所謂詩卷曰《劍南詩
稿》，以見其志焉，……其戊申、己酉後詩，先君自大蓬謝
事歸山陰故廬，命子虡編次爲四十卷，復題其籤曰《劍南
詩續稿》，而親加校定，朱黃塗擭，手澤存焉。〔註13〕

可知《劍南詩稿》的編纂陸游參與其中。此外，從〈渭南文集跋〉得
知，此書乃延續陸游之意志：

蓋今學者，皆熟誦《劍南》之詩。續稿雖家藏，世亦多傳
寫。惟遺文自先太史未病時，故已編輯，而名以《渭南》
矣；第學者多未之見。今別爲五十卷。凡命名及次第之旨，
皆出遺意，今不敢紊，乃鋟梓溧陽學宮，以廣其傳。〔註14〕

此文言及《渭南文集》之編輯，始於陸游在世時，在他逝世後，其子
子遹將此文集加以刊刻，流傳於世。

一、宋元時期

《渭南文集》於明代之前皆稱《渭南集》。在宋代流傳刻本應
有二種，其一爲陸游子子遹知溧陽縣時，方刻於學宮，此在跋文中
已明，並可知爲五十卷本，且在《宋史・藝文志》中也載：「陸游
《劍南續稿》二十一卷，又《渭南集》五十卷。」〔註15〕此刻本由
陸子遹任溧陽知縣時所刻，故稱「溧陽刻本」，又於宋寧宗嘉定十
三年（1220）刊刻，亦稱「嘉定本」。此外，在陳振孫《直齋書錄
解題》中載：

〔註13〕〔宋〕陸子虡：〈劍南詩稿跋〉，收錄於孔凡禮、齊治平編：《陸游資
　　　　料彙編》（北京：中華書局，2004年1月），頁41。

〔註14〕〔宋〕陸子遹：〈渭南文集跋〉，收錄於孔凡禮、齊治平編：《陸游資
　　　　料彙編》（北京：中華書局，2004年1月），頁42。

〔註15〕〔元〕脫脫等撰：《宋史》（臺北：鼎文書局，1983年11月），冊6，
　　　　頁5379。

《渭南集》三十卷、《劍南詩稿》、《續劍南詩稿》八十七卷，
華文閣待制山陰陸游務觀撰。〔註16〕

《文獻通考》中亦載《渭南文集》爲三十卷，〔註17〕可知陳振孫與馬端臨二人所言《渭南文集》之卷數與嘉定本不同；然張淏《會稽續志》也記有：「《劍南詩稿》二十卷，《續稿》六十七卷，《渭南集》四十五卷行於世。」〔註18〕從文獻記載可知，《渭南文集》之宋代刻本應不只有一種。

但《四庫全書總目提要》言：「陳振孫《書錄解題》作三十卷。……疑三字五字筆劃相近而訛刻也。」〔註19〕《四庫全書總目提要》認爲《直齋書錄解題》中記載《渭南文集》三十卷本，應是訛刻所致，因「五」與「三」字型相近，故將五十卷本誤刻爲三十卷本。祝尙書《宋人別集敍錄》支持《四庫提要》所言，並認爲《渭南文集》的宋代刻本僅有嘉定本，無其他刻本存在。〔註20〕

蔣方則在〈陸游《渭南文集》的編纂與流傳〉一文中提出不同觀點，他以《會稽續志》成書時間爲依據，認爲張淏所見的四十五卷本，應可信，故云：「《續志》成書於寶慶五年（1232），此時已有子遹所刻五十卷本行於世，『四十五』的數字則不可能出於刊刻中的訛誤，應當另有版本。」〔註21〕此外，他也以明萬曆十五年（1587）所刊行

〔註16〕〔宋〕陳振孫：《直齋書錄解題》，收錄於《叢書集成初編》（北京：中華書局，1985 年），冊 48，頁 511。

〔註17〕〔元〕馬端臨：「《渭南集》三十卷。」《文獻通考》（臺北：臺灣商務印書館，1987 年 2 月），頁 1903。

〔註18〕〔宋〕張淏：《會稽續志》（臺北：成文出版社，1983 年 3 月），頁 6593。

〔註19〕〔清〕紀昀等：《四庫全書總目提要》（北京：中華書局，1997 年 1 月），下冊，頁 2143。

〔註20〕祝尙書：「《四庫提要》曰『疑三字五字筆畫相近而訛刻也。』其說當是（丁氏《善本書室藏書志》卷三○謂三十卷本『久佚不傳』，別無他據）。《宋志》作五十卷。蓋宋代除溧陽刻本外，別無他本。」《宋人別集敍錄》（北京：中華書局，1999 年 11 月），頁 972。

〔註21〕蔣方：〈陸游《渭南文集》的編纂與流傳〉，《古典文學知識》，2005 年第 2 期，頁 64。

的《紹興府志》，與清代王復禮在〈放翁詩選・凡例〉言及《渭南文集》爲四十五卷，〔註22〕認爲四十五卷本應存在：

> 雖然不能確定王復禮所見《紹興府志》爲明志還是清志，但可證紹興地方記載自宋以來一直都有《渭南集》四十五卷的說法。據此推想，在陸氏家刻本問世以後，以陸游的名聲影響，一定有其他刻本流傳，而書肆之人，本在求利，難免會有刪省合併之事而出現卷帙的增減。〔註23〕

由此可見，祝尙書與蔣方之觀點歧異。三十卷本、四十五卷本皆佚，如今已無法得見其中面貌，但若如此否定《渭南文集》在宋代無其他刻本也未免決斷，因此筆者認爲《渭南文集》在宋代的刊刻應不僅有嘉定本。

　　五十卷本之《渭南文集》其中附詞二卷，由於三十卷本、四十五卷本皆無流傳，無法一窺其中之目次、內容，但《直齋書錄解題》二十一卷中曾載有陸游詞一卷本，〔註24〕疑屬《渭南文集》三十卷本之內容，因已佚，故不知其中收錄詞作爲何，由此看來，陸游詞在宋代應有二卷本與一卷本流傳於世。

　　據《古籍版本題記索引》所記，於《天祿琳琅書目續編》中《渭南文集》五十二卷本爲元刊本，〔註25〕稱「天祿本」。觀《天祿琳琅書目續編》所載卷帙、名目與嘉定本有些許不同，〔註26〕，嘉定本

〔註22〕蕭良幹修、張元忭撰：《紹興府志》：「《劍南詩集》二十卷，《續編》六十七卷，《渭南文集》四十五卷行於世。」（臺北：成文出版社，1983年3月），頁2736。

〔註23〕蔣方：〈陸游《渭南文集》的編纂與流傳〉，《古典文學知識》，2005年第2期，頁64。

〔註24〕〔宋〕陳振孫：《直齋書錄解題》，收錄於《叢書集成初編》（北京：中華書局，1985年），冊48，頁588。

〔註25〕羅偉國，胡平編：《古籍版本題記索引》（上海：上海書店，1991年），頁329。

〔註26〕〔清〕彭元瑞敕編：《天祿琳琅書目續編》：「《渭南文集》四函二十四冊，宋陸游撰……有傳書五十二卷，凡表箋二，箚子二，奏狀一，啓七，書一，序二，碑一，記五，雜文十，墓誌表、壙記、塔銘九，

將祭文、哀辭合爲一卷，《天彭牡丹譜》、《致語》與《風俗記》共一卷。若《古籍版本題記索引》記載屬實，《渭南文集》五十二卷本屬元代刊本，但由於僅卷帙有所更動，將祭文、哀辭、《天彭牡丹譜》與《致語》分別各爲一卷，觀其內容與嘉定本並無差異，疑源於嘉定本僅更動卷帙，變爲五十二卷。此外，元代亦出現二種手抄本，其一爲戴元表於〈題陸渭南遺文抄後〉中所言《渭南遺文》，〔註27〕依文中所記，內容爲《渭南文集》未收的〈南園記〉、〈閱古泉記〉與〈賀除秘閣〉等啟；其二則爲劉壎《隱居通議》中所載，陸游另有四六文成集。〔註28〕兩種手抄本分別爲補遺與專收駢文，並未搜羅或集錄陸游詞作。

二、明清時期

《渭南文集》在明代有流傳五十卷本與五十二卷本。五十卷本爲嘉定本之重刊，於明弘治十五年（1503）華珵用活字摹印，內有吳寬、祝允明作序，華珵跋，今庋藏於南京圖書館、日本靜嘉堂文庫，《四庫叢刊初編》即據華氏活字本影印。〔註29〕

五十二卷本於明正德八年（1513）由紹興郡守梁喬等校刊，故稱「正德本」，亦稱「梁喬本」。傅增湘《藏源羣書經眼錄》中曰：「卷中遇宋帝提行空格，知所據亦古本。」〔註30〕此外，張元濟《涵芬樓燼餘書錄》中也云：「卷中敦字，有注光宗廟諱者，又行文涉及宋帝

祭文、哀辭二，《天彭牡丹譜》一，《致語》一，《入蜀記》六，詞二。」收錄於李學勤主編：《中華漢語工具書書庫》（合肥：安徽教育出版社，2002年1月），冊87，頁131。

〔註27〕〔元〕戴元表：《剡源文集》：「右陸《渭南遺文》一帙，用王理得本傳抄。」收錄於《文津閣四庫全書》（北京：商務印書館，2005年1月），冊399，頁73。

〔註28〕〔元〕劉壎《隱居通議》云：「有四六前後續三集，其文初不累疊全句，專尚風骨雄渾沈著，自成一家，眞駢麗之標準也。」收錄於《叢書集成初編》（北京：中華書局，1985年），冊213，頁212。

〔註29〕祝尚書：《宋人別集敘錄》（北京：中華書局，1999年11月），頁973。

〔註30〕傅增湘：《藏源羣書經眼錄》（北京：中華書局，1983年），頁1248。

處，均空格，是所祖之本，由宋槧也。」〔註31〕可見此版本應源於明代之前，且據傅增湘〈明正德本渭南文集跋〉一文中所載：「全集五十二卷，卷一至第四十二爲文，卷四十三至五十一爲詩，卷五十二爲詞。」〔註32〕顯然與《天祿琳琅書目續編》所載之五十二卷本卷帙、名目相異，可見並非源於此，故可合理懷疑此刊本是於宋流傳至明代。

明萬曆四十年（1612）有陸夢祖翻刻正德本，前有高安陳邦瞻作序，稱「萬曆本」，傅增湘〈明萬曆本渭南文集跋〉言：

> 此萬曆刊本，五十二卷，……其編次則自卷一至四十一爲文，卷四十二爲《天彭牡丹譜》，以下古今體詩九卷，詞一卷，其次第與正德本同，蓋即從紹興郡齋本翻刻者也。各卷詩後偶有評騭，細審之乃劉辰翁之語，蓋此九卷之詩即據澗谷、須溪選本前後二級全部收入，於《劍南詩稿》固未之見也。〔註33〕

正德本、萬曆本皆爲文集而混詩其中，有違陸游「『劍南』乃詩家事，不可施於文，故別名『渭南』。」〔註34〕之言，祝尚書言此版本爲「非原本之舊，可謂謬種流傳」〔註35〕，因此也不爲人所重。由文本所載內容來看，應爲明代之前所流傳之古本，且非源於「天祿本」。

明末，毛晉得華珵活字印本，進而校勘翻刻，稱《渭南文集》，跋曰：

> 放翁富於文辭，諸體皆備，惜其集罕見於世。馬氏《通考》載《渭南集》三十卷，今不傳。邇來吳中士夫有鈔而祕其

〔註31〕張元濟：《涵芬樓燼餘書錄》，收錄於《古書題跋叢刊》（北京：學苑出版社，2009 年），冊 26，頁 176。

〔註32〕傅增湘：《藏源羣書題記》（上海：上海古籍出版社，1989 年 6 月），頁 739。

〔註33〕傅增湘：《藏源羣書題記》（上海：上海古籍出版社，1989 年 6 月），頁 740。

〔註34〕〔宋〕陸子遹：〈渭南文集跋〉，收錄於孔凡禮、齊治平編：《陸游資料彙編》（北京：中華書局，2004 年 1 月），頁 42。

〔註35〕祝尚書：《宋人別集敘錄》（北京：中華書局，1999 年 11 月），頁 975。

本者，亦頗無詮次。紹興郡有刻本，去《入蜀記》，溷增詩
九卷。據翁命子云：「詩家事不可施於文」況十僅一二耶？
既得光祿華君活字印本《渭南文集》五十卷，乃嘉定中翁
幼子遹編輯也。跋云：「命名次第，皆出遺意。」但活板多
謬多遺，因嚴加讎訂，並付剞劂，自秋徂冬，凡六月而書
成。〔註36〕

華珵活字本據嘉定本翻刻，就毛晉所言，此為他所見最佳善本；因抄
本有所遺漏，而紹興刻本即明代五十二卷本，毛晉也認為此本詩文相
混，不得其體，故以嘉定本作為善本刊刻，遂稱「汲古閣本」。毛晉
除刻有《渭南文集》五十卷外，另刻《劍南詩稿》八十五卷、《逸稿》
二卷、《南唐書》十八卷、《老學庵筆記》十卷、《家事舊聞》一卷以
及《齋居紀事》一卷，將陸游著作合刊為《陸放翁全集》凡一百六十
七卷。

　　毛晉將原附於文集後的詞二卷，合為一卷，刊於《宋六十名家詞》
中，跋文曰：「余家刻放翁全集，已載長短句二卷，尚逸一二調，章
次亦錯見，因載訂入名家。」〔註37〕除毛晉外，早在明正統年間，吳
訥《唐宋明賢百家詞》亦是依嘉定本中所附詞二卷合為一卷刊刻而
成，收詞一百三十首，因原抄本並無序跋，故編輯時代與原因莫詳，
但可確定的是往後陸游詞流傳之版本多由陸子遹所刻《渭南文集》嘉
定本而來，《直齋書錄解題》所載陸游詞一卷本已佚，後世也未見傳
本。《四庫全書總目提要》言：

　　《放翁詞》一卷，宋陸游撰。游有《入蜀記》，已著錄。《書
　　錄解題》載《放翁詞》一卷，毛晉所刊《放翁全集》內附
　　長短句二卷。此本亦晉所刊，又並為一卷，乃集外別行之

〔註36〕〔明〕毛晉：〈渭南文集跋〉，收錄於《汲古閣書跋》（上海：上海古
　　　　籍出版社，2006年4月），頁62。
〔註37〕〔明〕毛晉：〈放翁詞跋〉，收錄於《汲古閣書跋》（上海：上海古籍
　　　　出版社，2006年4月），頁85。

本。據卷末有晉跋云：「余家刻《放翁全集》，已載長短句
二卷，尚逸一二調。章次亦錯見，因載訂入名家」云云。
則較集本爲精密也。游生平精力盡於爲詩，塡詞乃其餘力。
故今所傳者僅及詩集百分之一。〔註38〕

可見《四庫全書》所收版本是據毛晉刻本，不僅《放翁詞》，《渭南文
集》亦是，此外，《四部備要》、《四庫叢刊》所收也與毛晉爲同一版本。

　　爾後，吳昌綬、陶湘所編《景刊宋金元明本詞》本收入《渭南
詞》，當亦出自陸子遹刻《渭南文集》本；《四庫全書》本《放翁詞》
則出自毛晉汲古閣本。唐圭璋編《全宋詞》取《唐宋明賢百家詞》
爲底本，並加以增補，從《耆舊續聞》補二首，《花庵詞選》補五首，
《花草粹編》補一首，《劍南詩稿》卷之十九補五首，共得一百四十
三首。〔註39〕陸游詞版本至此抵定。

　　陸游詞作原附於《渭南文集》後，陸游子陸子遹所刊刻版本，由
於收入陸游作品完整，因流傳至今，經過明代華珵以活字版印刷出版
後，更廣行於世。宋代陸游《渭南文集》首先出於家刻，雖有學者認
爲宋代應只有此版本，但若依陸游當時名聲推斷，若僅有一版在市流
行似乎不符，但三十卷本、四十五卷本已佚，未見其詳。元代的天祿
本，與明代的五十卷本，似乎系出嘉定本，正德本與萬曆本因混入詩
篇，不爲人所重，直至毛晉的汲古閣刻本問世，對明五十卷的活字印
本進行校勘，使此版本更爲完善。由此可見，嘉定本流傳甚久，其中
雖經過幾次翻刻、校勘，但依舊不損此本之珍貴與價值。

第二節　宋金元詞選對陸游詞的接受

　　詞選的作用，鄭騫先生曾言：「可分二端：一曰反映選者之時代，

〔註38〕〔清〕紀昀等：《四庫全書總目提要》（北京：中華書局，1997 年 1
　　　　月），下冊，頁 2794～2795。
〔註39〕參唐圭璋編：《全宋詞》（北京：中華書局，2009 年 3 月），冊 3，頁
　　　　1579～1602。

二曰表現選者之見解與性情。」〔註40〕詞選的產生是配合著社會價值與文壇風尚而成，故能反映出當時閱讀和創作風氣，又選家以存刪取去的主觀方式，對詞作加以選擇，因此詞選內多含有選家的詞學觀念，以及對詞家與詞作的喜好評價，此與以文字解說、分析的評論者迥然不同，評論者往往直接對作品、詞家陳述自我意見與批評，這些言論多屬片言隻語，難成系統，若經由作品選錄、詞家擇取便易於具體呈現。

因此，本章節希望藉宋金元詞選來探討陸游詞在當時被傳播與接受情況，並以計量分析方法，統計陸游詞作在詞選中入選率之高低，作品入選率愈高，讀者接受的程度就愈高，反之亦然。詞選依不同的角度劃分會有不同類型，依朝代劃分，可分為斷代、跨代、通代詞選等，若按照入選的範圍劃分，則有專題、郡邑、氏族詞選等，〔註41〕在眾多詞選類型中，筆者欲以通代詞選與斷代詞選為探討主軸，其他如郡邑詞選、氏族詞選，因範圍狹窄、特別，暫且不論。以下茲就宋金元詞選所擇陸游詞之數量，歸納如次。

一、陸游詞見錄宋金元詞選概況

詞選在南宋以前多著重詞體的音樂性質，即重歌輕詞，選詞的標準不在於文學性，反之重視歌時是否諧美動聽，龍沐勛於〈選詞標準論〉中言：「南宋以前詞，既以應歌為主，故其批評選錄標準，一以聲情並茂為歸，而尤側重音律。」〔註42〕此外，亦不重視詞人，或因當時詞選著重傳唱，歌者毋須牢記作者之名，加以一般文人士大夫輕視小詞，恥於將自己名聲流傳於歌樓酒肆，使得南宋以前的詞選不僅流傳數目少，更甚者其中亦有作品與作者混淆不清，這固然與各家寫

〔註40〕鄭騫：〈三十家詞選序目〉，收於《景午叢編》（臺北：台灣中華書局，1972 年 1 月），上編，頁 170。

〔註41〕王兆鵬：《詞學史料史》（北京：中華書局，2009 年 2 月），頁 302～303。

〔註42〕龍沐勛：〈選詞標準論〉，收錄於《詞學季刊》（上海：上海書店 1985 年 12 月），第一卷第二號，頁 2。

作風格相近有關外，歌者、選者重歌輕人的態度也難辭其咎。

　　詞選集至南宋後出現明顯轉變，轉變的原因乃是編選者社會角色的不同，當時出現詞人選詞、集詞的情況，由於選者不同，選詞的目的、功能以及消費群體皆有所改變，詞本身的文學性受到重視，選者的詞學觀念，或是當時的背景環境、詞壇意識，都有意無意地被置於選集之中，使得詞選不只是收錄詞作，更是反映選者的時代，表現選家審美觀點與批評見解的寶貴資料。除詞人選詞外，南宋亦有書坊選詞。南宋書坊眾多，加以印刷技術也逐漸成熟，書坊自行刻詞、選詞也成自然現象，蕭鵬就曾指出：「書坊選詞是變相的樂工選詞，是唐五代北宋樂工歌者選詞逐漸消失之後的一種替代和補充形式。其本相是市井選詞。」〔註43〕書坊選詞與詞人最大的不同在於著重營利，或許選集文學性不高偏向俚俗，但從中也可探查出另一種文化面相、消費群體的存在。本小節將通過宋金元詞選所擇錄陸游詞之數量，探討陸游詞作在當時被傳播接受的情況。

（一）兩宋時期

　　宋代詞選約計有黃大輿《梅苑》十卷、曾慥輯《樂府雅詞》三卷拾遺二卷、南宋書坊所編《草堂詩餘》、黃昇編《中興以來絕妙詞選》十卷、趙聞禮輯《陽春白雪》八卷外集一卷、周密輯《絕妙好詞》七卷等六部，各家選詞，編採方式與擇錄數量各有所異，陸游詞入選之情況，如下所示：

詞選名稱	編選者	卷數	編選年代	詞選屬性	詞人數量	選詞數量	陸詞數量
梅苑〔註44〕	黃大輿	10卷	唐五代至南宋初	專題詞選	未明	412	未收錄

〔註43〕蕭鵬：《群體的選擇——唐宋人詞選與詞人群通論》（南京：鳳凰出版社，2009年4月），頁74。

〔註44〕〔宋〕黃大輿輯：《梅苑》，收錄於唐圭璋編《唐宋人選唐宋詞》（上海：上海古籍出版社，2004年10月），上冊，頁187～286。

樂府雅詞〔註45〕	曾慥	3卷 拾遺 2卷	北宋至南渡後	斷代詞選	34	932	未收錄
增修箋注妙選群英草堂詩餘〔註46〕	書坊 何士信	4卷	上自唐五代 下迄南宋	通代詞選	120餘	367	1
中興以來絕妙詞選〔註47〕	黃昇	10卷	南宋	斷代詞選	89	724	20
陽春白雪〔註48〕	趙聞禮	8卷 外集 1卷	北宋至南宋	斷代詞選	231	671	6
絕妙好詞〔註49〕	周密	7卷	南宋	斷代詞選	132	384	3

1. 錄選陸游詞者

兩宋詞選擇錄陸游詞者，有書坊編、何士信增修《增修箋注妙選群英草堂詩餘》、黃昇《中興以來絕妙詞選》、趙聞禮《陽春白雪》以及周密《絕妙好詞》四部，採選方式、涉及朝代皆有不同，所收入陸游詞之數量亦不相同。

（1）書坊編、何士信增修《增修箋注妙選群英草堂詩餘》十卷

《草堂詩餘》本為南宋書坊所編，陳振孫《直齋書錄解題》載有

〔註45〕 〔宋〕曾慥輯：《樂府雅詞》，收錄於唐圭璋編《唐宋人選唐宋詞》（上海：上海古籍出版社，2004年10月），上冊，頁287～488。

〔註46〕 〔宋〕佚名編、何士信增修：《增修箋注妙選群英草堂詩餘》，收錄於唐圭璋編《唐宋人選唐宋詞》（上海：上海古籍出版社，2004年10月），上冊，頁489～570。

〔註47〕 〔宋〕黃昇輯：《中興以來絕妙詞選》，收錄於唐圭璋編《唐宋人選唐宋詞》（上海：上海古籍出版社，2004年10月），下冊，頁681～852。

〔註48〕 〔宋〕趙聞禮輯：《陽春白雪》，收錄於唐圭璋編《唐宋人選唐宋詞》（上海：上海古籍出版社，2004年10月），下冊，頁583～1016。

〔註49〕 〔宋〕周密輯：《絕妙好詞》，收錄於唐圭璋編《唐宋人選唐宋詞》（上海：上海古籍出版社，2004年10月），下冊，頁1017～1118。

《草堂詩餘》二卷，且曰此爲「書坊編集者」〔註50〕。《四庫全書總目提要》曾言：

> 不著編輯者名氏，舊傳南宋人所編。考王楙《野客叢書》
> 作於慶元間，已引《草堂詩餘》張仲宗《滿江紅》詞證「蝶
> 粉蜂黃」之語，則此書在慶元以前矣。〔註51〕

王楙在《野客叢書》中敘述他所見及的《草堂詩餘》已有箋注，〔註52〕但此二卷本已佚，目前所見到最早的版本有二，皆爲元代刊本：一爲至正癸未（1343）廬陵泰宇書堂刊本，僅存前集二卷；二爲至正辛卯（1351）雙壁陳氏刊本，前、後集各二卷，此兩種刊本皆題作《增修箋注妙選群英草堂詩餘》，現今較爲通行的版本爲後者。

　　雙壁陳氏刊本書前有「建安古梅何士信君實編選」牌子，故可推斷何士信應爲此書之增訂者，但何士信此人生平、仕履皆無可考，龍沐勛則懷疑何士信爲書坊中人，〔註53〕觀書中多處徵引黃昇《花庵詞選》，因此何士信所處年代不會早於黃昇，應是南宋理宗、度宗年間之人。

　　此書將所收錄詞作分類編排，以十一項事類編選，即春景、夏景、秋景、冬景，此四類爲前集；後集則爲節序、天文、地理、人物、人事、飲饌器用、花禽七大類，每事類之下又分若干子目，如春景類以下分爲初春、早春、芳春、賞春、春思、春恨、春閨、送春等八子目，全書共有十一事類六十六子目。其中箋注詳盡，對於詞作字句或典故

〔註50〕〔宋〕陳振孫：《直齋書錄解題》，收錄於《叢書集成初編》（北京：中華書局，1985年），冊48，頁599。

〔註51〕〔清〕紀昀等：《四庫全書總目提要》（北京：中華書局，1997年1月），下冊，頁2804。

〔註52〕《野客叢書》：「《草堂詩餘》載張仲宗〈滿江紅〉詞『蝶粉蜂黃都退卻』，注『蝶粉蜂黃，唐人宮妝。』僕觀李商隱詩有曰：『何處拂胸資粉蝶，幾時塗額借蜂黃。』知《詩餘》所注爲不妄。唐《花間集》卻無此語。或者謂蝶交則粉落，蜂交則黃落。」〔宋〕王楙：《野客叢書》（臺北：新文豐出版社，1984年6月），頁236。

〔註53〕龍沐勛：〈選詞標準論〉，收錄於《詞學季刊》（上海：上海書店1985年12月），第一卷第二號，頁6。

皆有註明，此外詞作之後亦附詞話，或由原詞題序而來，或援引宋人專著。《草堂詩餘》在明代最爲流行，如同毛晉所言：「宋元間詞林選本，幾屈百指。惟《草堂》一編，飛馳幾百年來，凡歌欄酒樹絲而竹者，無不拊髀雀躍。及至寒窗腐儒，挑燈閑看，亦未嘗欠申魚睨。」〔註54〕可見《草堂詩餘》之盛行，當時有類編本與分調本兩大系統流傳：類編本主要的版本有劉氏日新書堂刊本、尊正書堂本、安肅荊聚校刊本等；分調本主要版本有顧從敬原刻本、開雲山農校正本、韓俞臣校正本、唐順之解注本、昆石山人校正本、《詞苑英華》本等。〔註55〕

　　《草堂詩餘》最初以類編本刊行，因爲此書性質本爲應歌，將詞作以各事類爲分，按節物對應其中曲情、詞情，使之歌來更爲合情適宜，宋翔鳳《樂府餘論》云：

> 《草堂》一集，蓋以徵歌而設，故別題春景、夏景等名，使隨時即景，歌以娛客，題吉席、慶壽，更是此意。其中詞語間與本集不同，其不同者恆平俗，亦以便歌，以文人觀之，適當一笑，而當時歌妓則必需此也。〔註56〕

由此可知《草堂詩餘》是以歌本形式於市面上流行，目的在於應酬喜慶、酒宴歡娛間助興之用，因此其中也包含許多俚俗易解的作品。若言風格，《草堂詩餘》可說是包羅萬象，並未多有限制。相對而言，前集以婉麗者爲多，凡柳永之哇俚、周邦彥之典麗等兼而有之。後集風格相對比較複雜，有豪蕩感激者，有清逸曠遠者，有重彩繁辭者，有明白如話者等，詞人也各自爲系。總之，全書沒有像《花間集》那樣抱成一個統一的風格和群體。〔註57〕《草堂詩餘》僅收一首陸游詞，

〔註54〕〔明〕毛晉：〈草堂詩餘跋〉，收錄於金啓華、張惠民等編纂：《唐宋詞集序跋匯編》（臺北：臺灣商務印書館，1993 年 2 月），頁 393。

〔註55〕唐圭璋編《唐宋人選唐宋詞》（上海：上海古籍出版社，2004 年 10 月），上冊，頁 429。

〔註56〕〔清〕宋翔鳳：《樂府餘論》，收錄於唐圭璋編《詞話叢編》（北京：中華書局，2005 年 10 月），冊 3，頁 2500。

〔註57〕蕭鵬：《群體的選擇——唐宋人詞選與詞人群通論》（南京：鳳凰出版社，2009 年 4 月），頁 273。

即〈水龍吟〉（摩訶池上），且分置於「春景類」，此闋詞乃陸游寫於成都的遊春之詞，以春日的景色對比自身愁苦，將情感充塞於天地之間。陸游此闋詞乃是「新添」，是何士信對《草堂詩餘》增選一百多首新詞中的其中之一，原先宋刻本的《草堂詩餘》未收錄。《草堂詩餘》若以詞家觀之，選擇重心多偏於北宋，其中選詞最多者皆爲北宋詞人，即周邦彥五十四首、秦觀二十七首、蘇軾二十三首、柳永十六首、歐陽脩十三首，南宋詞家倍出，何以《草堂詩餘》所收爲北宋詞人爲多？或有貴古之心態。陸游屬南宋人，當時以詩盛名，詞作則稍被冷落，加以《草堂詩餘》是通俗唱本，擇選作品多屬流行之作，故陸游作品僅收一首，但無庸置疑，陸游此闋〈水龍吟〉堪屬遊春佳作。

（2）黃昇編《中興以來絕妙詞選》十卷

　　《中興以來絕妙詞選》爲南宋選集，與《唐宋諸賢絕妙詞選》合稱《絕妙詞選》，因與周密《絕妙好詞》輯名相近易於混淆，故又稱《花庵詞選》。「花庵」是黃昇齋名。黃昇字叔暘，號玉林，爲南宋後期文人，胡德方曾於〈唐宋諸賢絕妙詞選序〉中言：「玉林早棄科舉，雅意讀書，間從吟詠自適。閣學受齋游公嘗稱其詩爲晴空冰柱，閩帥秋房樓公聞其與魏菊莊爲友，並以泉石清士目之。其人如此，其詞選可知矣。」〔註58〕可見黃昇定爲風雅之士，同時他與魏慶之友好，《詩人玉屑》中收有黃昇所作詞話，且黃昇也爲此書作序，時間爲淳祐四年（1244），《花庵詞選》則於淳祐九年（1249）成書，因此蕭鵬推斷黃昇多少是受到了魏慶之輯錄詩話、詞話的影響和啓發，始而撰寫詞話，繼而發散花庵所藏詞家別集、總集，選爲《花庵詞選》。〔註59〕

　　《花庵詞選》依詞人時代順序分卷編排。《唐宋諸賢絕妙詞選》搜羅唐五代至北宋詞人，共有一百三十四家，詞作有五百二十三首，

〔註58〕〔宋〕胡德方：〈唐宋諸賢絕妙詞選序〉，收錄於施蟄存主編：《詞籍序跋萃編》（北京：社會科學出版社，1994年12月），頁660。

〔註59〕蕭鵬：《群體的選擇——唐宋人詞選與詞人群通論》（南京：鳳凰出版社，2009年4月），頁280。

第一卷收唐五代詞，第二卷至第八卷爲北宋詞，卷十、十一則收僧人、
女流之詞。《中興以來絕妙詞選》擇錄南宋詞人八十九家詞作七百二
十四首，黃昇作品三十八首則附於卷後。兩書合計《花庵詞選》共收
詞人二百二十三家，詞作一千二百八十五首，數量可觀，黃昇除自己
搜羅之外，必參考前人選集，爾後集各家之大成，他在序中曾云：

> 長短句始於唐，盛於宋。唐詞具載《花間集》。宋詞多見於
> 曾端伯所編，而《復雅》一集，又兼采唐、宋，迄於宣和
> 之季，凡四千三百餘首，吁亦備矣！況中興以來，作者繼
> 出。及乎近世，人各有詞，詞各有體，知之而未見，見之
> 而未盡者，不勝算也。暇日裒集，得數百家，名之曰《絕
> 妙詞選》。〔註60〕

可見黃昇鑑於未收近世之作，實爲可惜，故接續《樂府雅詞》和《復
雅歌詞》，總匯南渡以來之詞作，期望以詞爲史，〔註61〕成一代南宋
之詞選。清代焦循就讚譽此書「不名一家」〔註62〕，可知黃昇爲南宋
詞壇留下眾多足跡，且所選風格不偏倚，著重留下時代佳詞，此外，
在入選詞人題名之下大多載有小傳與總評，不論是詞人的名號爵里、
交友唱和、詞集名稱或詞作的紀事本末皆有著錄。

　　《唐宋諸賢絕妙詞選》擇錄唐五代至北宋詞人，陸游所屬南宋，
故此書暫不討論。《中興以來絕妙詞選》所收皆爲南宋詞人，陸游錄
選二十首，黃昇評陸游云：「楊誠齋嘗稱陸放翁之詩敷腴，尤梁溪復

〔註60〕〔宋〕黃昇：《中興以來絕妙詞選・序》，收錄於施蟄存主編：《詞籍
　　　　序跋萃編》（北京：社會科學出版社，1994 年 12 月），頁 661。

〔註61〕〔明〕毛晉〈花庵詞選・刻跋〉：「所選或一首，或數十首，多寡不
　　　　論。每一家綴數語紀其始末，銓次微寓軒輊，蓋可作詞史云。」，收
　　　　錄於《汲古閣書跋》（上海：上海古籍出版社，2006 年 4 月），頁 115。

〔註62〕〔清〕焦循：《雕菰樓詞話》：「周密《絕妙好詞》所選皆同于己者，
　　　　一味輕柔潤膩而已。黃玉林《花庵絕妙詞選》，不名一家。其中如劉
　　　　克莊諸作，磊落抑塞，眞氣百倍，非白石、玉田輩所能到。可知南
　　　　宋人詞，不盡草窗一派也。」收錄於唐圭璋編：《詞話叢編》（北京：
　　　　中華書局，2005 年 10 月），冊 2，頁 1494。

稱其詩俊逸，余觀放翁之詞，尤其敷腴俊逸者也。」〔註63〕同《草堂詩餘》一樣，《花庵詞選》選域寬廣，各家風格皆備，但《花庵詞選》較爲注重詞作的格調，對於通俗鄙俚之作品皆盡力刪減，除非此作品經名家評點、盛行當時，才加以羅列收錄。黃昇不僅讚譽陸游作品「敷腴俊逸」，同時也在《花庵詞選》中言陸游詞作「人爭傳誦之」〔註64〕，可見當時之盛行，且據黃昇選詞標準，陸游詞也不應爲鄙俗之列。因此由黃昇的擇錄，可知陸游詞在南宋佔有一席之地，流傳廣泛又不失其文學性。

（3）趙聞禮輯《陽春白雪》八卷外集一卷

「陽春白雪」一名原指精深高雅的音樂，語出宋玉〈對楚王問〉：「客有歌於郢中者，其始曰《下里》《巴人》，國中屬而和者數千人。其爲《陽阿》《薤露》，國中屬而和者數百人。其爲《陽春》《白雪》，國中屬而和者不過數十人。」〔註65〕爾後引申至文學作品，趙聞禮將詞選名取作「陽春白雪」，可見其中所收必爲典雅之作，而非淺漏鄙俗之篇。趙聞禮，字立之，一字粹夫，號鈞月，山東臨濮（今鄄城）人，生平未詳，有詞集名《鈞月集》，原書已佚，近世有輯本。陳振孫《直齋書錄解題》有載：「《陽春白雪》五卷，趙粹夫編。取《草堂詩餘》所遺以及近人之詞。」〔註66〕可見趙聞禮編選此書是爲補足《草堂詩餘》未收作品之缺憾。《陽春白雪》成書時間約在理宗淳祐十年（1250）至景定二年（1262）間，於《花庵詞選》之後，《絕妙好詞》

〔註63〕〔宋〕黃昇：《中興詞話》，收錄於張璋等編《歷代詞話》（鄭州：大象出版社，2002年3月），頁162。

〔註64〕〔宋〕黃昇：《花庵詞選》：「（陸游）官至煥章閣待制。劉漫塘云：『范至能、陸務觀以東南文墨之彥，至能爲蜀帥，務觀在幕府，主賓唱酬，短章大篇，人爭傳誦之。』」，收錄於唐圭璋編《唐宋人選唐宋詞》（上海：上海古籍出版社，2004年10月），下冊，頁719。

〔註65〕〔戰國〕宋玉：〈對楚王問〉，收錄於（南朝梁）蕭統編：《昭明文選》（北京：華夏出版社，2000年2月），冊4，頁1769。

〔註66〕〔宋〕陳振孫：《直齋書錄解題》，收錄於《叢書集成初編》（北京：中華書局，1985年），冊48，頁599。

之前，因此觀書中編次排列、選詞標準皆形成一種過度性質。它不同
於《花庵詞選》兼納各種詞風，也未能像《絕妙好詞》一般盡除豪氣
之作。就主選型而言它屬於選歌變體，但同時又具備了選派詞選的輪
廓，夾雜了存史的動機語實際效果。〔註67〕編次較無規則體例，不以
詞人朝代爲序，也未見依內容分類，一人之詞也散見各卷。此外，編
選者似乎有借選詞達存史之目的，許多不知名的詞人、詞作賴此書而
留名，如陸游〈風流子〉（佳人多命薄）一首僅《陽春白雪》著錄，
其他選本皆無，幸賴此書得以保存。全書收錄詞人二百三十一家（無
名氏不計），詞作六百七十一首，，前三卷多爲北宋詞人，後五卷則
南宋詞人居多；正集八卷多收婉約之作，將銅琶鐵板的豪放作品另收
爲外集。《陽春白雪》收錄陸游詞共六首，即〈釵頭鳳〉（紅酥手）、〈風
流子〉（佳人多命薄）、〈解連環〉（淚淹妝薄）、〈卜算子〉（驛外斷橋
邊）、〈朝中措〉（怕歌愁舞懶逢迎）、〈烏夜啼〉（金鴨餘香尚暖），皆
爲清麗婉約之作，譚獻《復堂詞話》曾評〈朝中措〉起句云：「放翁
穠纖得中，精粹不少。南宋善學少游者爲陸。」〔註68〕秦觀爲北宋著
名婉約詞家，譚獻將陸游與之相比，可見肯定陸游纖麗之作。

（4）周密輯《絕妙好詞》七卷

　　《絕妙詞選》可謂是完整的斷代詞選，擇錄範圍包含整個南宋。
編選者周密，字公謹，號草窗，又號四水潛夫、弁陽老人、華不注山
人，是宋末元初的詞人詩客、野史巨擘，撰有《齊東野語》二十卷、
《武林舊事》十卷、《癸辛雜識》六卷、《蘋洲漁笛譜》二卷以及《草
窗韻語》六卷等十多種。周密晚年編選《絕妙好詞》，書中輯有張炎
〈甘洲‧餞草窗西歸〉一詞，此闋詞約作於元貞元元年（1295），《絕
妙好詞》或成書於此年之後。

〔註67〕 蕭鵬：《群體的選擇──唐宋人詞選與詞人群通論》（南京：鳳凰出
　　　　版社，2009 年 4 月），頁 295。
〔註68〕 〔清〕譚獻：《復堂詞話》，收錄於唐圭璋主編：《詞話叢編》（北京：
　　　　中華書局，2005 年 10 月），冊 4，頁 3994。

全書入選南宋詞人一百三十二家、詞作三百八十四首，依照詞人時代先後順序編次，張孝祥居首，仇遠殿後，並將自身詞作也入列，置於第七卷，不像黃昇將自己作品附於詞選最後，顯見他也自視爲一家數。周密屬南宋遺民，他於晚年醉心野史筆記的撰寫，目的在於爲前朝紀事，如同〈武林舊事序〉云：「追想昔游，殆如夢寐，而感慨係之矣。」〔註69〕據此推斷，周密編選《絕妙好詞》應是企圖想整理和保存前朝故國文獻，託以故國之思，以及對詞林先賢的景仰，但除此之外，總觀《絕妙好詞》所收詞作更有另一層意義。余集曾言：「詞至南宋而工，詞律亦至南宋而密，此絕妙詞之所以獨傳也。草窗編輯原本七卷，人不求備，詞不求多，而蘊藉雅飾，遠勝《草堂》、《花庵》諸刻。」〔註70〕書中所收作品以周密自身爲最多，其次爲姜夔、吳文英、史達祖與王沂孫等，多屬姜、吳一派詞人，可見周密選詞崇尚騷雅清空之作，但周密選詞這種以雅爲歸的標準，已與南宋初曾慥標舉的雅正有所不同，周密不僅刪除鄙俗、華豔的作品，而是進一步強調詞作的意深思遠和聲律諧美，摒除非雅之詞。《絕妙好詞》之後，有張炎作《詞源》，對宮調、音譜、製曲、句法、等作詞之要法，頗有精湛見解，所舉南宋詞家如姜夔、吳文英、史達祖之例，大都收在《絕妙好詞》，張炎云：「近代詞人用功者多，如《陽春白雪集》，如《絕妙詞選》，亦自可觀，但所取不精一。豈若周草窗所選《絕妙好詞》之爲精粹。」〔註71〕由此看來，周密輯《絕妙好詞》似乎有爲姜、吳一派樹立典範，日後成爲浙西詞派之濫觴。〔註72〕《絕妙好詞》收錄陸游詞共三首，即〈朝中措〉（幽姿不入少年場）、〈烏夜啼〉（金鴨餘香尚暖）、〈烏夜啼〉（紈扇嬋娟素月），皆爲清麗之作，可知陸游尙有

〔註69〕〔宋〕周密：《武林舊事》（臺北：廣文書局，1995 年 6 月），頁 1。
〔註70〕〔清〕余集：〈絕妙好詞續鈔序〉，收錄於施蟄存主編：《詞籍序跋萃編》（北京：社會科學出版社，1994 年 12 月），頁 687。
〔註71〕〔宋〕張炎：《詞源》（臺北：木鐸出版社，1987 年 7 月），頁 28。
〔註72〕劉少雄：《宋代詞選集研究》（臺北：國立臺灣大學中國文學研究所碩士論文，1986 年 6 月），頁 132。

屬姜、吳一派騷雅、清空的作品。

2. 未錄選陸游詞者

（1）黃大輿《梅苑》十卷

《梅苑》是南宋初的專題詞選，編選者黃大輿，字載方，號岷山耦耕，四川人。王灼曾形容他「學富才贍，意深思遠，直與唐名輩相角逐。」〔註 73〕撰有《重修清陰館記》，輯有《韓柳文章譜》三卷，撰有詞集《樂府廣變風》等，俱佚而不傳。《梅苑》成書於高宗建炎三年己酉（1129）冬，黃大輿於自序云：

> 己酉之冬，予抱疾山陽，三徑掃迹。所居齋前更植梅一株，晦朔未逾，略已粲然。於是錄唐以來才士之作，以爲齋居之玩。目之曰《梅苑》者，詩人之義托物起興，屈原制《騷》或列芳草，今之所記，蓋同一揆。聊舒卷目，以貽好事云。
>
> 〔註 74〕

黃大輿最初編輯《梅苑》的動機，乃是「以爲齋居之玩」；從他以《梅苑》自比如屈原《離騷》，可見他選詞標準亦趨於雅。此書是最早的專題詞選，擇錄唐五代至南宋初的各類梅花詞，大抵有兩種主要類型：一是以梅花爲主題，歡詠各種不同梅花型態，另一種是詠文人與梅花之雅事。《梅苑》重在選詞輕人，因此體例稍嫌雜亂無章，編次不以詞調名排列，也不依詞人排列，加以其中所錄詞人字、號、名、爵相雜，隨摘隨錄的情況可見一斑，《四庫全書總目提要》云：「雖一題哀至數百闋，或不免窠臼相因。而刻畫形容，亦往往各出新意，固倚聲者之所采擇也。集中兼采蠟梅，蓋二花別種同時，義可附見。至九卷兼及楊梅，則務博之失，不自知其氾濫矣。」〔註 75〕

〔註 73〕〔宋〕王灼：《碧雞漫志》，收錄於唐圭璋主編：《詞話叢編》（北京：中華書局，2005 年 10 月），冊 1，頁 86。

〔註 74〕〔宋〕黃大輿：〈梅苑自序〉，收錄於唐圭璋編《唐宋人選唐宋詞》（上海：上海古籍出版社，2004 年 10 月），上冊，頁 187。

〔註 75〕〔清〕紀昀等：《四庫全書總目提要》（北京：中華書局，1997 年 1 月），下冊，頁 2804。

雖《梅苑》已擺脫唐五代及北宋應歌選詞的舊軌，目的是爲觀賞讀玩，故不免會有如此雜然紛陳的體例。此書共收錄四百一十二首詠梅詞，卻未見陸游一闋，陸游並非無作詠梅詞，如〈卜算子〉（驛外斷橋邊）、〈朝中措〉（幽姿不入少年場），皆爲陸游詠梅佳作，然而此二闋詞黃大輿未收錄，並非他遺忘疏漏，而是《梅苑》成書之際，陸游還甚爲年幼，〔註76〕詠梅佳作亦未問世，因此不可能出現此書中。

（2）曾慥輯《樂府雅詞》三卷拾遺二卷

　　曾慥的《樂府雅詞》是繼黃大輿《梅苑》之後，第一部宋人選宋詞，且以雅詞爲標榜的詞選，此書編成於高宗紹興十六年（1146），全書分上、中、下三卷，另有拾遺二卷，收錄詞作一共九百三十二首，分爲三類，即「轉踏」、「大曲」、「雅詞」，其中「轉踏」和「大曲」爲宋代歌舞曲留下重要的研究資料。「雅詞」以下則按詞人順序排列，上、中卷爲北宋詞作，下卷爲南渡後作品。曾慥在〈樂府雅詞序〉中敘述《樂府雅詞》的體例緣起：

> 余所藏名公長短句，裒合成編，或後或先，非有詮次。多是一家，難分優劣，涉諧虐則去之。名曰《樂府雅詞》。九重傳出，以冠於篇首，諸公轉踏次之。歐公一代儒宗，風流自命，詞章幼渺，世所矜式。當時小人或作豔曲，謬爲公詞，今奚刪除。凡三十有四家，雖女流亦不廢。此外，又有百餘闋，平日膾炙人口，咸不知姓名，則類於卷末，以俟詢訪，標目「拾遺」云。〔註77〕

《樂府雅詞》共選錄歐陽脩等三十四家詞人，其中以「雅」爲選詞標準，因此書中無柳永、晏殊、晏幾道、秦觀等人作品，甚至還提

〔註76〕據于北山《陸游年譜》所載，高宗建炎三年（1129）陸游當時年約五歲。
　　　　于北山：《陸游年譜》（上海：上海古籍出版社，2006 年 6 月），頁 16。
〔註77〕〔宋〕曾慥：〈樂府雅詞序〉，收錄於施蟄存主編：《詞籍序跋萃編》
　　　　（北京：社會科學出版社，1994 年 12 月），頁 651。

出歐陽脩之豔詞爲小人所託名，非歐陽脩親作，同時推尊歐陽脩，擇錄歐詞八十餘首，刪除那些他認爲的豔詞小曲，可見他錄詞標準以比《梅苑》嚴格許多。《樂府雅詞》也未收錄陸游詞，原因與《梅苑》相同，《樂府雅詞》成書於高宗紹興十六年（1146），當時陸游二十二歲，與唐氏仳離之事應在此年，〔註78〕就陸游可編年詞作來看，首闋〈釵頭鳳〉（紅酥手）作於紹興二十一年至二十五年（1151～1155）間，〔註79〕因此在時間上陸游詞不可能被曾慥收入《樂府雅集》當中。

（二）金元時期

有金一代，約與南宋同時，並相始而終，爾後元滅金、滅宋，立國九十餘年，故金元兩朝合算約二百餘年。兩朝皆屬遊牧民族入主中原的朝代，他們原本的文化水準落後漢族許多，因此在進入中原之後，必定會產生文化上的衝擊，一番文化角力後，女眞族與蒙古人採行漢化政策，〔註80〕至此才使兩種文化充分融合，中原文化得以傳承，也使二朝對中原文化的立場與態度，應相去不遠。清人厲鶚曾提出詞分北宗、南宗之說：「稼軒、後村諸人，詞之北宗也；清眞、白石諸人，詞之南宗也。」〔註81〕雖然厲鶚是以南宋爲版圖，劃出南北宗，但擴大範圍來看，金元二朝更是承繼蘇、辛一派詞風的北宗精神，況周頤認爲南北之間的地理環境不同，也造就不同的風格：「金源之

〔註78〕參于北山：《陸游年譜》（上海：上海古籍出版社，2006年6月），頁44。

〔註79〕參〔宋〕陸游撰，夏承燾箋注：《放翁詞編年箋注》（臺北：漢京文化事業公司，1984年7月），頁2。

〔註80〕《金史・文藝傳》記載：「世宗、章宗之世，儒風丕變，庠序日盛。……當時儒者，雖無專門名家之學，然而朝廷典策、鄰國書命，燦然有可觀者矣。」這是金朝的情況，元朝也於成宗大德年間開始禮聘錄用漢族文士。〔元〕脫脫等撰：《金史》（臺北：鼎文書局，1985年6月），冊4，頁2713。

〔註81〕〔清〕厲鶚：〈張今涪紅螺詞序〉，見《樊榭山房全集》，收錄於《近代中國史料叢刊續編》（臺北：文海出版社，1983年10月），冊603，頁916。

於南宋，時代政同，疆域之不同，人事爲之耳，風會邅與焉？……南宋佳詞能渾，至金源佳詞近剛方。……南人得江山之秀，北人以冰霜爲清。南或失之綺靡，近於雕文刻縷之技。北或失之荒率，無解深衣大馬之譏。」〔註82〕可見將詞派進一步依地理文化意義上的不同而派分，因此金、元詞是可以共同討論的。

若以詞的創作而言，前人總謂「詞衰於元」，一種文體極盛而衰，是文學發展的普遍規律，但對文學來說，朝代與朝代之間，並非如同更替政權一般的容易切割。詞至南宋，雖已繁花放盡，後世難以爲繼，但如同宋詩承繼唐詩，不同的時代背景，會觸發文人們不同的創作心理，兩宋詞壇所結成的豐碩果實，必會留給金、元詞人積極的影響，與兩宋相比，金、元詞有著自己的鮮明特色，故也必定呈現於詞選當中。

金元詞選計有六部，即仇遠、陳恕可所輯《樂府補題》一卷、輯者不詳的《宋舊宮人贈汪水雲南還詞》、元好問輯《中州樂府》一卷、盧陵鳳林書院輯《精選名儒草堂詩餘》三卷、周南端輯《天下同文》一卷與彭至中輯《鳴鶴餘音》九卷，此六部詞選，除《宋舊宮人贈汪水雲南還詞》爲女性專題詞選，暫且不論，其餘五部，陸游詞入選之情況，如下所示：

詞選名稱	編選者	卷數	編選年代	詞選屬性	詞人數量	選詞數量	陸詞數量
樂府補題〔註83〕	仇遠	1卷	宋末	專題詞選	14	37	未收錄
中州樂府〔註84〕	元好問	1卷	金代	斷代詞選	36	113	未收錄

〔註82〕〔清〕況周頤：《蕙風詞話》，收錄於唐圭璋主編：《詞話叢編》（北京：中華書局，2005年10月），冊5，頁4456。
〔註83〕〔金〕仇遠、陳可恕輯：《樂府補題》，收錄於《文津閣四庫全書》（北京：商務印書館，2005年1月），集部，冊498。
〔註84〕〔金〕元好問輯：《中州樂府》（臺北：臺灣商務印書館，1979年）。

精選名儒草堂詩餘〔註85〕	鳳林書院	3卷	宋末元初	通代詞選	63	191	未收錄
天下同文〔註86〕	周南端	1卷	元代	斷代詞選	7	27	未收錄
鳴鶴餘音〔註87〕	彭至中	9卷	未明	未明	39	520	未收錄

　　綜觀金元詞選，多為斷代詞選或專題詞選，且規模也比不上宋代詞選，範圍較於狹小，如此一來，所收錄的詞人與詞作便減少許多。《樂府補題》一卷，皆收入南宋遺民作品，如王沂孫、周密、王易簡、馮應瑞、唐藝孫、呂同老、李彭老、李居仁、陳恕可、唐珏、趙汝鈉、張炎、仇遠和佚名等十四位詞家，相互唱和，分別以〈天香〉、〈水龍吟〉、〈摸魚兒〉、〈齊天樂〉、〈桂枝香〉五調，詠歡龍涎香、白蓮、蒓、蟬、蟹，集結為《樂府補題》。詞作主旨隱晦難解，推其本事，應是宋亡後，元僧楊璉眞伽盜取宋帝陵墓，且將宋帝、后妃屍骨棄之在外，宋遺民悲痛不已，但礙於當朝政權壓迫，只能將情緒寄託於詞作。全書僅收錄三十七闋詞，內容皆為詠物詞，且對清初詞壇影響深遠。〔註88〕

　　元好問所輯《中州樂府》是金代唯一詞選，許多金源作品依賴此書得以保存。元好問為金朝遺民，金亡後不仕，懷有愛國之心，希望能透過著述存史，因此《中州樂府》的目的應在於為金代詞人留下足跡，存史意味濃厚，全書選錄金代詞人三十六家，詞作一百一十三首。

〔註85〕〔元〕鳳林書院輯、程端麟校點：《精選名儒草堂詩餘》（瀋陽：遼寧教育出版社，2003年3月）。

〔註86〕〔元〕周南端輯：《天下同文》（臺北：臺灣商務印書館，出版年月不詳）。

〔註87〕〔元〕彭至中輯：《鳴鶴餘音》（臺北：藝文印書館，1962年）。

〔註88〕〔清〕蔣景祁：〈刻瑤華集述〉：「得《樂府補題》而筆下諸公之詞體一變，繼此復擬作『後補題』，益見洞筋擢髓之力。」，收錄於《四庫禁燬叢刊》（北京：北京出版社，2000年），集部，冊37，頁8。

　　《精選名儒草堂詩餘》，又稱《元草堂詩餘》，爲鳳林書坊選輯刊刻，選錄宋末遺民如文天祥、鄧剡等詞家，阮元《四庫未收書目提要》云：「選錄精允，秀句清言，多萃于是，而黍離之感，又不能忘情者也。」〔註89〕可見內容多是國仇家恨之悲，宋末元初遺民作品也多依靠此書保存，就此推論《精選名儒草堂詩餘》或有爲存史而刊刻此書之目的，抑或是當時遺民詞盛行，有消費市場故輯選出版，全書收錄六十三家詞選，一百九十一闋詞。

　　《天下同文》是由周南瑞《天下同文》甲集中輯出，此書本爲詩集，但其中卷四十八至卷五十收錄盧摯、王夢應、顏奎等七家詞作共二十九首詞作，且有十首是《元草堂詩餘》已編收作品。明代毛晉則將三卷合爲一卷，單獨抄行。

　　《鳴鶴餘音》共九卷，彭至中所輯。書中除輯詞外，也收詩九首、歌四首、賦六篇以及雜文七篇，作者凡三十九人，多爲全眞道祖師或他派道士。內容多闡述全眞教教義、教旨，或歎人生無常勸人修道，或抒發隱蔽山林的曠意情趣，或言及悟修心性的要旨，《四庫全書總目提要》云：「所錄多方外之言，不以文字工拙論。而寄託幽曠，亦時有可觀。」〔註90〕知所收之詞，亦有可觀之價值。

　　金元詞選多收當朝詞作詞人，或作專題選集，編選者收錄詞作似乎有一定程度上的目的性。或因遭受亡國之苦，意識到需存史於後代；或欲想一抒心中悲苦，將情緒寄託於詞作；或期望能發揚宗教教旨，故擇選道士詞人，這些目的與範圍設定，皆使陸游詞不被選錄。金、元二朝統治中原，雖有尊文揚儒政策，但依舊不比前朝，加以女眞、蒙古皆爲遊牧民族，驍勇善戰，並喜對漢族作高壓統治，百姓較無治平之日，且國祚不久，也不易有大型詞選出現，通代詞選未通及唐宋，或是對詞人身分設有限制，因此金元詞選擇錄的詞人詞作範圍

〔註89〕〔清〕阮元：《四庫未收書目提要》（臺北：臺灣商務印書館，1971年3月），頁53。

〔註90〕〔清〕紀昀等：《四庫全書總目提要》（北京：中華書局，1997年1月），下冊，頁2818。

不大,陸游詞被收錄的機會減少許多。以上五部詞選皆未收陸游詞,可見陸游詞於金元二朝被接受的情況,比起兩宋時期是較為減少,甚至可謂停滯。

二、宋金元詞選對陸游詞之接受

綜觀兩宋時期、金元二朝詞選對陸游詞的收錄,其中各有所別,至多者收陸游詞二十首,亦有未擇錄的詞選。由上得知,宋編詞選《梅苑》與《樂府雅詞》皆因時代限制之故,未收陸游詞,而《增修箋注妙選群英草堂詩餘》、《中興以來絕妙詞選》、《陽春白雪》與《絕妙好詞》四部均錄陸游詞,但僅有《中興以來絕妙詞選》收有二十闋,較為可觀外,其餘則不超過五首。金元詞選則未有一部有入選陸游詞。就宋編詞選、金元詞選選錄陸游詞結果,可得兩點:

其一,在宋代、金元時期還未有大型詞選出現,且多是各家編者以己之力搜羅,因此能所選錄詞作自然有限,加以此時詞選本身也面臨轉型的情況,由應歌轉為選人、選詞,故整體體製稍嫌雜亂,未有嚴格規範。同時,文人視詞為小調,作品未細心留存,任憑散佚,造成詞選之中有許多誤收、互見的情況產生,可見此時詞選體製尚未發展完成。

其二,以有選錄陸游詞的詞選來說,《中興以來絕妙詞選》為收錄陸游詞最多的詞選,而《增修箋注妙選群英草堂詩餘》則僅收一首,會導致此結果乃因每本詞選對選人、選域的要求皆不同。黃昇於序中有言,認為南渡之後詞人輩出,為留下作品而編輯詞選,加上黃昇選詞不偏倚哪種風格,故能收錄陸游較多的作品;《增修箋注妙選群英草堂詩餘》屬於流行唱本,當時以詩盛行於世的陸游,自然受到的青睞就少了許多。從詞選不同的選域,可藉由不同的角度看出陸游詞被接受的情況。

第三節　明代陸游詞效果史

　　詞流傳至明代，不同宋金元時期的興盛，但卻是奠定清代詞體中興的基礎，可見明代對於整體詞史而言，是較為特殊的時期，故筆者欲先從明代詞壇的風尚與特殊現象，劃出明代詞選編輯者心中的大致所向；其次，分見各本收錄陸游詞之概況；最後，整合探討明代詞選對陸游詞的接受。

一、明代詞壇概述

　　整體詞壇環境對編選者定有影響，明詞在詞的發展史中較容易被忽略，如同趙叔雍所言：「夫就學詞以言詞，因明詞之謬於律韻，以及無新境界之可言，自可暫置勿論。然若就詞學而言詞，則前程宋元，繼開清代（清初浙派，詞學極盛，大都均循明季之餘風。）作者更僕，越世三百年，又豈可漫加鄙薄。」〔註91〕可見明詞仍有一番成就。然而，不同的時代背景與環境因素，會建構出不同的文學型態，詞亦是如此，故擬由以下三點，析論影響明代詞選發展之背景。

（一）明詞中衰之說

　　詞至明代，可謂中衰之期，吳衡照於《蓮子居詞話》云：「金、元工於小令而詞亡，論詞於明並不逮金、元，遑言兩宋哉？」〔註92〕元朝初年雖然詞體已有衰微之勢，但仍有宋遺民活躍於詞壇間，且他們的創作或理論皆具有很高的藝術水準，可謂宋詞的餘波。然而，與宋詞的高峰、清詞的中興相比，明詞確實衰微不少，這樣的衰退勢與當時環境背景密切相關，有許多的詞人和詞學家，認為明詞衰蔽的原因在於《花間集》與《草堂詩餘》等詞籍的影響，如陳廷焯《白雨齋詞話》所云：「《花間》、《草堂》、《尊前》諸選，背謬不可言矣。所寶在

〔註91〕趙尊嶽輯：《明詞彙刊》（上海：上海古籍出版社，1992 年 7 月），下冊，頁 11。

〔註92〕〔清〕吳衡照：《蓮子居詞話》，收錄於唐圭璋主編：《詞話叢編》（北京：中華書局，2005 年 10 月），冊 3，頁 2461。

此，詞欲不衰，可乎？」〔註93〕吳梅也認爲因《花間》、《草堂》盛行，導致當時詞人寄言於閨閣，使詞托體不尊，難登大雅。〔註94〕此類說法在清代詞話與今人論述中所在多見，儼然形成詞學界的一種共識，但此僅能說明明代詞壇的流行風尚，未能全面探察出明詞中衰之因。

　　從文學的發展規律來看，詞體至明代，高峰期已過，故不復見以往的繁榮，但明代亦有屬於自己的文學環境，在此種環境之下，才能形成明詞之格調。明代俗文學漸興，「俗文學」即通俗的文學，就是民間的文學，也就是大眾的文學。所謂俗文學就是不登大雅之堂，不爲學士大夫所重視，而流行於民間，成爲大眾所嗜好，所喜悅的東西。〔註95〕可見俗文學的推動來自於民間的推動，早在宋代，戲曲、小說或講唱文學已在民間成長，至元代則更加興盛，甚至在明代已形成雅文學衰落俗文學盛行的情況，如此一來，吳梅所言明詞的「托體不尊，難言大雅」，並非是僅發生於詞體的特有現象，乃因整體文壇的風尚流行所致。由於俗文學的興起，也使著重雅緻的古典詩詞失去原有的舞臺，甚至受俗文學的影響，詞體產生俗化或曲化的現象，兩種格調融合之際，且由俗文學主導，詞體相形之下則走向衰微。

　　詞本爲音樂性文學，從唐代至南宋，詞與音樂間的關係雖偶有轉折，但文人歌舞作樂、倚聲唱詞之習始終未爲變，元初之時，周密、張炎等南宋遺民詞家尚能將詞樂傳承，不絕如縷，但至元、明之際，詞樂則漸次失傳。杜文瀾《憩園詞話》云：「元季盛行南北曲，竟趨製曲之易，易憚填詞之艱，宮調遂從此失傳矣。有明一代，未尋廢墮，

〔註93〕〔清〕陳廷焯：《白雨齋詞話》，收錄於唐圭璋主編：《詞話叢編》（北京：中華書局，2005年10月），冊4，頁3970。

〔註94〕吳梅：《詞學通論》：「（明代）開國作家，言伯先、仲舉之舊，猶能不乖風雅。永樂以後，兩宋諸名家詞，皆不顯於世，惟《花間》、《草堂》諸集，獨擅一時。於是才士模情，輒寄言於閨閫，藝苑定論，亦揭櫫於香奩。托體不尊，難言大雅，其蔽一也。」（北京：中國書籍出版社，2006年5月），頁191。

〔註95〕鄭振鐸：《中國俗文學史》（上海：上海書店，1984年6月），上冊，頁1。

絕少專門名家，間或爲詞，輒率意自度曲，音律因之益棼。」〔註96〕元末時，樂譜失傳，明代詞家無法倚聲作詞，反而率作自度曲，故明詞普遍出現詞律粗疏的現象。《花間集》、《草堂詩餘》等詞籍於明代詞壇盛行，詞家便紛紛展開模仿，而未去尋求更高的藝術價值，徒事模擬。曲調失傳，時人僅對前人所作的文辭節奏進行模仿，得其形而遺其神，如同王世貞所言：「詞興而樂府亡矣，曲興而詞亡矣；非樂府與詞之亡，而調亡也。」〔註97〕唐宋詞樂的失傳對明詞無疑產生了深遠的影響，同時也爲詞體由音樂文學轉型成爲純文學形成契機。〔註98〕

（二）復古運動興起

復古運動是明代文學思潮主軸，由明孝宗弘治年間至明末清初，復古運動所提倡的復古主義，不僅規模宏大，影響更是深遠，身處明代文壇的各家詞人，自然也深受影響，不僅在創作上刻意模仿，同時此種復古思潮也反應在詞選的編輯上。

復古運動最初始於茶陵派李東陽，他主張取法唐詩，曾於《懷麓堂詩話》言：「宋詩深，卻去唐遠；元詩淺，去唐卻近。顧元不可爲法，所謂取法乎中，僅得其下耳。」〔註99〕他以唐詩爲標準，批宋詩、元詩之不足，此種學唐、擬古的理論，爾後經「前、後七子」之手更發揚光大。弘治、正德（1488～1521）年間，李夢陽、何景明、徐禎卿、邊貢、康海、王九思、王廷相等「弘正七才子」（通稱「前七子」），

〔註96〕〔清〕杜文瀾：《憩園詞話》，收錄於唐圭璋主編：《詞話叢編》（北京：中華書局，2005 年 10 月），冊 3，頁 2852。

〔註97〕〔明〕王世貞：《藝院卮言》，收錄於唐圭璋主編：《詞話叢編》（北京：中華書局，2005 年 10 月），冊 1，頁 358。

〔註98〕〔清〕紀昀等：《四庫全書總目提要・宋名家詞》：「然音節婉轉較詩易於言情，故好之者終不絕，於是音律之事，變爲吟詠之事，詞遂爲文章之一種。」（北京：中華書局，1997 年 1 月），下冊，頁 2818。

〔註99〕〔明〕李東陽：《懷麓堂詩話》，收錄於《文津閣四庫全書》（北京：商務印書館，2005 年 1 月），冊 496，頁 150。

繼茶陵派興起，高舉「文必秦、漢，詩必盛唐」的旗幟，意欲借秦、漢時期具有現實意義的政論散文，以及生動優美的盛唐詩歌，對當時已僵化不堪的八股文與臺閣體進行反動，且進一步提倡「學古」，且李夢陽將古人法式視爲「天生」、「自則」，強調創作時應遵守法度格調，不可擅自更改。此種復古思想讓創作陷入一成不變，只求模擬古法的泥淖中，最終流入食古不化、因襲剽竊之弊。

由於「前七子」的文學理論已淪爲流弊，因此在嘉靖至萬曆（1522～1619）年間，出現反對「前七子」復古思潮的聲浪。首先由「唐宋派」〔註100〕提出「文仿歐、曾」的主張，對「前七子」所提倡的「文必秦、漢」相與抗衡，標舉唐、宋散文。「唐宋派」雖然極力擺脫「前七子」所造成的復古之弊，但在思想層面上仍未脫離擬古主義，反而如同「前七子」一般，走入因襲擬古的窠臼。因此，嘉靖後期出現「嘉隆七才子」：李攀龍、王世貞、謝榛、梁有譽、宗臣、徐中行、吳國倫等人，通稱「後七子」，以李攀龍、王世貞爲首，據《明史》載：「世貞始與李攀龍狎主文盟，攀龍歿，獨操柄二十年。……其持論，文必西漢，詩必盛唐，大歷以後書勿讀，而藻飾太甚。」〔註101〕可見王世貞提倡「文主秦、漢，詩歸盛唐」，與「前七子」的復古理論一脈相承。但王世貞等人在「學古」的方法、觀念上，比起「前七子」的剽竊因襲有所改正，意識到擬古之弊，王世貞曾指出文學創作，以自抒胸臆爲上乘，反之，則僅著皮相，久之必棄。然而，以復古爲名，最終還是難以突破自立之藩籬。

爾後，反對「前、後七子」復古理論的「公安派」起，自萬曆中、晚期始，以「公安三袁」：袁宗道、袁宏道、袁中道三人爲首，認爲文學應是隨時代所變，各個不同的時代應有各種不同的文學，因此不

〔註100〕 「唐宋派」即是指陳束、王慎中、唐順之、趙時春、熊過、任翰、李開先、呂高等人，以王慎中、唐順之爲首，號稱「嘉靖八才子」。

〔註101〕 〔清〕張廷玉等撰：《明史》（臺北：鼎文書局，1975年6月），冊10，頁7381。

應貴古賤今，也不該類比古人，〔註102〕他們認為「學古」或「擬古」，此種類比古人的作法違反文學的發展，所以必須革除虛偽矯飾之病，掙脫古人的陳腐法式，強調「獨抒性靈，不拘格套，非從自己胸臆流出，不肯下筆。有時性與境會，頃刻千言，如水東至，令人奪魂。」〔註103〕打破傳統的陳規定局，在下筆處自然地流露情感，語言不事雕琢，直率真切。然「公安派」矯枉過正，導致末流產生放浪不羈、浮泛庸俗的作品，獨抒胸臆、性靈的結果，使「公安派」的作品比復古派更易流於粗濫。因此，袁中道不願見「公安派」後人作品又「漸見俗套」，進而提出修正，在「獨抒性靈」的前提下，主張「詩以三唐為的，捨唐人而別學詩，皆外道也。」〔註104〕鑑於「公安派」之弊病，袁中道主張應取法唐詩，至此，「公安派」也漸流於復古主義。

　　在「公安派」鋒芒消退之時，以鍾惺、譚元春為首的「竟陵派」起而代之。「竟陵派」與「公安派」同樣反對復古思潮，他們的文學主張意在矯正公安派末流的信口隨手、粗製濫造之弊，因此「別出手眼，另立深幽孤峭之宗，以驅駕古人之上。」〔註105〕雖「竟陵派」有變革之意，意欲能駕馭於古人之上，但他們矯枉過正，反而力求僻澀詭譎，專事怪字險韻，漸往形式主義靠攏，同時欲從古人作品中得古人精神，依舊走向復古的道路。

〔註102〕　〔明〕袁宗道〈論文〉（上）云：「夫時有古今，語言亦有古今。今人所詫謂奇字奧句，安知非古之街談巷語耶？」袁宏道也於〈雪濤閣集序〉云：「文之不能不古而今也，時使之也。……夫古有古之時，今有今之時，襲古人語言之跡，而冒以為古，是處嚴冬而襲夏之葛者也。《騷》之不襲《雅》也，《雅》之體窮於怨，不《騷》不足以寄也。」收錄於熊禮匯選注：《公安三袁》（長沙：岳麓書社，2000 年 10 月），頁 2：132～133。

〔註103〕　〔明〕袁宏道：〈敘小修詩〉，收錄於熊禮匯選注：《公安三袁》（長沙：岳麓書社，2000 年 10 月），頁 123。

〔註104〕　〔明〕袁中道：〈蔡不暇詩序〉，收錄於熊禮匯選注：《公安三袁》（長沙：岳麓書社，2000 年 10 月），頁 279。

〔註105〕　〔清〕錢謙益：《列朝詩集小傳‧鍾提學惺》，收錄於周駿富輯：《明代傳記叢刊》（臺北：明文書局，1991 年 1 月），冊 11，頁 610。

　　明代的復古思潮起伏轉折，對於明代詞選的選詞趨向具有極大的影響力，其中「前、後七子」、「公安派」與「竟陵派」之間對峙消長的過程，也代表同一時期詞壇的審美觀點，進而反應在編選者擇錄詞作之憑藉或標準。

（三）婉約、豪放之辯

　　詞有婉約、豪放之分由明代始，但文學素有正、變之說，「正」代表正宗、正體，「變」意指變體、別格，而詞的正變問題，至明代逐漸轉爲婉約、豪放兩種流派風格之爭。張綖於《詩餘圖譜・凡例》中云：

> 按詞體大略有二：一體婉約，一體豪放。婉約者欲其辭情蘊藉，豪放者欲其氣象恢弘。蓋亦存乎其人，如秦少游之作，多是婉約，蘇子瞻之作，多是豪放。大抵詞體以婉約爲正，故東坡稱少游「今之詞手」；後山評東坡詞「雖極天下之工，要非本色」。〔註106〕

張綖提出婉約與豪放的分別，以秦觀、蘇軾爲例，並主張以婉約爲正。其實，早在宋代，詞體就有「本色」之辯。

　　詞發展之始，原是舞筵豔詞，在《花間集序》中，歐陽炯即言明：「鏤玉雕瓊，擬化工而迴巧，裁花剪葉，效春豔以爭鮮……則有綺筵公子，繡幌佳人，遞葉葉之花箋，文抽麗錦；舉纖纖之玉指，拍按香檀。不無清絕之詞，用助嬌嬈之態。」〔註107〕此種嬌嬈柔媚之詞，在入宋之後依舊風尚。由於文學的自我發展，在前人的奠基之下，蘇軾創作出豪情逸致、襟懷壯闊的曠詞，此種風格有別於傳統的婉美，陳師道曾言：「子瞻以詩爲詞，如教坊雷大使之舞，雖極天下之工，要非本色。今代詞手，惟秦七、黃九爾，唐諸人不迨也。」

〔註106〕　〔明〕張綖：《詩餘圖譜・凡例》，收錄於《續修四庫全書》（北京：商務印書館，2005 年），冊 1735，頁 473。

〔註107〕　〔後蜀〕趙崇祚輯：《花間集・歐陽炯序》，收錄於《四部備要・集部》（臺北：中華書局，1981 年），冊 589，頁 1～2。

〔註108〕陳師道所指「本色」應為柔媚軟語之詞風，這或許與張綖所言「婉約」有所差異，但可知前身。宋人也曾以蘇軾、柳永二人詞風凸顯兩大風格特徵：

> 東坡在玉堂日，有幕士善歌，因問：「我詞何如柳七？」對曰：「柳郎中詞，只合十七八女郎，執紅牙板，歌『楊柳岸曉風殘月』。學士詞，須關西大漢，銅琵琶，鐵綽板，唱『大江東去』」。東坡為之絕倒。〔註109〕

東坡詞豪放傑出適以「銅琶鐵板」歌之，有別於柳永詞婉麗柔媚適於小家歌女，可見宋人在當時對「豪放」、「婉約」兩種詞風有相對性的概念。

　　張綖將詞劃分出「豪放」、「婉約」兩種風格，後人大說承繼此說，如徐師曾、王世貞等人，〔註110〕且皆有崇婉約抑豪放之趨向，影響頗為深遠。由此觀之，明代崇尚婉約之詞，加以《花間集》等詞籍的流行，作品是屬「婉約」或「豪放」風格，必影響編選者選擇詞作時之標準、憑藉。

二、明代詞選擇錄情形

　　明代詞選的編纂已較為成熟，與宋金元詞選相比，無論是數量或是規模皆勝出，今見明代詞選有顧從敬《類選箋釋草堂詩餘》、錢允

〔註108〕〔宋〕陳師道：《後山詩話》，收錄於〔清〕何文煥輯：《歷代詩話》（北京：中華書局，2006 年 6 月），頁 309。

〔註109〕〔宋〕俞文豹：《吹劍續錄》，引自元・陶宗儀：《說郛三種》（上海：上海古籍出版社，1988 年 10 月），頁 429。

〔註110〕〔明〕徐師曾：《文體明辨・詩餘序》：「至論其詞，則有婉約者，有豪放者。婉約者欲其詞情蘊藉，豪放者欲其氣象恢宏。蓋雖各因其質，而詞貴感人，要當以婉約為正。否則雖極精工，中乖本色，非有識之士所取也。」，收錄於《文體明辨・附錄》，見於《四庫全書存目叢書》（臺南：莊嚴文化事業公司，1997 年），集部，冊 311，頁 360。〔明〕王世貞：《藝苑巵言》：「詞須婉轉綿麗，淺至儇俏，挾春月煙花，於閨幃內奏之。……至於慷慨磊落，縱橫豪爽，抑亦其次，不作可耳。」，收錄於唐圭璋編：《詞話叢編》（北京：中華書局，2005 年 10 月），冊 1，頁 385。

治《類選箋釋續選草堂詩餘》、佚名《天機餘錦》、楊慎《詞林萬選》
與《百琲明珠》、陳耀文《花草粹編》、茅暎《詞的》、陸雲龍《詞菁》、
潘游龍《古今詩餘醉》、卓人月《古今詞統》、沈際飛《草堂詩餘四集》、
周履靖《唐宋元明酒詞》張綖《草堂詩餘別錄》以及楊肇祉《詞壇豔
逸品》等十四部詞選，可見明代詞選之盛行，其中楊肇祉《詞壇豔逸
品》筆者未能得見，故無法得知收錄情況。今就以上十三部詞選，予
以統計，一窺陸游詞於明代詞選選錄情形。

詞選名稱	編選者	卷數	編選年代	詞選屬性	陸詞數量
詞林萬選〔註111〕	楊慎	4卷	唐代至明代	通代詞選	3
百琲明珠〔註112〕	楊慎	5卷	唐代至明代	通代詞選	1
天機餘錦〔註113〕	書賈	4卷	唐代至明代	通代詞選	1
草堂詩餘別錄〔註114〕	張綖	1卷	唐代至明代	通代詞選	1
類選箋釋草堂詩餘〔註115〕	顧從敬	6卷	唐代至明代	通代詞選	1
類選箋釋續選草堂詩餘〔註116〕	錢允治	2卷	唐代至明代	通代詞選	3

〔註111〕 〔明〕楊慎輯：《詞林萬選》，收錄於王文才、萬光治等編注《楊升
庵叢書》（成都：天地出版社，2002年）。
〔註112〕 〔明〕楊慎輯：《百琲明珠》，收錄於王文才、萬光治等編注《楊升
庵叢書》。（成都：天地出版社，2002年）。
〔註113〕 〔明〕南宋書賈輯：《天機餘錦》（瀋陽：遼寧教育出版社，2000
年1月）
〔註114〕 〔明〕張綖：《草堂詩餘別錄》，收錄於林玫儀：〈罕見詞話——張
綖「草堂詩餘別錄」〉，《中國文哲研究通訊》，第14卷第4期，2004
年12月。
〔註115〕 〔明〕顧從敬、錢允治輯：《類選箋釋草堂詩餘》，收錄於《續修四
庫全書》，集部，冊1728，頁65～174。
〔註116〕 〔明〕顧從敬、錢允治輯：《類選箋釋續選草堂詩餘》，收錄於《續
修四庫全書》，集部，冊1728，頁175～292。

草堂詩餘四集〔註117〕	沈際飛	17卷	唐代至明代	通代詞選	11
花草稡編〔註118〕	陳耀文	12卷	唐代至明代	通代詞選	41
唐宋元明酒詞〔註119〕	周履靖	2卷	唐代至明代	專題詞選	未收錄
詞的〔註120〕	茅暎	4卷	唐代至明代	通代詞選	1
古今詞統〔註121〕	卓人月	16卷	唐代至明代	通代詞選	44
詞菁〔註122〕	陸雲龍	2卷	唐代至明代	通代詞選	未收錄（誤收毛滂作品）
精選古今詩餘醉〔註123〕	潘游龍	15卷	唐代至明代	通代詞選	14

　　據陶子珍《明代詞選研究》一書，將明代詞選劃為三個時期，即嘉靖時期（孝宗弘治──世宗嘉靖）、萬曆時期（神宗萬曆年間）以及崇禎時期（明末），〔註124〕各個時期有不同的社會背景與文化思想，詞選收錄的標準、憑藉則與時下風氣趨向密切相關。

〔註117〕〔明〕沈際飛輯：《草堂詩餘正集》、《草堂詩餘續集》、《草堂詩餘別集》、《草堂詩餘新集》，合稱《草堂詩餘四集》。明崇禎間太末翁少麓刊本。

〔註118〕〔明〕陳耀文輯：《花草稡編》，收錄於《景印文淵閣四庫全書》，集部，冊498～499。

〔註119〕〔明〕周履靖輯：《唐宋元明酒詞》（臺北：臺灣商務印書館，1969年4月）。

〔註120〕〔明〕茅暎輯：《詞的》，收錄於《四庫未收書輯刊》（北京：北京出版社，2000年1月）。

〔註121〕〔明〕卓人月、徐士俊輯：《古今詞統》，收錄於《續修四庫全書》，集部，冊1728～1729。

〔註122〕〔明〕陸雲龍輯：《翠餘閣評選行笈必攜詞菁》，藏於中國國家圖書館。

〔註123〕〔明〕潘游龍輯、梁穎校點：《精選古今詩餘醉》（瀋陽：遼寧教育出版社，2003年3月）。

〔註124〕陶子珍：《明代詞選研究》（臺北：東吳大學中國文學系博士論文，2001年6月），頁6～11。

（一）嘉靖時期

1. 楊慎輯《詞林萬選》四卷、《百琲明珠》五卷

此二詞選皆出於楊慎之手。《詞林萬選》成書於嘉靖二十二年
（1543），共錄詞二百三十四首，詞家七十六人（無名氏不計），選詞
範圍由晚唐五代至明朝，體例則未依調名、詞人編排，失之無序，詞
人姓氏題名未有一致，同時也有同調異名的情況出現，可見此書編排
不慎精細，而書中或有楊慎註語，但似乎也欠周密。〔註 125〕《百琲
明珠》據卷末附錄趙尊嶽跋語，〔註 126〕可知此書當刊刻於萬曆四十
一年（1613），最晚應成書於嘉靖時期，此書選錄範圍也是由唐至明
代，錄詞一百五十九首，卷一收唐五代詞，卷二至卷四錄兩宋詞，卷
五則收錄兩宋女性詞人與金元明詞，編次如同《詞林萬選》，無統一
排序，作者題名有錯誤之情形，且雜有北曲，並非良選。書中於詞調
後或詞末亦有楊慎評語。

楊慎，字用修，號升庵，新都（今四川成都）人，著述豐富，其
中詞學著作除《詞林萬選》、《百琲明珠》兩本詞選外，尚有《詞品》、
《草堂詩餘補遺》、《填詞選格》、《古今詞英》、《填詞玉屑》、《詞選增
奇》等。〔註 127〕嘉靖時期是明代復古運動興盛之時，整體文壇傾向
一種擬古的風尚，楊慎則獨樹一格，對於前後七子的復古理論並未盲
從附和，而他所選輯的《詞林萬選》、《百琲明珠》，正是為當時充斥
仿擬《草堂》風氣的詞壇注入一股新血，不為復古風尚所囿，試圖跳
脫《草堂》框架，一新耳目。因此，楊慎在擇錄詞作時會儘量避開《草
堂詩餘》已收錄作品，〔註 128〕且為有別於《草堂詩餘》的流行俚俗，

〔註 125〕 〔清〕紀昀等：《四庫全書總目提要・詞林萬選》：「又其中時有評
注，俱極疏陋。」（北京：中華書局，1997 年 1 月），下冊，頁 2818。

〔註 126〕 〔明〕趙尊嶽：〈百琲明珠跋〉：「斐雲宗兄乃出視明刊此本，題嘉
靖朝蜀楊慎選集，萬曆朝楚杜祝進補，有祝進一序。」收錄於《明
詞彙刊》（上海：上海古籍出版社，1992 年 7 月），上冊，頁 787。

〔註 127〕 參王兆鵬：《詞學史料學》（北京：中華書局，2004 年 5 月），頁 344。

〔註 128〕 據任良幹〈詞林萬選序〉言：「《詞林萬選》，皆《草堂詩餘》之所

如同任良幹於〈詞林萬選序〉中所言：「升庵太史公家藏有唐宋五百家詞，頗爲全備，暇日取其由綺練者四卷，名曰《詞林萬選》，皆《草堂詩餘》之所未收者也。」〔註129〕可見楊愼有意擇取「綺練」、「雅麗」之作。《詞林萬選》中註明陸游詞共四闋，即〈江月晃重山〉（芳草洲前道路）、〈驀山溪〉（窮山孤疊）、〈南鄉子〉（歸夢寄吳檣）以及〈鷓鴣天〉（梳髮金盤剩一窩），但〈江月晃重山〉經考證校勘後，應屬劉秉忠詞，誤收爲陸游詞，因此，《詞林萬選》應只收陸游詞三闋，《百琲明珠》則僅收陸游〈釵頭鳳〉（紅酥手）一闋，皆無楊愼評語。觀《詞林萬選》與《百琲明珠》所選陸游詞，〈鷓鴣天〉、〈釵頭鳳〉二闋可稱婉約柔美，而〈驀山溪〉與〈南鄉子〉則屬閒情、旅思的作品，似與楊愼的選詞標準不符，但綜觀《詞林萬選》與《百琲明珠》擇錄之詞，尚有氣勢豪邁之作，如《詞林萬選》中有辛棄疾〈水龍吟〉（楚天千里清秋）、張孝祥〈六州歌頭〉（長淮望斷）等；《百琲明珠》中則選蔡伯堅〈大江東去〉（倦游老眼）、紇石烈〈上平南〉等作品，可見楊愼選詞並不只有傾向婉約之作，亦注目豪放作品。陸游的〈驀山溪〉與〈南鄉子〉雖不可歸爲豪放風格，但此二闋的入選，可知楊愼已試圖突破詞的柔媚格局。

2. 書賈輯《天機餘錦》

　　《天機餘錦》本題程敏政編選，但黃文吉於〈詞學的新發現——明抄本《天機餘錦》之成書及其價值〉一文中辯證此書非程敏政所出，

　　　　未收者也。」序中雖言如此，但經陶子珍於《明代詞選研究》中，
　　　　將《詞林萬選》、《百琲明珠》與《草堂詩餘》交相比對之後發現，
　　　　《詞林萬選》中僅有兩闋詞與《草堂詩餘》重出，《百琲明珠》則
　　　　爲四闋，可見收錄之詞未必是《草堂詩餘》所未見，但重出比率甚
　　　　低，故楊愼應是有意爲之，重出之詞乃大意之疏漏，不妨礙其中旨
　　　　意。見楊愼著，王文才、萬光治編注：《楊升庵叢書》（成都：天地
　　　　出版社，2002 年 12 月），第六冊，頁 990；陶子珍：《明代詞選研
　　　　究》（臺北：東吳大學中國文學系博士論文，2001 年 6 月），頁 97。
〔註129〕　〔明〕楊愼著，王文才、萬光治編注：《楊升庵叢書》（成都：天地
　　　　出版社，2002 年 12 月），第六冊，頁 990。

〔註 130〕而是當時書賈爲謀利潤所僞託之作，同時卷首所錄之序，也非程敏政所出，而是由宋代曾慥《樂府雅詞‧序》中割裂而來。〔註 131〕《天機餘錦》最早應成書於嘉靖二十九年（1550），因楊慎《詞品》當中已引用此書，《詞品》成書於嘉靖三十年（1551）仲春，故《天機餘錦》不應晚於此。〔註 132〕

　　在《全宋詞》、《全金元詞》編輯之時，未見《天機餘錦》，因此此書具有校勘、輯佚之價值，黃文吉曾以此書與《全宋詞》、《全金元詞》、《明詞彙刊》等書交相比對後，於《天機餘錦》中輯得佚詞數百闋，〔註 133〕同時也進行校勘，改正、填補不少詞作，〔註 134〕於此《天機餘錦》可補足《全宋詞》、《全金元詞》等書之缺失。

　　全書依調排序，但其中仍有許多重複、同調異名或調名錯誤的情況。此書選詞範圍由晚唐五代至明朝，據陶子珍統計，《天機餘錦》共錄詞一千二百五十五闋，詞家一百九十七人，且詳考《天機餘錦》所錄南宋詞以及金、元、明之詞比率皆高出《草堂詩餘》，故推論《天機餘錦》編選之因，是欲擺脫《草堂》應歌娛樂、說唱采擇的侷限，並冀能拓展初學模習之範疇，以接續《詞林萬選》，完成《草堂詩餘》之補續工作。〔註 135〕此外，僞託程敏政所作〈天機餘錦序〉中曾云：

〔註 130〕黃文吉：〈詞學的新發現——明抄本《天機餘錦》之成書及其價值〉，收錄於張高評主編：《宋代文學研究叢刊》（高雄：麗文文化股份有限公司，1997 年 9 月），第 3 期，頁 392～394。

〔註 131〕王兆鵬：〈詞學祕籍《天機餘錦》考述〉，《文學遺產》1998 年第 5 期，頁 41～42。

〔註 132〕王兆鵬：〈詞學祕籍《天機餘錦》考述〉，《文學遺產》1998 年第 5 期，頁 44。

〔註 133〕黃文吉：〈《天機餘錦》見存宋金元詞輯佚〉，收錄於張高評主編：《宋代文學研究叢刊》（高雄：麗文文化股份有限公司，1998 年 12 月），第 4 期，頁 233～256。

〔註 134〕黃文吉：〈詞學的新發現——明抄本《天機餘錦》之成書及其價值〉，收錄於張高評主編：《宋代文學研究叢刊》（高雄：麗文文化股份有限公司，1997 年 9 月），第 3 期，頁 395～397。

〔註 135〕陶子珍：《明代詞選研究》（臺北：秀威資訊科技股份有限公司，2003 年 7 月），頁 112。

余所藏名公長短句，裒合成篇，或先或後，非有詮次。多
是一家，難分優劣，涉諧謔則去之，名曰《天機餘錦》，編
爲四卷。〔註136〕

說明對擇錄作品有意去除詼諧戲謔風格，且計其中選錄南宋張炎詞最
多，張炎提倡雅詞，可見《天機餘錦》也標榜雅正之音。《天機餘錦》
僅收陸游〈水龍吟〉（摩訶池上追游路）一闋。

3. 張綖輯《草堂詩餘別錄》一卷、顧從敬輯《類選箋釋草堂詩餘》六卷、錢允治輯《類選箋釋續選草堂詩餘》二卷、沈際飛編《草堂詩餘四集》十七卷

顧從敬輯《類選箋釋草堂詩餘》與錢允治輯《類選箋釋續選草堂
詩餘》乃刻於明萬曆四十二年（1614），而沈際飛編《草堂詩餘四集》
則編選於明崇禎年間，不屬於嘉靖時期之詞選，但爲求完整探討《草
堂詩餘》遺緒，故並論之。

《草堂詩餘別錄》一卷，現存二抄本，各藏於中國科學院圖書館，
以及上海圖書館，臺灣未見藏本。林玫儀撰〈罕見詞話──張綖「草
堂詩餘別錄」〉一文，文中對《草堂詩餘別錄》仔細詳考，對前人之
錯誤加以校定，〔註137〕且附錄《草堂詩餘別錄》與《草堂詩餘後集
別錄》，故筆者以此爲底本。張綖選詞之因，據卷前題識云：

當時集本亦多，惟《草堂詩餘》流行於世，其間復猥雜不
粹。今觀老先生硃筆點取，皆平和高麗之調，誠可則可歌。
復命愚生再校。輒敢盡其愚見，因於各詞下漫註數語，略
見去取之意，別爲一錄呈上。〔註138〕

〔註136〕〔明〕南宋書賈輯：《天機餘錦》（瀋陽：遼寧教育出版社，2000
年1月），頁25。

〔註137〕趙尊嶽曾作〈詞籍提要〉一文，於《詞學季刊》第3卷第1號（1936
年）刊出，試爲《草堂詩餘別錄》編寫提要。林玫儀則對此篇文章
多做訂正，如指出其中所用標點每多混用，引文理解也有錯誤。

〔註138〕〔明〕張綖：《草堂詩餘別錄》，收錄於林玫儀：〈罕見詞話──張
綖「草堂詩餘別錄」〉，《中國文哲研究通訊》，第14卷第4期，2004

文中所言「老先生」爲何者，如今未詳，但可知是張綖之前輩。宋代《草堂詩餘》流行於當時，但卻擇選不嚴，故「老先生」便以硃筆加以校點，擇取佳作，而後張綖重新審定刊出。此書自《草堂詩餘》中取七十八闋格調高雅之詞，並且加以評點。《草堂詩餘別錄》僅收錄陸游詞〈水龍吟〉（摩訶池上追遊路）一闋，與《草堂詩餘》所收相同，並評曰：「前段寫景亦精麗，後段『身在天涯，亂山孤疊，危樓飛觀』甚高妙；『歎春來只有，楊花和恨，向東風滿』，亦佳句也。」〔註139〕經過張綖的汰選，陸游〈水龍吟〉仍被選錄，堪稱佳詞。

顧從敬輯《類選箋釋草堂詩餘》六卷、錢允治輯《類選箋釋續選草堂詩餘》二卷與《國朝詩餘》五卷爲合刻本，其中《國朝詩餘》僅收明代詞人，故暫且不論。《類選箋釋草堂詩餘》卷端首頁題「上海顧從敬類選，雲間陳繼儒重校，吳郡陳仁錫參訂」，可知此本是由顧從敬《類編草堂詩餘》而來，經過陳繼儒、陳仁錫重新校訂完成。《類編草堂詩餘》是顧從敬以自家所藏舊本爲基礎，加以增補篇目，並將舊本按題材內容分類之形式，改爲依小令、中調、長調編次，是爲「分調編次本」，比元刊本（至正辛卯雙璧陳氏刊本）《草堂詩餘》多錄七十一首，〔註140〕共錄詞四百四十三闋，此書影響甚大，往後《草堂詩餘》「分調本」多從此出。將《類選箋釋草堂詩餘》與《類編草堂詩餘》相比，二者所選之詞與編次順序皆相同，《類選箋釋草堂詩餘》實收錄詞四百三十四闋，可知比起《類編草堂詩餘》有所缺漏。此書僅收陸游詞〈水龍吟〉（摩訶池上追遊路）一闋。《類選箋釋續選草堂詩餘》分爲上、下兩卷，亦屬「分調編次本」，所選之詞《類選箋釋

年 12 月，頁 205。

〔註139〕　〔明〕張綖：《草堂詩餘別錄》，收錄於林玫儀：〈罕見詞話——張綖「草堂詩餘別錄」〉，《中國文哲研究通訊》，第 14 卷第 4 期，2004 年 12 月，頁 205。

〔註140〕　〔明〕何良俊〈草堂詩餘原序〉：「從敬家藏宋刻，較世所行本多七十餘調。」見（明）不著撰人：《類編草堂詩餘》，收錄於《景印文淵閣四庫全書》（臺北：臺灣商務印書館，1983 年），冊 1489，頁 533。

草堂詩餘》皆未收，共選詞二百二十一闋，詞家六十六人，選詞範圍擴大至明朝，但選錄作品仍以宋詞爲最多。此書選錄陸游詞共四闋，即〈山花子〉（謾向寒爐醉玉瓶）〔註141〕、〈山花子〉（花市東風捲笑聲）、〈卜算子〉（驛外斷橋邊）、〈木蘭花〉（三年流落巴山道），其中〈山花子〉（花市東風捲笑聲）是誤收毛滂作品，故《類選箋釋續選草堂詩餘》實選錄陸游詞三闋。

　　沈際飛編《草堂詩餘四集》，原題名爲《古香岑草堂詩餘四集》，是由《草堂詩餘正集》六卷、《草堂詩餘續集》二卷、《草堂詩餘別集》四卷以及《草堂詩餘新集》五卷等四部詞選組成，且皆爲「分調本」，其中《草堂詩餘新集》是以《國朝詩餘》爲基礎，重新增刪而成，內容也皆選錄明代詞作，故不討論。《草堂詩餘正集》底本是出自《類選箋釋草堂詩餘》，兩者之間差異不大，惟《草堂詩餘正集》多選錄二十二闋，收錄陸游《水龍吟》（摩訶池上追遊路）一闋。《草堂詩餘續集》凡上、下兩卷，所選內容則與《類選箋釋續選草堂詩餘》大致相同，可知是以此爲基礎，在加以修訂而成，收錄陸游詞。〈山花子〉（謾向寒爐醉玉瓶）、〈山花子〉（花市東風捲笑聲）、〈卜算子〉（驛外斷橋邊）、〈木蘭花〉（三年流落巴山道），與《類選箋釋續選草堂詩餘》相同，甚〈山花子〉（花市東風捲笑聲）也連同誤收。《草堂詩餘別集》四卷，卷內署名「婁城沈際飛評選，東魯秦士奇訂定」，可知此書爲沈際飛親自編選，據沈際飛所言：「《別集》則余僭爲排續，自宋泝之，而五代、而唐、而隋；自宋沿之，而遼、而金、而元。博綜《花間》、《尊前》、《花菴選》、宋元名家詞，以及稗官逸史，卷凡四，詞凡若干首。」〔註142〕可知此書選錄範圍由隋至明代，涵蓋甚廣，全書共收錄陸游詞十一闋，且皆是《正集》與《續集》未收作品，選錄數量

〔註141〕　〈山花子〉於《全宋詞》中調名爲〈浣溪沙〉，此闋詞首句也與《全宋詞》相異，《全宋詞》所錄首句爲「懶向沙頭醉玉瓶」。

〔註142〕　〔明〕沈際飛：《古香岑草堂詩餘四集》（明崇禎間太末翁少麓刊本，臺北：國家圖書館藏），頁4。

是三集中最為多數者，由此來看，陸游作品於明代的被接收程度，比起宋金元時期已有突破。

（二）萬曆時期

1. 陳耀文輯《花草粹編》二十四卷

《花草粹編》是明代最大型的選集，取材廣泛，卷帙浩繁。有十二卷本、二十四卷本傳世，「十二卷本」今有三種，即「明萬曆癸未（11年）刊本」、「抄本，過錄清金繩武校語及跋」、「民國二十二年學圖書館影印明萬曆刊及金氏評花仙館活字本」，此三種版本於序文、跋語有所不同外，所收錄詞作也有出入；「二十四卷本」為清乾隆間寫文淵閣《四庫全書》本，以下簡稱為「四庫本」，十二卷本的半卷為四庫本的一卷，然亦有例外。「十二卷本」與「四庫本」相互比較後，其中所收錄詞作雖大抵相同，但仍有出入，「四庫本」收錄的詞數是較少於「十二卷本」，但由於「四庫本」比「十二卷本」較為流通，且其中收錄陸游詞部分並無相異，故筆者取「四庫本」作為底本。

「四庫本」卷前無目錄，內容依調編排，卷一至卷十二為小令，卷十三至卷十六為中調，卷十七至卷二十四為長調。題名中「花草」二字是由《花間集》與《草堂詩餘》而來，陳耀文〈花草粹編序〉言：

> 夫填詞者，古樂府流也，自昔選次者眾矣。唐則有《花間集》，宋則《草堂詩餘》。詩盛於唐衰於晚葉，至夫詞調，獨妙絕無論。然世之《草堂》盛行，而《花間》不顯，故知宣情易感，含思難諧者矣。……由《花間》、《草堂》而起，故以《花草》命編。〔註143〕

陳耀文點出當時《草堂詩餘》為盛行之詞選，而《花間集》則乏人問津的情況，原因在於《草堂》直抒情感，易於感人，而《花間》則隱

〔註143〕　〔明〕陳耀文：〈花草粹編序〉，收錄於施蟄存主編：《詞籍序跋萃編》（北京：社會科學出版社，1994年12月），頁702。

晦難懂，難以諧暢。雖然如此，但陳耀文並無舉《花間》棄《草堂》
之思，因其中所選錄之詞，由《草堂》中輯出之比率較《花間》為高，
因此陳耀文可能是想以兩者並舉之形式來編選《花草粹編》，所以便
「使夫好古之士得其書而學焉，則庶乎窺昔人之梱域，拾遺佚于千
百，而為雅道之一助也。」〔註144〕

　　雖然《花草粹編》之題名是由《花間集》與《草堂詩餘》而來，
但其中所選錄詞作，由《花間》與《草堂》而來的僅佔全書約 19%
〔註 145〕，可見其中仍有許多詞作是經陳耀文之手過濾汰選而收錄。
觀其中所錄詞作，多為婉約精工之風格，且通俗名作也不少，可知《花
草粹編》所錄之詞，應以婉美佳詞、通俗名作為主。此外，其中亦收
錄許多「孤調」，即僅於此書出現之詞調，《四庫全書總目提要》云：
「其詞本不佳，而所填實為孤調，如〈縷縷金〉之類，則注曰『備題』。」
〔註146〕陳耀文所收錄之孤調，雖非佳作，但可為「備調」保存；《花
草粹編》其中亦收許多名不見經傳的詞家，為備載詞人而選錄。雖然
此種作法易使詞選失之蕪雜，但以保存作品及詞家的角度而言，《花
草粹編》功不可沒。

　　《花草粹編》中標為陸游詞者共四十四闋，但其中卻有誤題為陸
游詞者，或本屬陸游詞卻題為他人詞者，誤題為陸游詞者共五闋，即
〈江月晃重山〉（芳草洲前道路）是為劉秉忠詞，〈戀繡衾〉（長夜冷
添被兒）與〈戀繡衾〉（病來自是於春懶）二闋則為辛棄疾作品，〈菩
薩蠻〉（玉闌干外重簾晚）屬利登作品，〈望遠行〉（當時雲雨夢）為
無名氏之作；本屬陸游詞卻題為他人詞者共二闋，即〈憶王孫〉（春
風樓上柳腰肢）誤題作莫少虛作品，〈長相思〉（面蒼然）則屬闕名作

〔註144〕　〔明〕李裔：〈花草粹編敘〉，收錄於施蟄存主編：《詞籍序跋萃編》
　　　　　（北京：社會科學出版社，1994 年 12 月），頁 703。
〔註145〕　陶子珍：《明代詞選研究》（臺北：東吳大學中國文學系博士論文，
　　　　　2001 年 6 月），頁 162。
〔註146〕　〔清〕紀昀等：《四庫全書總目提要》（北京：中華書局，1997 年 1
　　　　　月），下冊，頁 2805。

品，所以《花草粹編》實收陸游作品應爲四十一闋。《花草粹編》選錄陸游詞之數量，雖不及北宋柳永、周邦彥等人超過百闋，但以南宋詞家來看，陸游詞的收錄情況已可謂多數，南宋詞家收錄最多者爲程垓，共收錄六十首，加以《花草粹編》對南宋詞家的選錄是家數多，而個人所屬作品少，如此看來，陸游詞於《花草粹編》中雖不顯目，但已有關注。

2. 周履靖輯《唐宋元明酒詞》二卷

《唐宋元明酒詞》是繼宋代黃大輿《梅苑》後另一部專題詞選，於明代一片通代詞選的風氣下，更顯特殊。酒在中國飲食文化中具有特殊的位置，沒有哪一種食物如同酒一樣表達人們的情緒。高興、愉快、痛苦、煩躁、鬱悶、閑適的情緒，都可能浸泡在酒鄉中。因此，周履靖輯選歷代酒詞，借此一窺文人對酒的眷戀，以及當時複雜的社會文化背景。

《唐宋元明酒詞》凡二卷，卷前有目錄，載作者、調名與詞題，其中詞題多爲作者據詞作內容增添，最初收錄於周履靖所刊行的《夷門廣牘》中，現有明萬曆年間金陵荊山書林刊本，屬「觴詠」類，〔註147〕《夷門廣牘》中亦有萬曆丁酉周履靖之〈敘〉，故《唐宋元明酒詞》最晚應成書於明萬曆二十五年（1597）。全書排序散漫無章，不依事類、調名或詞人編排；其中除收錄歷代酒詞外，周履靖會於選詞後唱和一首，卷末一收錄作者所作詞九闋，全書共選詞六十二闋，周履靖作品七十二闋，合計錄詞一百三十四闋，詞人共三十一家，選詞範圍由唐至明代，並涵括五代及金人作品。〔註148〕

〔註147〕 〔清〕紀昀等：《四庫全書總目提要・夷門廣牘》曰：「是編廣集歷代以來小種之書，並及其所自著，蓋亦陳繼儒《祕笈》之類。夷門者，自寓隱居之意也。書凡八十六種，分門有十，曰藝苑，曰博雅，曰食品，曰娛志，曰雜古，曰禽獸，曰草木，曰招隱。曰閒適，曰觴詠。」（北京：中華書局，1997年1月），下冊，頁1762。

〔註148〕 陶子珍：《明代詞選研究》（臺北：東吳大學中國文學系博士論文，2001年6月），頁231。

　　綜觀全書，晚唐、五代的飲酒饗宴之詞爲多，且篇中多蘊含隱逸閒情，以此爲主調，可看出周履靖想藉由選錄酒詞，將自身懷抱寄託於其中。此類作品陸游甚少，故於《唐宋元明酒詞》中陸游詞未著一闋。

3. 茅暎輯《詞的》四卷

　　《詞的》，凡四卷，卷首有茅暎〈詞的序〉與〈凡例〉數則，依調編次，卷一、卷二收小令，卷三收中調，卷四收長調，共錄詞三百九十二闋，詞家一百四十五人。明代朱之蕃曾將《詞的》與《草堂詩餘》（明‧楊愼批點，文仲閭校訂）、《四家宮詞》（明‧楊愼批點，朱萬選校訂）、《花間集》（後蜀‧趙崇祚輯，明‧湯顯祖評）等，共四種十五卷，合輯成《詞壇合璧》，陶子珍據朱之蕃年歲推算，《詞的》最晚於萬曆年間應成書。〔註149〕於明萬曆中、晚期始，公安派性靈說遍佈文壇，雖然當時已有末流之嫌，竟陵派相繼而起，但文壇上的浪漫主義還未消退，故於此時刊刻之《詞的》，乃受影響。茅暎〈詞的序〉云：

> 竊以芳性深情，恒藉文犀以見；幽懷遠念，每因翠雨以明。
> 故桑中之喜，起詠於風人；陌上之情，肇思於前哲。……
> 青文滿篋，無非訴恨之辭；新製連篇，實有緣情之作。……
> 及夫錦浪紅翻，珠林綠綴，臨池漱露，憑脯邀風；伴炎宵
> 以孤坐，送永日而無聊。或託言短韵，石韞玉而山輝；或
> 寄意於新腔，水沉珠而川媚。〔註150〕

文中可見毛暎欲寄情於景、感時應物之思，此也顯示他編選《詞的》

〔註149〕「朱之蕃於熹宗天啓年間已六十餘歲，若將《詞壇合璧》的成書時間推至崇禎時期，可能性較低，且湯顯祖、楊愼所評點之書，分別完成於嘉靖與萬曆間，而與其合刊之《詞的》，最遲至萬曆間亦應成書。」陶子珍：《明代詞選研究》（臺北：東吳大學中國文學系博士論文，2001年6月），頁243。

〔註150〕〔明〕茅暎：〈詞的凡例〉，收錄於《四庫未收書輯刊》，捌輯，冊30，頁468。

之旨，乃是期望寄寓於詞作的這般情懷，能傳承下去，使之不朽。

據茅暎〈凡例〉言：「幽俊香豔，爲詞家當行，而莊重典麗者次之；故古今名公，悉多鉅作，不敢攔入。匪曰偏狥，意存正調。」〔註151〕可知茅暎是以「幽俊香豔」爲詞之當行本色，而「莊重典麗」爲其次，且綜觀全書，以晚唐五代知艷麗詞風，與北宋的典雅之詞爲主調。〔註152〕此外，茅暎也以詞能符合韻律爲正則：「詞協黃鍾，倘隻字失律，便乖元韻；故先小令，次中調，次長調，俱輪宮合度，字字相符，以定正的。」〔註153〕是以《詞的》也以詞作是否符合格律，爲選詞標準之一。全書標陸游詞者共二闋，即〈鷓鴣天〉（梳髮金盤剩一窩）、〈南鄉子〉（泊雁小汀洲），其中〈南鄉子〉乃誤收蔣捷作品，由於茅暎是以艷麗、典雅詞爲選錄主調，且著重晚唐、五代與北宋詞家，而身處南宋之陸游便較不受關注，故《詞的》實收陸游詞僅一闋。

（三）崇禎時期

1. 卓人月輯《古今詞統》十六卷

《古今詞統》實爲卓人月與徐士俊二人合作編選，卓人月匯選，徐士俊參評而成，是明代晚期最大型之詞選。《古今詞統》初刻行世時，名爲《詩餘廣選》，書中首頁有載「一集隋唐詩話，一集後五代詞話，一集宋金元詩餘，一集皇明詩餘，豹變齋發行」，故稱明末刊豹變齋印本，且首頁題名爲「草堂詩餘」，根據卷首陳繼儒之〈序〉，可推斷此書最晚應刊刻於崇禎二年（1629）。〔註154〕爾後，孟稱舜於

〔註151〕 〔明〕茅暎：〈詞的凡例〉，收錄於《四庫未收書輯刊》，捌輯，冊30，頁470。

〔註152〕 據陶子珍統計，《詞的》中選詞在五闋以上之詞家，以北宋8家，計64闋；及晚唐、五代8家，計59闋爲夥。陶子珍：《明代詞選研究》（臺北：東吳大學中國文學系博士論文，2001年6月），頁248。

〔註153〕 〔明〕茅暎：〈詞的凡例〉，收錄於《四庫未收書輯刊》，捌輯，冊30，頁470。

〔註154〕 〔明〕陳繼儒：「予友卓珂月，生平持說，多與予合，己巳秋，過雲間，手一編示予，題曰《詩餘廣選》。」見於〔明〕卓人月編，何士俊評：《草堂詩餘》（明末刊豹變齋印本，臺北：國家圖書館藏）。

崇禎六年（1633）重新刊刻，易名爲《古今詞統》，且增錄徐士俊之〈古今詞統序〉，稱爲明崇禎間刊本。兩種版本除序文有所更動外，其他皆無改動。

　　《古今詞統》除選錄詞作十六卷外，尚有「序」、「舊序」、「雜說」、「氏籍」、「目次」五大部分：「序」收錄孟稱舜與徐士俊〈古今詞統序〉二篇，其中孟稱舜之序文，乃是沿用明末刊豹變齋印本中陳繼儒所作之〈詩餘序〉，內容僅將「雲間」二字改爲「會稽」。「舊序」中錄有何良俊〈草堂詩餘序〉、黃河清〈續草堂詩餘序〉、陳仁錫〈續詩餘序〉、楊愼〈詞品序〉、王世貞〈詞評序〉、錢允治〈國朝詩餘序〉、沈際飛〈詩餘四集序〉與〈詩餘別集序〉等八篇。「雜說」載有張玉田〈樂府指迷〉〔註155〕、楊萬里〈作詞五要〉〔註156〕、王世貞〈論詩餘〉、張綖〈論詩餘〉、徐師曾〈論詩餘〉，以及沈際飛〈詩餘發凡〉等六篇論詞篇章。「氏籍」載隋至明代之詞人，並附註詞人之字號、籍貫或官職，但有少許詞人之時代有混淆錯置之情況，需詳考辯證。「目次」爲全書總目，詞作依調名、字數多寡排列，如卷一爲「十六字至二十八字」，卷二「二十八字」，卷三「三十字至四十字」……，不以「小令」、「中調」、「長調」等名稱分類，且於調名相同但字數不同者，以下註明第一體、第二體……等，是爲「分調編次體」。

　　《古今詞統》「舊序」中收有許多序文，多從《草堂詩餘四集》〔註157〕出，如何良俊〈草堂詩餘序〉，原收錄於《草堂詩餘正集》；陳仁錫〈續詩餘序〉，原收錄於《類選箋釋草堂詩餘》，但內容也與《草堂詩餘正集》中所收錄的序文大致相同；黃河清〈續草堂詩餘序〉，原收錄餘《草堂詩餘續集》；沈際飛的〈詩餘別集序〉、〈詩餘四集序〉，個別原收錄於《草堂詩餘別集》，與《古香岑草堂詩餘四集》卷前；

〔註155〕　此篇文章應是節錄宋代張炎《詞源》卷下。
〔註156〕　〈作詞五要〉作者應是楊纘（約 1219～1267），字繼翁，號守齋，又號紫霞翁，尤精律呂，時周密、張炎、徐天民等人皆出於其門下。
〔註157〕　《草堂詩餘四集》包含：《草堂詩餘正集》、《草堂詩餘續集》、《草堂詩餘別集》、《草堂詩餘新集》。

錢允治〈國朝詩餘序〉，原收錄於《草堂詩餘新集》；「雜說」部分也載沈際飛〈詩餘發凡〉，此篇文章原屬《草堂詩餘四集》之〈發凡〉。且《古今詞統》所選錄之詞作，亦見錄於《草堂詩餘四集》中，約佔《古今詞統》全書之 31%，顯見《古今詞統》乃沿襲《草堂詩餘四集》之編選理念，由正集而續集，由續集而別集，接替完成《草堂詩餘》之續補，以求完備。〔註 158〕

全書錄詞兩千零三十七闋，詞家四百八十六人，詞後附有本事及詞話，間有徐士俊評語。《古今詞統》選錄詞作兼及婉約與豪放，徐士俊於〈古今詞統序〉中言：

> 詞盛于宋，亦不止于宋，故稱古今焉。古今之爲詞者，無慮數百家，或以巧語致勝，或以麗字取妍；或望斷江南，或夢回雞塞；或床下而偷詠纖手新橙之句，或池上而重翻冰肌玉骨之聲；以至春風弔柳七之魂，夜月哭長沙之伎，諸如此類，人人自以爲名高黃絹，響落紅牙。而猶有議之者，謂銅將軍鐵綽板，與十七、八女郎，相去殊絕，無乃統之者無其人，遂使倒流三峽，竟分道而馳耶？余與珂月起而任之曰，是不然，吾欲分風，風不可分；吾欲劈流，流不可劈，非詩非曲，自然風流，統而名知以詞。〔註 159〕

可知徐士俊與卓人月皆認爲婉約、豪放爲詞之風格，不可分流。明代張綖提出詞風有「婉約」、「豪放」之分後，漸延伸出「本色」、「非本色」以及「正體」、「變體」之變，當時復古思潮盛行，詞壇力倡晚唐、五代之婉約詞風，以此爲正體、本色，但徐、卓二人卻能掙脫框架，提出「婉約」、「豪放」應統合爲之，不可強分，此觀點與信念則於《古今詞統》中充分展現。

〔註 158〕 陶子珍：《明代詞選研究》（臺北：東吳大學中國文學系博士論文，2001 年 6 月），頁 268。

〔註 159〕 〔明〕卓人月、徐士俊輯：《古今詞統》，收錄於《續修四庫全書》（北京：商務印書館，2005 年），集部，冊 1728，頁 439～442。

徐士俊於〈古今詞統序〉中言及選詞標準，指出詞家五要：一曰擇腔、二曰應律、三曰按譜、四曰詳韻、五曰新意；且強調詞需雅正，不可流於輕薄：「詞曲香麗，既下於詩矣，若再挑薄，則流於曲，故不可也。」﹝註160﹞除此之外，亦重視詞作情感的表達，「要以摹寫情態，令人一展卷而魂動魄化者爲上。」﹝註161﹞可見二人選詞不被詞作風格所拘束，也不爲流見所囿，兼容並蓄。

《古今詞統》選陸游詞共四十五闋，其中〈浣溪沙〉（花市東風捲笑聲）乃是誤收毛滂作品，因此全書實收陸游詞四十四闋，是明代詞選收陸游詞數量最多者。據陶子珍統計，《古今詞統》中選詞超過二十闋以上者，南宋共計詞人九家，詞作四百三十七闋，其中尤以辛棄疾爲最多，達一百四十闋，﹝註162﹞可知南宋詞爲此書選詞之重心，這與明代流行的《草堂詩餘》，或是大型詞選《花草粹編》所著重於晚唐、五代，與北宋之偏向完全不同，甚至除南宋詞外，金、元、明詞也大幅選入，擺脫前人選詞之框架，開闢另一種詞選之面相，而陸游詞於其中也脫穎而出。

2. 陸雲龍輯《詞菁》二卷

《詞菁》一書句陸雲龍自敘，應當成書於思宗崇禎四年（1631），卷前有目錄，按類編排，是爲「分類編次本」，卷一分天文、節序、形勝、人物、宴集、遊望、行役、稱壽八類；卷二則有離別、宮詞、閨詞、懷思、愁恨、寄贈、提詠、雜詠、居室、植物、動物、器具、迴文十三類。選詞範圍由晚唐至明代，全書共錄詞二百七十闋，詞家一百二十九人，書中有眉批語，於句中亦有附註。

陸雲龍輯《詞菁》乃是試圖由《花間集》、《草堂詩餘》取其中精

﹝註160﹞〔明〕卓人月、徐士俊輯：《古今詞統》，收錄於《續修四庫全書》（北京：商務印書館，2005 年），集部，冊 1728，頁 439～442。

﹝註161﹞〔明〕卓人月、徐士俊輯：《古今詞統》，收錄於《續修四庫全書》（北京：商務印書館，2005 年），集部，冊 1728，頁 439～442。

﹝註162﹞陶子珍：《明代詞選研究》（臺北：東吳大學中國文學系博士論文，2001 年 6 月），頁 272。

華詞作，據〈詞菁敘〉云：「其後名賢輩出，人巧欲盡，悉爲奇險之句，幽窈之字，實緣徑窮路絕，不得不另開一堂奧。試取《花間》、《草堂》並咀之，《草堂》自更新綺者，特其中有欲求新而得誤，似爲吳歈作祖，予不敢不嚴剔之。誠以險中有菁，俳不可爲菁耳。」〔註163〕由此可知，陸雲龍選錄《詞菁》之想法。崇禎初有沈際飛《草堂詩餘四集》與卓人月《古今詞統》相繼問世，這兩部大型詞選皆有爲《草堂詩餘》作續補之目的，然而卷帙龐大，不免失其焦點，陸雲龍則有意去除存在於《草堂詩餘》中格調鄙俗之作品，《詞菁》共錄詞二百七十闋，其中有二百六十八闋出於《草堂詩餘四集》，〔註164〕希望能統合精華，另開詞壇新貌。

　　《詞菁》之編輯與竟陵派主張密切相關，當時公安派的「獨抒性靈」、「不拘格套」已將詩文推向鄙俗疏淺之道，爾後竟陵派起，保留公安派的不趨擬古，且又強調追求古人之精神，以矯公安派流弊。萬曆時期詞選多偏向晚唐、北宋之風格，不脫「崇古」風氣，至崇禎初期，《古今詞統》之選詞轉向偏好南宋詞風，以求「新變」，而《詞菁》之編選，乃是試圖融合「崇古」與「新變」，取二者之平衡。觀其全書，《詞菁》中選錄作品並不偏向哪一朝代，北宋、南宋亦兼顧，同時也顧及當朝詞作，選錄作品最多者爲明代劉基，北宋則爲周邦彥，南宋爲辛棄疾，可見陸雲龍也未偏好婉約或豪放詞風，此二者蘊含傳統與革新兩大潮流。《詞菁》所選，爲「菁華之色」，醞英雄之氣，而能兼具柔美；故「鎔鑄古今，發揮諸家之長」，乃其選詞之準則。〔註165〕《詞菁》僅收陸游詞一闋，即〈山花子〉（花

〔註163〕　〔明〕陸雲龍：《詞菁》（據復旦大學圖書館藏明崇禎崢霄館藏翠娛閣選評影印）。

〔註164〕　《詞菁》分別自《草堂詩餘正集》輯錄一百二十一闋，於《草堂詩餘續集》輯錄三十八闋，《草堂詩餘別集》輯錄二十六闋，《草堂詩餘新集》輯錄八十三闋。陶子珍：《明代詞選研究》（臺北：東吳大學中國文學系博士論文，2001年6月），頁289。

〔註165〕　陶子珍：《明代詞選研究》（臺北：東吳大學中國文學系博士論文，2001年6月），頁291。

市東風捲笑聲）〔註166〕，然此闋詞卻是誤收毛滂作品，故《詞菁》中未選陸游詞作。

3. 潘游龍輯《精選古今詩餘醉》十五卷

《精選古今詩餘醉》卷首有崇禎十年（1637）郭紹儀〈詩餘醉敘〉，以及崇禎九年（1936）范文光〈詩餘醉序〉、陳珽〈詩餘醉敘〉、管貞乾〈詩餘醉附言〉以及潘游龍〈自序〉，可知此書應成書於明崇禎九年。此書目次以分類徵選，目次以下有類別、詞調與作者，是爲「分類編次本」，但不同於以往類似《草堂詩餘》先標明事類，再細分子目，而是將每闋詞直接分類，以相近主題同置一卷，如卷一有「催春」、「立春」、「元日」、「元宵」、「中秋」等類別，卷二則爲「初春」、「早春」、「春望」、「春暮」等，如此分類方式，反而使整體編次雜亂無序，失去原本應歌而分類輯詞之目的。

全書共計選詞一千三百九十五闋，輯詞目的是希望能通過所選之詞，加以評點，彰顯作者情意，使之感發讀者，如此一來便可往上追溯，會通《三百篇》，郭紹儀〈詩餘醉敘〉言：「有能讀鱗長所選詩餘者，必能讀《三百篇》者也；能之鱗長所選，不遠於《三百篇》之性情者，是可與言詩餘者也。」〔註167〕《三百篇》即《詩經》，是中國最早之詩歌總集，亦是韻文之源，內容情感眞摯，據郭紹儀所言，可知潘游龍編選《精選古今詩餘醉》之氣度與胸襟，范文光亦云：「邠人文子太青常謂光：『學者絕不可涉目詩餘，蓋恐尖薄之氣，漸我文筆。』而光反覆聲歌之原，尤有深懼者。楚友潘子鱗長，文學菁藻，妙選詞令，而胡子曰：『從雅有俊致，刻之十竹齋，名曰《詩餘醉》。』」〔註168〕是以《精選古今詩餘醉》不爲當時風氣所囿，一掃詞壇尖薄之氣。潘游龍於〈自序〉中言：

〔註166〕此闋詞於《全宋詞》中調名爲〈浣溪沙〉

〔註167〕〔明〕郭紹儀：〈詩餘醉敘〉，收錄於潘游龍：《精選古今詩餘醉》（明崇禎丁丑十年海陽胡氏十竹齋刊本，臺北：國家圖書館藏）。

〔註168〕〔明〕范文光：〈詩餘醉序〉，收錄於潘游龍：《精選古今詩餘醉》（明崇禎丁丑十年海陽胡氏十竹齋刊本，臺北：國家圖書館藏）。

詞則自極其意之所之，凡道學之所會通，方外之所靜悟，
閨帷之所體察，理爲眞理，情爲至情；語不必蕪而單言隻
句，餘于清遠者有焉，餘于摯刻者有焉，餘于莊麗者有焉，
餘于淒婉悲壯、沈痛慷慨者有焉。令人撫一調，讀一章，
忠孝之思，離合之況，山川草木，鬱勃難狀之境，莫不躍
躍于言後言先，則詩餘之興起人，豈在《三百篇》之下乎？
〔註169〕

潘游龍於行文當中提高詞之地位，認爲詞之極意乃是會通道學、靜悟
方外、體察閨帷，如此才能達到至情眞理，詞作之價值也不在《三百
篇》之下；同時也指出不論是忠孝之思、離合之況，亦或是山川草木，
鬱勃難狀之境，透過詞作皆可抒發，因此，他編選詞集能廣收各種風
格。

　　全書選詞範圍由隋代至明朝，除無名氏及時代不詳者外，共計
有：隋、唐、五代詞九十一闋，詞家二十七人；北宋詞三百五十闋，
詞家六十人；南宋詞四百四十七闋，詞家一百五十人；遼詞八闋，詞
家一人；金詞十一闋，詞家七人；元詞十六闋，詞家十三人；明詞三
百九十七闋，詞家六十人，〔註170〕可見以南宋詞爲最多，明詞次之。
此書標記爲陸游詞作共十四闋，其中〈浣溪沙〉（花市東風捲笑聲）
乃是誤收毛滂作品，又一闋〈鵲踏枝〉（一竿風月）應爲陸游作品，
書中則標爲無名氏之作，因此實收十四闋。《精選古今詩餘醉》與《古
今詞統》相互輝映，明代詞選至崇禎年間的關注焦點，已由過去的晚
唐、五代與北宋，轉向南宋與明代。

三、明代譜體詞選擇錄情形

　　除一般選本之外，明代還有「譜體詞選」四種，即周暎《詞學筌

〔註169〕　〔明〕潘游龍：〈自序〉，收錄於潘游龍：《精選古今詩餘醉》（明崇
　　　　　禎丁丑十年海陽胡氏十竹齋刊本，臺北：國家圖書館藏）。
〔註170〕　陶子珍：《明代詞選研究》（臺北：東吳大學中國文學系博士論文，
　　　　　2001年6月），頁309。

蹄》、張綖《詩餘圖譜》、徐師曾《詩餘》與程明善《嘯餘譜》，譜體詞選乃是透過詞的格律來擇取詞作，故可由另一角度觀察陸游詞被接受之情況。

詞選名稱	編選者	卷數	編選年代	陸詞數量
詞學筌蹄〔註171〕	周瑛	8 卷	唐代至明代	1
詩餘圖譜〔註172〕	張綖	3 卷	唐代至明代	7
詩餘〔註173〕	徐師曾	25 卷	唐代至明代	4
嘯餘譜〔註174〕	程明善	10 卷	唐代至明代	4

（一）周瑛撰《詞學筌蹄》八卷

《詞學筌蹄》凡八卷，卷首有周瑛〈自序〉與林俊〈序〉，據周瑛〈自序〉云：「編錄之者，托蜀府教授蔣華質夫，考證之者，則蜀士徐楠山甫也。」〔註175〕是以此書編纂乃由周瑛制定編纂凡例和圖譜形制，後由蔣華進行具體編錄，徐楠則校定全書，〈自序〉中有「弘治甲寅」字樣，可推此書應完成於明弘治七年（1494）。「筌蹄」二字語出《莊子‧外物》：「筌者所以在魚，得魚而忘筌；蹄者所以在兔，得兔而忘蹄。」〔註176〕「筌」與「蹄」皆爲捕、獵器具，往後引申爲達到目的的手段或工具，由書之題名來看，可見周瑛設想將此書視

〔註171〕〔明〕周瑛輯：《詞學筌蹄》，收錄於《續修四庫全書》（北京：商務印書館，2005 年），集部，冊 1735。

〔註172〕〔明〕張綖撰、謝天瑞補遺：《詩餘圖譜》，收錄於《續修四庫全書》（北京：商務印書館，2005 年），冊 1735。

〔註173〕〔明〕徐師曾輯：《詩餘》，收錄於《文體明辯‧附錄》，見於《四庫全書存目叢書》（臺南：莊嚴文化事業公司，1997 年），集部，冊 312。

〔註174〕〔明〕程明善輯：《嘯餘譜》，收錄於《四庫全書存目叢書》（臺南：莊嚴文化事業公司，1997 年），集部，冊 425。

〔註175〕〔明〕周瑛：〈詞學筌蹄序〉，見於〔明〕周瑛輯：《詞學筌蹄》，收錄於《續修四庫全書》（北京：商務印書館，2005 年），集部，冊 1735，頁 391。

〔註176〕〔清〕王先謙撰：《莊子集解》（臺北：文津出版社。1988 年 7 月），頁 244。

作按譜填詞的工具書。

此書是以《草堂詩餘》為基礎所產生出來的詞譜，周瑛〈自序〉言：「《草堂》舊所編，以事為主，諸調散入事下。此編以調為主，諸事併入調下，且逐調為之譜。」〔註177〕當時明代《草堂詩餘》盛行，周瑛見《草堂詩餘》以類編次，雖然在應歌方面易於檢索，但卻造成對詞調長短找尋無依，故周瑛便「以調編次」，每詞調一下再列詞譜。將《詞學筌蹄》與《草堂詩餘》交相比對之後，可發現此二書於選詞之範圍、擇錄之詞作約略相同，僅有幾處差異，〔註178〕可見《詞學筌蹄》是以《草堂詩餘》為文獻依據。全書共收詞調一百七十六調，作品三百五十四首，與周瑛〈序〉中所稱「為調一百七十七，為詞三百五十三」有所不同。書中編纂體例，就周瑛〈自序〉云：「圜者平聲，方者側聲，使學者按譜填詞，自道其意中事，則此其《筌蹄》也。」〔註179〕書中以「○」表平聲，以「□」表仄聲，句與句間以「。」隔開，結尾則不標示。

《詞學筌蹄》為詞譜格式之草創，內容不免諸多失誤，每一詞調下僅有一種體例，無平仄之彈性，且無韻腳或叶韻之標明，可謂詞譜之最初輪廓。全書因以《草堂詩餘》為範本，故也僅收陸游〈水龍吟〉（摩訶池上追遊路）一闋，就此為例：

〔註177〕〔明〕周瑛：〈詞學筌蹄序〉，見於〔明〕周瑛輯：《詞學筌蹄》，收錄於《續修四庫全書》（北京：商務印書館，2005 年），集部，冊1735，頁 391。

〔註178〕據張仲謀《〈詞學筌蹄〉考論》一文中，舉出四點《詞學筌蹄》與《草堂詩餘》的淵源關係，即（一）詞題、詞作先後順序及個別詞署名不同；（二）各人所選詞作數量及具體作品亦基本相同，不過出入一二首而已；（三）從入選詞調角度來看，所選詞人詞作亦基本相同，《詞學筌蹄》僅增入少量名作；（四）二書之失誤處也大致相同，如詞人署名體例不一，或誤題作者姓名者等。張仲謀：〈《詞學筌蹄》考論〉，《中國文化研究》，2005 年第 3 期。

〔註179〕〔明〕周瑛：〈詞學筌蹄序〉，見於〔明〕周瑛輯：《詞學筌蹄》，收錄於《續修四庫全書》（北京：商務印書館，2005 年），集部，冊1735，頁 391。

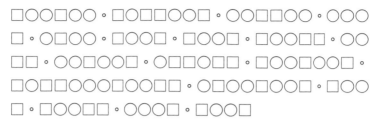

右譜一章二十句〔註180〕

此譜後附章質夫〈水龍吟 楊花〉一闋，與通行版本不同，觀此譜〈水龍吟〉僅一百字，與杜文瀾所云：「《詞譜》收〈水龍吟〉一調多至二十五體，自一百二字起至一百六字止。」〔註181〕不同，章質夫所做〈水龍吟〉應爲一百零二字，《詞學筌蹄》所收脫第四句中「誰道」二字，陸游〈水龍吟〉（摩訶池上追遊路）也屬一百零二字之體。此外對於詞中斷句亦有錯誤，按譜中句分應爲十九句，而〈水龍吟〉一百零二字體實爲二十二句，皆與書中所註明二十句不同，由此可見《詞學筌蹄》之缺失。

《詞學筌蹄》所收之詞譜格式或多有紕漏，不足以爲後人留下良好的詞體範式，所選之範圍也不脫《草堂詩餘》，但《詞學筌蹄》乃是詞譜之草創，它爲原本詞籍中不受關注之詞體譜式，另開一門，爲當時詞壇注入一股新血，使詞譜之門漸受矚目。

（二）張綖撰《詩餘圖譜》三卷

《詩餘圖譜》凡三卷，卷首有蔣芝、張綖之序文，分別作於嘉靖十五年（1536）的六月與四月，可知此書應於嘉靖十五年四月前已編纂完成（以下稱「嘉靖本」），爾後，又多有重刻。萬曆二十二年（1594）王象乾刻行此書，此版本於明崇禎八年（1635）由王象晉重梓，毛晉則將此刻本收入《詞苑英華》中，此本編排體例沿襲嘉靖本，但將其

〔註180〕 〔明〕周瑛輯：《詞學筌蹄》，收錄於《續修四庫全書》（北京：商務印書館，2005 年），集部，冊 1735，頁 394～395。

〔註181〕 〔清〕杜文瀾：〈詞律校勘記〉，收錄於萬樹輯《詞律》（臺北：世界書局，2009 年 4 月），頁 374。

中之〈凡例〉、「按語」刪除，也刪去多餘詞例，每調僅保留一闋，其中部分詞調的平仄譜式與嘉靖本不同，對於原先佚名之詞作，也加以補題，但題名多誤。萬曆二十九年（1601），游元涇曾對《詩餘圖譜》加以增訂，附有〈凡例〉、「按語」，爲《增正詩餘圖譜》三卷。

　　卷首列有目錄，依調編次，卷一爲小令，卷二爲中調，卷三則爲長調，是爲「分調編次本」。書中體例，以圖譜列於前，後有詞例，若有同調異名者附於詞調之下，並標明前段、後段、句數、字數及韻腳。蔣芝〈詩餘圖譜序〉云：

> 《詩餘圖譜》三卷，……譜法前具圖，後繫詞，燦然若黑白，俾塡詞之客索駿有象，射鵠有的，殆于詞學章章也。
>
> 余素非知音，玩斯圖也，稽虛待實，無不盡意。若夫審陰陽之元聲，完手談之大雅，一以上復依永之道。〔註182〕

此書編排之體例，較《詞學筌蹄》完善許多，完整地標明平仄、句讀與叶韻處，使塡詞者更能按譜創作。書中〈凡例〉更加明確記載體例細節：「詞中當平者用白圈（○），當仄者用黑圈（●），平而可仄者白圈半黑其下（◓），仄而可平者黑圈半白其下（◒）。其仄聲又有上去入三聲，則在審音者裁之，今不盡著。」〔註183〕可知《詩餘圖譜》之譜式留有很大的彈性於塡詞者，此譜式不僅具有穩定的格律特徵，也讓作者有發揮、變化的空間，此種特色廣爲後世詞譜編者所接受，故成爲編纂通例。以陸游〈釵頭鳳〉爲例：

前段八句七韻三十字

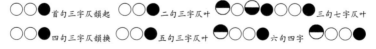

〔註182〕　〔明〕蔣芝：〈詩餘圖譜序〉，收錄於〔明〕張綖撰、謝天瑞補遺：《詩餘圖譜》，收錄於《續修四庫全書》（北京：商務印書館，2005年），冊1735，頁471。

〔註183〕　〔明〕張綖撰、謝天瑞補遺：《詩餘圖譜》，收錄於《續修四庫全書》（北京：商務印書館，2005年），冊1735，頁473。

七句四字反叶　●●●八句三字

後段同前〔註 184〕

全書標記爲陸游詞之作品，共計七闋，但其中〈驀山溪〉（元戎十年）僅錄上半闋，然此詞仍以一闋計之，又〈水龍吟〉（摩訶池上追遊路），書中僅題「詩餘」二字，然此亦爲陸游作品，故《詩餘圖譜》共實收陸游詞七闋。綜觀全書，張綖選詞偏向北宋，共選北宋詞家九人，詞八十六闋，此與張綖主張婉約詞爲正之理論密切相關。

（三）徐師曾撰《詩餘》二十五卷

《詩餘》現存兩種版本，其一爲單行本，有清道光間福申鈔本，書中有福申所作之〈記〉，據此〈記〉完成之時間，推斷是書應刊刻於清宣宗道光十八年（1838），而徐師曾卒於明神宗萬曆八年（1580），故《詩餘》最遲應於明萬曆初年就已成書。其二爲收錄於《文體明辯·附錄》卷之三至卷之十一當中，其中內容體例與單行本大致相同，僅無福申之〈記〉，後收入《四庫全書存目叢書》集部第三百一十二冊，據北京圖書館藏明萬曆建陽游榕銅活字印本影印，筆者乃依此版本。

徐師曾編纂《文體明辨》歷時十七載，頗費心力，全書以吳訥所編《文章辨體》爲底本，加以增損而成，徐師曾於〈序〉中云：「大抵以同郡常熟吳文恪公所纂《文章辨體》爲主而損益之。」〔註 185〕與《文章辨體》相比，《文體明辨》之分類更加細密。《文體明辨》編纂當時，張綖的《詩餘圖譜》與朱權的《太和正音譜》已流傳市面，徐師曾亦加以參考，進而發展出屬於自己的詞譜套路，〈詩餘序〉曰：

〔註 184〕〔明〕張綖撰、謝天瑞補遺：《詩餘圖譜》，收錄於《續修四庫全書》（北京：商務印書館，2005 年），冊 1735，頁 502。

〔註 185〕〔明〕徐師曾：《文體明辨·詩餘序》，收錄於《文體明辯·附錄》，見於《四庫全書存目叢書》（臺南：莊嚴文化事業公司，1997 年），集部，冊 311，頁 360。

　　詩餘謂之塡詞，則調有定格，字有定數，韻有定聲。至於
　　句之長短，雖可損益，然亦不當率意而爲之。譬諸醫家加
　　減古方，不過因其方而少更之，一或太過，則本方之意失
　　矣。此《太和正音》及今《圖譜》之所以爲也。〔註186〕

可見徐師曾認爲塡詞需注意「調」、「字」以及「韻」的規範，反而句
子的長短就毋需強加限制，但亦不可率意而爲，就此觀點，乍看之下
或有辨體不嚴的疑慮，但徐師曾據此開創詞譜的另一道路，即是在詞
譜中並列詞調之異體，這亦是徐師曾對《太和正音譜》與《詩餘圖譜》
所做的改良，他曾指出二者標譜之缺失：「然《正音》定擬四聲，失
之拘泥；《圖譜》圈別黑白，又易謬誤。直以平仄作譜，列之於前，
而錄詞其後。」〔註187〕徐師曾摒棄《正音》的擬定四聲，認爲不符
合詞之字聲規律，而《圖譜》的以黑白圈別則易出現謬誤，以視圖轉
換平仄之用法也不便閱讀，故徐師曾選擇以直接標明平仄之方式，便
於閱覽，也加強標音的準確度，以〈釵頭鳳〉爲例：

平平仄[韻三字句]平平仄[廿三字句]仄可平平[可仄]平平[廿七字句]平平仄[更韻三字]平平平仄[廿三字]
仄可平平[可仄]平平[四字句]仄可平平仄[廿四字句]仄仄仄[廿七句連疊三字]　○後段同〔註188〕

於《文體明辨‧詩餘》中所呈現之列調之法，與先前依據詞之字數分
小令、中調、長調不同，乃是依調名相近之情況來做分類，共分二十
五類：歌行題、令字題、慢字題、近字題、犯字題、遍字題、兒字題、
子字題、天文題、地理題、時令題、人物題、人事題、宮室題、器用
題、花木題、珍寶題、聲色題、數目題、通用題、二字題、三字題、

〔註186〕　〔明〕徐師曾：《文體明辨‧詩餘序》，收錄於《文體明辯‧附錄》，
　　　　　見於《四庫全書存目叢書》（臺南：莊嚴文化事業公司，1997年），
　　　　　集部，冊311，頁360。
〔註187〕　〔明〕徐師曾：《文體明辨‧詩餘序》，收錄於《文體明辯‧附錄》，
　　　　　見於《四庫全書存目叢書》（臺南：莊嚴文化事業公司，1997年），
　　　　　集部，冊311，頁360。
〔註188〕　〔明〕徐師曾輯：《詩餘》，收錄於《文體明辯‧附錄》，見於《四
　　　　　庫全書存目叢書》（臺南：莊嚴文化事業公司，1997年），集部，冊
　　　　　311，頁682。

四字題、五字題、七字題。總觀二十五種分類，分類標準並不統一，從令字題至子字題是以詞調之末字作爲劃分依據；由二字題至七字題，則以詞中字數多寡爲準；歌行題則是將字面上帶有歌、行、引、謠、曲等和樂府歌行有關之詞牌納入旗下；此外，人物題、天文題等類，則是由徐師曾之主觀分類，或由詞牌末字爲據，如〈菩薩蠻〉、〈二郎神〉、〈臨江仙〉等詞牌歸於人物題，〈鷓鴣天〉等詞牌則屬天文題。細究此種編排雜亂且易有缺失，如將〈醉公子〉、〈七娘子〉歸作子字題，不屬人物題；又〈菩薩蠻〉中所指「菩薩」不屬人物，乃指唐代蠻樂。可見徐師曾於詞譜排列有所新創，但對於詞牌的分類編排，不似張綖清楚明瞭，反而更加複雜紛亂。

在擇詞入選方面，徐師曾以「婉約爲正」之觀點作爲主意，於〈詩餘序〉中言：「論其詞，則有婉約者，有豪放者。婉約者欲其詞情蘊藉，豪放者欲其氣象恢宏，蓋雖各因其質，而詞貴感人，要當以婉約爲正。否則雖極精工，終乖本色，非有識之所取也。學者詳之。」〔註189〕與張綖相同，徐師曾以婉約詞作爲選詞的標準，認爲「婉約」才屬詞之本色。

《文體明辨》由於書中雜有文體、詩體，雖內有詞譜收錄，卻易於人所忽略，反而晚出，且專司詞譜的《嘯餘譜》更爲時人所接受。《文體明辨・詩餘》合計收錄陸游詞共四闋，即〈釵頭鳳〉（紅酥手）、〈夜遊宮〉（獨夜寒侵翠被）、〈謝池春〉（賀監湖邊）以及〈戀繡衾〉（不惜貂裘換釣篷），此四闋張綖《詩餘圖譜》亦有收錄。

（四）程明善撰《嘯餘譜》十一卷

《嘯餘譜》凡十一卷，書前收有程明善〈自序〉，自文中可知此書完成於明神宗萬曆四十七年（1619）。除萬曆刻本外，清康熙元年（1662）另有刊本，爲張漢重訂，編選內容與萬曆刻本相異不大，僅

〔註189〕　〔明〕徐師曾：《文體明辨・詩餘序》，收錄於《文體明辯・附錄》，見於《四庫全書存目叢書》（臺南：莊嚴文化事業公司，1997年），集部，冊311，頁360。

於編錄序文上有所更替，〔註190〕而《四庫全書存目叢書》則據明萬曆刻本，筆者依此版本。

　　《四庫全書總目提要》言及《嘯餘譜》共十卷，〔註191〕觀今收錄於《四庫全書存目叢書》中的十一卷相差一卷，交相比較後，乃是因將「致語」又成一卷，故有所差異。綜觀全書總目，卷一爲《嘯旨》、《聲音數》、《律呂》、《樂府原題》；卷二至卷三，《詩餘譜》一至十九；卷四爲《詩餘譜》二十至二十四；卷五爲《北曲譜》；卷六爲《中原音韻》與《務頭》；卷七至卷九爲《南曲譜》；卷十爲《中州音韻》，卷十一則爲《切韻》，由總目來看，可知《嘯餘譜》乃是匯編當時有關詞曲聲韻之書籍。此書於總目之下，亦有分類，如《詩餘譜》中合計有二十五類，與徐師曾所輯《文體明辨・詩餘》相同，此外，《嘯餘譜》所收之詞調與詞調異體之數量，以及列調順序，或標示詞調異體之方式等，也與《文體明辨・詩餘》相似，由此推斷《嘯餘譜》很有可能是從《文體明辨・詩餘》中輯錄而來，〔註192〕萬樹〈詞律自敘〉中也言：「吳江徐氏去圖而著譜，新安程氏輯之，於是《嘯餘譜》一書通行天壤。」〔註193〕萬樹明顯指出《嘯餘譜》是由《文體明辨・

<hr />

〔註190〕　萬曆刻本除收錄程明善〈自序〉外，亦收馬明霆所作〈題嘯於譜序〉以及〈嘯餘譜凡例〉；康熙重訂本則改收張漢〈自序〉，無馬明霆〈序〉。

〔註191〕　〔清〕紀昀等：《四庫全書總目提要・嘯餘譜》曰：「首列《嘯旨》、《聲音度數》、《律呂》、《樂府原題》一卷。次《詩餘譜》三卷，《致語》附焉。次《北曲譜》一卷，《中原音韻》及《務頭》一卷。次《南曲譜》三卷。《中州音韻》及《切韻》一卷。」（北京：中華書局，1997 年 1 月），下冊，頁 2822。

〔註192〕　《明清詞譜史》中指出二者相同之處，共達七點：（一）卷數相同，均爲 25 卷；（二）所收詞調數量相同，爲 330 調；（三）重複詞調數量、詞牌均相同，爲 13 調；（四）詞調異體總數相同，爲 450 體；（五）列調順序相同，均以詞牌名字面特徵分類相從；（六）詞調分類標目和數量相同，均爲 25 題；（七）詞調異體標示方法相同，均使用「第某體」標示。江合友：《明清詞譜史》（上海：上海古籍出版社，2008 年 5 月），頁 57。

〔註193〕　〔清〕萬樹、徐本立等：《詞律》（臺北：世界書局，2009 年 4 月），頁 5。

詩餘》中輯之。

馬明霆於〈題嘯餘譜序〉中言及程明善編纂《嘯餘譜》之旨意：

> 新安程若水，雅意好古，樹幟吟壇，匯古來韻致若干卷，
> 而總題其編曰《嘯餘》。蓋見天地之精氣嘯散於風，而人心
> 匯天地之精氣，嘯散於韻。……韻致不同而同歸於嘯，猶
> 之吹萬不同而同鼓於風。〔註194〕

可見程明善試圖透過編輯《嘯餘譜》樹立詞曲創作的標竿，同時於書
中之編目，也可看出程明善想呈現文體流變之企圖，〈嘯餘譜序〉云：
「人有嘯而後有聲，有聲而後有律有樂，流而為樂府，為詞、曲，皆
其聲之緒餘也。」〔註195〕程明善雖將典籍彙編成書，但其中亦有他
的想法與觀點。

《嘯餘譜・詩餘譜》與《文體明辨・詩餘》最大的不同，在於二
者標譜之方式，《文體明辨・詩餘》是先標譜，而後詞例，而《嘯餘
譜・詩餘譜》則將詞譜語詞做相互結合，《嘯餘譜・凡例》有云：「詞
只論平仄，固有可平可仄；曲有四聲，不暇論；南曲間有之，亦以人
之不能拘也。但以合譜者為佳，平作 丨，上作 卜，去作 厶，……。」
〔註196〕程明善認為詞譜合一較佳，他於平聲字旁標註「丨」〔註197〕，
仄聲字不作任何標記，可平可仄的字則在字下用雙行小字註明，這樣
不僅節省符號的使用，也讓填詞者對於該字的格律聲調能充分掌握。
以陸游〈釵頭鳳〉（紅酥手）為例：

〈釵頭鳳〉 舊憶○雙調○中調○後段同

紅酥手^{韻三字句} 黃藤酒^{十三字句} 滿^{可平} 城春^{可仄} 色宮墙柳^{十七字句} 東風惡^{更韻三字句} 歡

〔註194〕〔明〕程明善輯：《嘯餘譜》，收錄於《四庫全書存目叢書》（臺南：
莊嚴文化事業公司，1997年），集部，冊425，頁297。

〔註195〕〔明〕程明善輯：《嘯餘譜》，收錄於《四庫全書存目叢書》（臺南：
莊嚴文化事業公司，1997年），集部，冊425，頁294。

〔註196〕〔明〕程明善輯：《嘯餘譜》，收錄於《四庫全書存目叢書》（臺南：
莊嚴文化事業公司，1997年），集部，冊425，頁300。

〔註197〕本文採橫式排列，即以「─」標註。

情薄〔十三字句〕 一〔可平〕 懷愁〔可仄〕 緒〔四字句〕 幾〔可平〕 年離 索〔十四字句〕 錯錯錯〔叶此句連疊三字〕 ○春
如舊人如空瘦淚痕紅浥鮫綃透桃花落閑池閣山盟雖在錦書
難託莫莫莫 〔註198〕

如此的標譜方式，比起徐師曾《文體明辨・詩餘》清楚明確許多，但
詞譜合一也不免使詞做讀來有破碎割裂之感。

　　程明善雖然於《嘯餘譜・詩餘譜》中對《文體明辨・詩餘》有所
校訂修正，但更多的是承襲徐師曾之錯誤，江合友即指出《嘯餘譜・
詩餘譜》中誤題作者或混淆時代的情況友八十四例之多，全書錯誤率
接近五分之一。〔註199〕此外，書中標舉詞譜亦有錯誤，鄒祗謨《遠
志齋詞衷》曾批評程明善「錯亂句讀，增減字數，而強綴標目，妄分
韻腳。」〔註200〕《嘯餘譜》書中縱有諸多錯誤，但它對於後世詞譜
研究的推動亦有功勞，同時也為填詞者畫出格律的基本框架。《嘯餘
譜・詩餘譜》共收陸游詞四闋，即〈釵頭鳳〉（紅酥手）、〈夜遊宮〉
（獨夜寒侵翠被）、〈謝池春〉（賀監湖邊）以及〈戀繡衾〉（不惜貂裘
換釣篷），與徐師曾《文體明辨・詩餘》相同。

四、明代詞選對陸游詞之接受

　　綜觀以上明代詞選與詞譜選錄陸游詞之數量，以及選集編纂者的
選詞標準、偏好，加以當時明代詞壇發展之背景，可知陸游詞於明代
詞選被接受之概況，得以下三端：

　　其一、陸游詞之互見始於明代：一般唐宋詞人視長短句為小調，
不將自身詞作放入文集當中，故作品容易散佚，如同朱彝尊《詞綜・
發凡》言：「唐宋以來作者，長短句每別一編，不入集中，以是散佚最

〔註198〕 〔明〕程明善輯：《嘯餘譜》，收錄於《四庫全書存目叢書》（臺南：
　　　　　莊嚴文化事業公司，1997年），集部，冊425，頁483。
〔註199〕 江合友：《明清詞譜史》（上海：上海古籍出版社，2008年5月），
　　　　　頁59。
〔註200〕 〔清〕田同之：《西圃詞說》，收錄於唐圭璋主編《詞話叢編》（北
　　　　　京：中華書局，2005年10月），冊2，頁1473。

易。」〔註201〕當時也未見大型詞選，編纂體例尚未成熟，因此歷代選本在流傳的過程中，不免出現誤收或誤題詞作之情況。陸游詞在詞選中的互見情形首見於明代，且堪稱最甚，茲就其概況，臚列簡表，分述如次：

誤收他人作品為陸游詞		
詞調名及首句	實際出處	作者勘誤
1〈浣溪沙〉（花市東風捲笑聲）	《類選箋釋續選草堂詩餘》卷上	毛滂
	《草堂詩餘四集・續集》卷上	
	《古今詞統》卷三	
	《詞菁》卷一	
	《精選古今詩餘醉》卷一	
	《全宋詞》附註：「毛滂作，見東堂詞。」	
2〈江月晃重山〉（芳草洲前道路）	《詞林萬選》卷二	劉秉忠
	《花草粹編》卷十	
	《全宋詞》附註：「劉秉忠詞，見藏春樂府，詞錄附於後。」	
3〈戀繡衾〉（長夜冷添被兒）	《花草粹編》卷十	辛棄疾
	《全宋詞》附註：「辛棄疾作，見稼軒長短句卷十二。」	
4〈戀繡衾〉（病來自是於春懶）	《花草粹編》卷十	辛棄疾
	《全宋詞》附註：「辛棄疾作，見稼軒詞甲集。」	
5〈菩薩蠻〉（玉闌干外重簾晚）	《花草粹編》卷五	利登
6〈望遠行〉（當時雲雨夢）	《花草粹編》卷十五	無名氏
7〈南鄉子〉（泊雁小汀洲）	《詞的》卷二	蔣捷
	《全宋詞》附註：「蔣捷作，見竹山詞。」	

〔註201〕〔清〕朱彝尊：《詞綜・發凡》（上海：上海古籍出版社，2008年3月），頁7。

以下本屬陸游詞卻誤題為他人詞者		
詞調名及首句	誤題之處	誤題之作者名
1 〈憶王孫〉（春風樓上柳腰肢）	《花草粹編》卷一	莫少虛
2 〈長相思〉（面蒼然）	《花草粹編》卷一	闕名
3 〈鵲踏枝〉（一竿風月）	《精選古今詩餘醉》卷十五	無名氏

　　明代詞選共有七闋詞，是誤收他人作品為陸游詞，尤以〈浣溪沙〉（花市東風捲笑聲）一闋，合計就有五部詞選誤收為陸游詞，本為毛滂作品，或其中有詞選承襲前作謬誤所致，如《類選箋釋續選草堂詩餘》與《草堂詩餘四集・續集》，後者是以前者為基礎加以修訂而成，但未勘誤完全，沿襲前者錯誤；此外，《古今詞統》也是接續《草堂詩餘四集》的編選理念，所輯之詞作，更有 30% 與《草堂詩餘四集》相同，謬誤也一併承襲；《詞菁》亦是試圖由《花間集》與《草堂詩餘》中輯取精華詞作，可見明代詞選多承《草堂詩餘》遺緒。龍沐勛〈選詞標準論〉也說：「獨《草堂詩餘》流播最廣，翻刻最多，數百年來，幾於家絃戶誦，雖類列凌亂，雅鄭雜陳，而在詞壇之勢力，反駕乎《花間》、《尊前》之上。」〔註 202〕《草堂詩餘》廣而沿用的情況於明代詞選甚為嚴重，導致詞作遭誤題或誤收之謬亦被延續。

　　誤收為陸游詞之作品，還有〈江月晃重山〉（芳草洲前道路）、〈戀繡衾〉（長夜冷添被兒）、〈戀繡衾〉（病來自是於春懶）、〈菩薩蠻〉（玉闌干外重簾晚）、〈望遠行〉（當時雲雨夢）、〈南鄉子〉（泊雁小汀洲）等詞，這些詞作本屬劉秉忠、辛棄疾、利登、蔣捷及無名氏之作品，這些錯誤出自於《詞林萬選》、《花草粹編》與《詞的》，其中以《花草粹編》所出現之謬誤最多。陸游於明代詞選出現互見之作品，十闋中就有七闋出自《花草粹編》，但《花草粹編》亦是收錄陸游詞最為多的明代詞選，或因《花草粹編》的巨型編制，不免出現瑕疵遺漏。

〔註 202〕　龍沐勛：〈選詞標準論〉，收錄於《詞學季刊》（上海：上海書店 1985 年 12 月），第一卷第二號，頁 5～6。

除誤收之外，明代詞選亦出現本屬陸游詞卻誤題為他人作品的情況，如〈憶王孫〉（春風樓上柳腰肢）《花草粹編》誤題作莫少虛作品，〈長相思〉（面蒼然）與〈鵲踏枝〉（一竿風月）於《花草粹編》與《精選古今詩餘醉》中誤題為無名氏作品。

總觀陸游詞在明代詞選互見之情況，若與其他唐宋詞人比較，被誤收、誤題之作品較少，此與陸游詞集的流傳密切相關。陸游詞首刊刻於《渭南文集》中，《渭南文集》至明代雖有不同刊本先後出版，但始終以陸子遹所刻「嘉定本」為最佳版本；上舉誤題之詞，亦不見於「嘉定本」，可知明代詞選中誤題或誤收之作品，應是編輯者另外輯佚而來，並非出於《渭南文集》的原刻本，故易於出錯。宋金元時期的詞選，時間點與南宋趨近，也未有大型詞選出現，故未出現陸游詞之互見。至明代，詞選持續發展，若編輯者未盡校勘之責，加以後世詞選沿用、承襲，陸游詞之互見情況便出現在明代。

其二、陸游詞於崇禎時期最被接受：據陶子珍《明代詞選研究》一書，將明代詞選劃為三個時期，即嘉靖時期、萬曆時期以及崇禎時期，將明代詞選依三個時期劃分，合算各時期收錄陸游詞之數量，得以下簡表：

	詞選名稱	收陸游詞數量	合計
嘉靖時期	《詞林萬選》	4	7
	《百琲明珠》	1	
	《天機餘錦》	1	
	《草堂詩餘別錄》	1	
萬曆時期	《花草粹編》	44	51
	《類選箋釋草堂詩餘》	1	
	《類選箋釋續選草堂詩餘》	4	
	《詞的》	2	
崇禎時期	《古今詞統》	44	69
	《草堂詩餘四集》	11	

《詞菁》	0
《精選古今詩餘醉》	14

　　陸游詞於明代詞選中收錄之數量，從明初至晚明有增加的趨勢，嘉靖時期所收錄最少，僅七闋，崇禎時期爲最多，達六十九闋，兩者之間可謂懸殊，此與明代整體詞壇風尚密切相關。

　　明初盛行復古風潮，高舉「文必秦、漢，詩必盛唐」的旗幟，對於詞體完美的追求也溯源至唐五代，甚至認爲唐五代之詞爲正宗本色，楊愼《詞品》曰：「宋人長短句雖盛，而其下者，有曲詩、曲論之弊，終非詞之本色。予論塡詞必溯六朝，亦昔人窮探黃河源之意也。」〔註203〕詞人將唐五代詞視爲至尊，北宋以後之詞則不足道，因此也產生將《花間集》奉爲圭臬的現象。此外，《草堂詩餘》亦有崇高地位，明代許多詞選的編輯乃是圍繞《草堂詩餘》而產生，或接續，或補遺，都帶有著以《草堂詩餘》爲中心的理念。明代宗法晚唐五代，不可能完全割斷北宋，「花草」二選恰好成了這兩個時代的化身，花是唐五代之花，草是北宋之草，進而出現宗法「花草」，崇拜「花草」的詞壇潮流。〔註204〕明代初期時，整體詞壇崇尙「花草」，在編輯詞選，擇取詞作時，亦趨向晚唐五代與北宋詞，屬南宋人的陸游，於嘉靖時期的詞選僅被收錄七闋，乃受詞壇復古風尙的影響。

　　萬曆時期，陸游詞被收錄較於嘉靖時期有明顯增長，最大的因素是《花草粹編》的編輯，此書開拓選源，不再限制於「花草」之間，《樂府雅詞》、《梅苑》、《古今詞話》、《天機餘錦》、《翰墨大全》等書皆列入參考，〔註205〕且就整體而言，《花草粹編》所擇錄的南宋詞人

〔註203〕　〔明〕楊愼：《詞品》，收錄於唐圭璋主編《詞話叢編》（北京：中華書局，2005 年 10 月），冊 1，頁 424。

〔註204〕　蕭鵬：《群體的選擇——唐宋人詞選與詞人群通論》（南京：鳳凰出版社，2009 年 4 月），頁 443。

〔註205〕　陳匪石《聲執》云：「《花草粹編》，明陳耀文纂。……取材以《花間》、《草堂》爲主，益以《樂府雅詞》、《梅苑》、《古今詞話》、《天機餘錦》、《翰墨大全》及名家詞集；旁採說部詞話，間附本事，雖

與詞作，是較多於晚唐五代及北宋，或陳耀文謹以備調、備人之目的
爲之，但此現象未見於嘉靖時期，可見此書的編纂，是處於一個擴大
選源使得詞選形式轉變的過程，詞壇的焦點不再僅是專注於晚唐五代
與北宋，漸轉向南宋以後的時代，因此陸游的詞作比起嘉靖時期，漸
受關注。

　　崇禎時期的詞選的選域大多已擺脫《花間集》與《草堂詩餘》的
限制，以編纂者之主觀情意拓寬選詞的窄門，即使以《草堂詩餘》爲
底本加以修訂而成的《草堂詩餘四集》，雖然在《正集》、《續集》中
未有明顯的拓展，但沈際飛於《別集》中已有稍稍偏重於南宋的傾向，
然而此種現象可能是因本身續補體例所致，因沈際飛未有確切之論點
闡述。徐士俊《古今詞統》與潘游龍《精選古今詩餘醉》已是有意識
地將選詞範圍、標準擴展，不再畫地自限，企圖突破「花草」的框架，
因此他們將選詞的焦點轉向於南宋以後。《古今詞統》共計選錄詞家
四百八十六人，其中就有一百六十二人屬南宋，而選詞在二十闋以上
者，不論是詞家或詞作，南宋皆居冠，《精選古今詩餘醉》中收錄的
南宋詞人及其作品，亦居全書之冠，〔註 206〕此外明代本身的收錄比
例也增高，可知這兩部詞選的選詞的趨向，以由晚唐五代及北宋，漸
轉向以南宋與明代爲重心。屬南宋人的陸游，也乘上此股風潮，於明
代詞選中嶄露頭角。

　　其三、陸游詞之〈釵頭鳳〉（紅酥手）、〈夜遊宮〉（獨夜寒侵翠被）、
〈謝池春〉（賀監湖邊）、〈戀繡衾〉（不惜貂裘換釣篷）於明代詞譜中
堪稱範式：明代四部詞譜，擇取陸游詞皆不超過十闋，選錄詞作也多
有重複，以上四闋於《詩餘圖譜》、《嘯餘譜》與《文體明辨・詩餘》
皆有收錄，合計可得以下簡表：

　　　　無甚抉擇，然今已絕版之書，藉以存者不少。」收錄於唐圭璋編：
　　　　《詞話叢編》（北京：中華書局，2005 年 10 月），冊 5，頁 4965。
〔註 206〕陶子珍：《明代詞選研究》（臺北：東吳大學中國文學系博士論文，
　　　　2001 年 6 月），頁 309。

詞調名及首句	《詞學筌蹄》	《詩餘圖譜》	《文體明辨・詩餘》	《嘯餘譜》
〈水龍吟〉（摩訶池上追遊路）	V	V		
〈驀山溪〉（元戎十乘）		V		
〈釵頭鳳〉（紅酥手）		V	V	V
〈清商怨〉（江頭日暮痛飲）		V		
〈夜遊宮〉（獨夜寒侵翠被）		V	V	V
〈謝池春〉（賀監湖邊）		V	V	V
〈戀繡衾〉（不惜貂裘換釣篷）		V	V	V

　　明代中後期屬詞譜的萌發時期，在體例或標記符號上皆屬試驗階段。雖唐宋兩代出現過不少樂譜，但於南宋末年已有許多詞人不再通曉音譜，反而專注於詞調樣本的平仄填詞，這也爲後來出現的格律譜埋下伏筆。元代曲盛，文人創作能量的轉移，加速詞樂的失傳，僅詞律因文獻的保留而無散佚，詞人依舊可據詞律字聲填詞，故明代首度出現的《詞學筌蹄》是屬格律譜，並非唐宋所流行的音樂譜。

　　《詞學筌蹄》乃是據《草堂詩餘》所編纂的詞譜，因此入選詞作幾乎與《草堂詩餘》相同，周瑛並無加入太多己見，僅是以《草堂詩餘》爲本，加以轉換成譜體，故只收錄陸游〈水龍吟〉（摩訶池上追遊路），此闋作品亦是《草堂詩餘》所收錄的唯一陸游詞作。《詩餘圖譜》、《嘯餘譜》與《文體明辨・詩餘》則有較多編者的主觀選取，張綖曾於《詩餘圖譜・凡例》云：「詞調各有定格，因其定格而填之以詞，故謂之填詞。今著其字數多少，平仄韻腳，以俟作者填之，庶不

至臨時差誤，可以協諸管絃矣。」〔註207〕張綖企圖藉由詞譜的編纂，表達詞有定格，需按格律塡詞的理念，《嘯餘譜》與《文體明辨‧詩餘》亦是如此。〈釵頭鳳〉（紅酥手）、〈夜遊宮〉（獨夜寒侵翠被）、〈謝池春〉（賀監湖邊）、〈戀繡衾〉（不惜貂裘換釣篷）此四闋詞，除《詞學荃蹄》外的三本的詞譜皆有收錄，可視爲典範。

第四節　清代陸游詞效果史

　　詞體繼元明兩代的衰微之後，清代復振詞的委靡態勢，堪稱「中興」，清詞流派紛呈，風格展現亦是盛況空前。陳廷焯《白雨齋詞話》云：「詞興於唐，盛於宋，衰於元，亡於明，再振於清朝初年。」〔註208〕可見詞家亦認同清代爲詞學發展的復興期。清詞的「中興」，按其實質乃是詞的抒情功能的再次得到充分發揮的一次復興，是詞重新又獲得生氣活力的一次新繁榮。〔註209〕清詞派別眾多，詞人往往藉由自編詞選來闡述自我的詞學主張，確立各家流派宗旨，因此透過探析詞選不僅可以揭示編輯者的選詞觀點，也可以得知詞學流派與詞論脈絡，龍沐勛於〈選詞標準論〉一文中曾言：「自浙、常二派出，而詞學遂號中興，風氣轉移，乃再一二選本之力。」〔註210〕是以清代詞選對於整體清代詞壇影響甚大。清代詞學的中興亦與統治者的態度密切相關，《御選歷代詞選》、《欽定詞譜》（參後詳介）二部乃是由官方編纂，對詞學的發展有著重大影響，從中亦可看出統治者推尊詞體的立場。清代考據學盛行，詞人搭乘此潮流，以治經之法論詞，同時也影響詞譜、詞韻的編纂。

〔註207〕　〔明〕張綖：《詩餘圖譜‧凡例》，收錄於《續修四庫全書》（北京：商務印書館，2005 年），冊 1735，頁 473。

〔註208〕　〔清〕陳廷焯：《白雨齋詞話》，收錄於唐圭璋編《詞話叢編》（北京：中華書局，2005 年 10 月），冊 4，頁 3775。

〔註209〕　嚴迪昌：《清詞史》（南京：江蘇古籍出版社，1999 年 8 月），頁 4。

〔註210〕　龍沐勛：〈選詞標準論〉，收錄於《詞學季刊》（上海：上海書店 1985 年 12 月），第一卷第二號，頁 15。

一、清代詞選擇錄情形

　　清代詞選的編纂與編者之流派密切相關，理論架構清晰可見，編者欲透過編纂詞選來標舉自身的詞學主張，而清代詞選之數量亦堪稱歷代之冠，在如此複雜龐大的清代詞選系統，筆者期望能藉由清代詞選選錄陸游之情況，一窺清代詞壇對陸游之接受。翻閱清人編選之詞選，筆者所掌握之詞選計二十部，此外還有十三部詞選〔註 211〕，現留存於中國大陸，今就可見二十部詞選，統計陸游詞於清代詞選中見錄情況：

詞選名稱	編選者	卷數	編選年代	詞選屬性	詞人數量	詞作數量	陸詞數量	派別歸屬
詞綜〔註212〕	朱彝尊 汪森	36 卷	唐代至元代	通代詞選	659	2253	15	浙西詞派
詞潔〔註213〕	先著	6 卷	唐代至元代	通代詞選	143	630	16	浙西詞派
御選歷代詩餘〔註214〕	沈辰垣	120 卷	唐代至明代	通代詞選	1540	9009	90	其他（官方）
古今詞選〔註215〕	沈時棟	12 卷	唐代至清代	通代詞選	286	994	6	浙西詞派

〔註211〕　此十三部詞選爲陸次雲《見山亭古今詞選》、項以淳《清嘯集》、柯崇樸《詞緯》、孫致彌《詞鵠初編》、孔傳鏞《笥亭詞選》、孫星衍《歷代詞鈔》、蔣方增《浮笥山館詞鈔》、黃承勛《歷代詞腴》、周之琦《心日齋十六家詞錄》、周之琦《晚香室詞錄》、楊希閔《詞軌》、樊增祥《微雲榭詞選》、譚獻《復堂詞錄》

〔註212〕　〔清〕朱彝尊、汪森編：《詞綜》，收錄于《景印文淵閣四庫全書》（臺北：臺灣商務印書館，1983 年），冊 1493。

〔註213〕　〔清〕先著、程洪輯；劉崇德、徐文武點校：《詞潔》（保定：河南大學出版社，2007 年 8 月）。

〔註214〕　〔清〕沈辰垣、王奕清等：《御選歷代詩餘》（臺北：廣文書局，1972 年 5 月）。

〔註215〕　〔清〕沈時棟輯：《古今詞選》（臺北：東方書局，1956 年 5 月）。

清綺軒詞選〔註216〕	夏秉衡	13卷	唐代至清代	通代詞選	338	847	3	浙西詞派
詞選〔註217〕	張惠言	2卷	唐宋	通代詞選	44	116	未收錄	常州詞派
續詞選〔註218〕	董毅	2卷	唐宋	通代詞選	52	122	未收錄	常州詞派
蓼園詞選〔註219〕	黃蘇	未分	唐宋	通代詞選	85	213	1	常州詞派
天籟軒詞選〔註220〕	葉申薌	6卷	宋元	通代詞選	90	1411	35	其他（未明）
自怡軒詞選〔註221〕	許寶善	8卷	唐代至元代	通代詞選	199	391	2	浙西詞派
詞辨〔註222〕	周濟	2卷	唐代至兩宋	通代詞選	14	94	1	常州詞派
詞則（大雅集）〔註223〕	陳廷焯	6卷	唐代至清代	通代詞選	128	517	2	常州詞派
詞則（放歌集）	陳廷焯	6卷	唐代至清代	通代詞選	110	449	6	常州詞派

〔註216〕　〔清〕夏秉衡輯：《清綺軒詞選》，收錄於《歷代名人詞選》（臺北：大西洋圖書公司，1966年5月）。

〔註217〕　〔清〕張惠言輯：《詞選》，收錄於《續修四庫全書》，集部，冊1732，頁535～557。

〔註218〕　〔清〕董毅輯：《續詞選》，收錄於《續修四庫全書》，集部，冊1732，頁558～573。

〔註219〕　〔清〕黃蘇輯：《蓼園詞選》（濟南：齊魯書社，1988年9月）。

〔註220〕　〔清〕葉申薌輯：《天籟軒詞選》，清道光間刊本，現藏於國家圖書館。

〔註221〕　〔清〕許寶善輯：《自怡軒詞選》，清嘉慶元年許氏刊本，現藏於國家圖書館。

〔註222〕　〔清〕周濟輯：《詞辨》，收錄於《續修四庫全書》，集部，冊1732，頁575～589。

〔註223〕　〔清〕陳廷焯輯：《詞則》（上海：上海古籍出版社，1984年5月）。

詞則（閑情集）	陳廷焯	6卷	唐代至清代	通代詞選	217	655	未收錄	常州詞派
詞則（別調集）	陳廷焯	6卷	唐代至清代	通代詞選	257	685	1	常州詞派
湘綺樓詞選〔註224〕	王闓運	3卷	五代至南宋	通代詞選	55	76	未收錄	其他（未明）
藝蘅館詞選〔註225〕	梁令嫻	5卷	唐代至清代	通代詞選	179	689	2	女性編纂
宋四家詞選〔註226〕	周濟	1卷	兩宋	斷代詞選	51	239	3	常州詞派
宋七家詞選〔註227〕	戈載	7卷	兩宋	斷代詞選	7	480	未收錄	陽羨詞派
宋六十一家詞選〔註228〕	馮煦	12卷	兩宋	斷代詞選	61	1251	36	常州詞派
宋詞十九首〔註229〕	端木埰	不分	兩宋	斷代詞選	17	19	1	常州詞派
宋詞三百首〔註230〕	朱祖謀	不分	兩宋	斷代詞選	82	283	1	常州詞派

〔註224〕　〔清〕王闓運輯：《湘綺樓詞選》，王氏湘綺樓刊本，1917年。
〔註225〕　〔清〕梁令嫻輯：《藝蘅館詞選》（臺北：臺灣中華書局，1970年10月）。
〔註226〕　〔清〕周濟輯：《宋四家詞選》，收錄於《續修四庫全書》，集部，冊1732，頁591～613。
〔註227〕　〔清〕戈載輯、杜文瀾校注：《宋七家詞選》（臺北：河洛圖書，1978年）。
〔註228〕　〔清〕馮煦輯：《宋六十一家詞選》（臺北：文化圖書公司，1956年3月）。
〔註229〕　〔清〕端木埰輯：《宋詞十九首》（臺北：中正書局，1977年7月）。
〔註230〕　〔清〕朱祖謀輯：《宋詞三百首》（臺北：臺灣古籍出版社，2005年11月）。

宋詞選〔註231〕	顧春	3卷	兩宋	斷代詞選	52	148	4	女性編纂

（一）錄選陸游詞者

清代詞選中合計共十六部選錄陸游詞，即朱彝尊、汪森編《詞綜》、先著輯《詞潔》、沈辰垣與王奕清等奉敕編纂的《御選歷代詩餘》、沈時棟輯、尤侗及朱彝尊參訂的《古今詞選》、夏秉衡《清綺軒詞選》、黃蘇《蓼園詞選》、葉申薌《天籟軒詞選》、許寶善《自怡軒詞選》、周濟《詞辨》、陳廷焯《詞則》、梁令嫻《藝蘅館詞選》、周濟《宋四家詞選》、馮煦《宋六十一家詞選》、端木埰《宋詞十九首》、朱祖謀《宋詞三百首》、顧春《宋詞選》。此十六部詞選，編選年代從清初至清末皆有，也含括各種流派與類別，對於編纂詞選之目的與選詞標準亦各有不同。除葉申薌《天籟軒詞選》，筆者將此書與《天籟軒詞譜》合併於下節討論，其餘十五部詞選，茲分述其擇選概況如次：

1. 朱彝尊、汪森輯《詞綜》三十卷

《詞綜》為浙西詞派體現詞論主張所編纂之詞選，以浙派領袖朱彝尊為主，《詞綜》卷內署名「秀水朱彝尊抄撮、休寧汪森增定、嘉善柯崇樸編次、嘉興周篔辨訛」，可知此書是合眾人之力所完成。朱彝尊編選三十卷，汪森增訂「補人」三卷「補詞」三卷，合為三十六卷。卷首有康熙十七年（1678）汪森所作〈詞綜序〉，以及朱彝尊所撰〈發凡〉十六則，卷一收唐詞，共輯詞人二十家詞作六十八闋；卷二至卷三收五代十國詞，詞人二十四家詞作一百四十八闋；卷四至卷二十五為宋詞，收詞人三百七十六家詞作一千三百八十七闋；卷二十六為金詞，收錄詞人二十七家詞作六十二闋；卷二十七至卷三十收元詞，詞人八十四家詞作二百五十七闋；汪森補輯六卷，共收詞作三百七十闋，全書共輯詞人五百三十一家，詞作一千九百二十二闋。《詞綜》選錄繁複、體例精當，蔣兆蘭《詞說》曾云：「清人選宋詞，博

〔註231〕〔清〕顧春輯：《宋詞選》，收錄於謝永芳〈顧太清的宋詞選及其價值〉《詞學》第19輯，2008年6月，頁152～165。

而且精者，無過朱竹垞《詞綜》一書。」〔註232〕除全書總目外，各卷亦有目錄，列載各卷所收入之詞人，並於人名之下標註錄詞數量，詞人底下附小傳，詞後亦間附詞話。

　　朱彝尊爲浙西詞派領袖，同時亦建構浙西詞派的基本立論。他指出明代詞壇之所以頹靡不振，乃因「花草」盛行的緣故，《詞綜・發凡》中言：

> 古詞選本，若《家宴集》、《謫仙集》、《蘭畹集》、《復雅歌辭》、《類分樂章》、《群公詩餘後編》、《五十大曲》、《萬曲類編》及草窗周氏《選》，皆軼不傳，獨《草堂詩餘》所收最下最傳，三百年來，學者守爲《兔園冊》，無惑乎詞之不振也。〔註233〕

朱彝尊認爲古代詞集選本散佚，不傳於後世，僅《草堂詩餘》流行於世間，但此書所錄之詞過於淺俗，難登大雅之堂，而明代詞人卻將它視爲圭臬，明詞之衰由此可見。汪森亦同意此論，於〈詞綜序〉云：「世之論詞者，惟《草堂》是規，白石、梅溪諸家，或未窺其集，輒高自矜詡。余嘗病焉，故未有以奪之也。」可知汪森對於當時論詞者奉守《草堂》的行爲，視之病焉，未見姜夔、史達祖等諸家作品，怎能直視《草堂》爲瑰寶。朱彝尊又謂：「言情之作，易流於穢，此宋人選詞，多以雅爲目。」朱彝尊與汪森欲去明代詞壇所遺留的靡曼詞風，樹立雅正之意確立，二者希望藉由選詞，具體申明以雅矯俗的詞學理論。

　　朱彝尊亦推姜夔作品爲宗，並且一掃過去重視晚唐五代或北宋詞作之習，首推南宋，云：「世人言詞必稱北宋，然詞至南宋，始極其工；至宋季而始極其變，姜堯章氏最爲傑出。」綜觀《詞綜》全書以

〔註232〕　〔清〕蔣兆蘭：《詞說》，收錄於唐圭璋編：《詞話叢編》（北京：中華書局，2005年10月），5冊，頁4632。

〔註233〕　〔清〕朱彝尊：《詞綜・發凡》，收錄於《景印文淵閣四庫全書》（臺北：臺灣商務印書館，1983年），冊1493，頁432。今見《詞綜・發凡》皆據此出處，未免繁瑣，不再贅注。

收南宋爲最多，所收錄姜夔詞作，雖僅二十三闋，但已是當時所能見之姜夔詞幾將悉數選錄，全書收錄詞作也以清空騷雅爲主。朱彝尊也一反將詞體視爲小技之觀點，將詞視爲風騷精神的載體：「詞雖小技，昔之通儒鉅公，往往爲之。蓋有詩所難言者，委曲倚之於聲，其辭愈微，而其旨愈遠。善言詞者，假閨房兒女之言，通之於《離騷》變雅之義，此尤不得志于時者所宜寄情焉耳。」〔註234〕詞作乃是通儒鉅公抒發難言之語的工具，因此閱讀詞作時應體察作者潛藏之深意，創作時則需以溫雅醇婉爲旨意，切不可言情太過。《詞綜》以南宋詞收錄最多，以周密、吳文英居冠，二人皆爲南宋詞家，可見朱彝尊與汪森推尊南宋之寓意，全書選錄陸游詞共十五闋，多爲柔美醇雅之詞。

2. 先著輯《詞潔》六卷

《詞潔》爲先著與程洪合輯而成，卷首有先著所作之序，言及《詞潔》編纂的過程與契機：「頃來廣陵，程子丹問尤與予有同嗜，暇日發其所藏諸家詞集，參以近人之選，次爲六卷，相與評論而錄之。名曰《詞潔》。」〔註235〕先著與程洪乃因興趣相合，進而共同編纂詞選，也將評論收入其中。全書收錄詞作六百三十一闋，從唐代至元代皆有選錄，且於〈發凡〉中指出過去詞選之疏漏：認爲黃昇之《花庵詞選》所收錄不及宋季名家，有未備之嫌，周密《絕妙好詞》所選最爲精粹，可惜原版不存，《草堂詩餘》雖流傳最廣，但內容卻庸俗簡陋，《花草稡編》則菁蕪皆選，不免雜亂，故編纂《詞潔》，以期能夠「去取清濁之界，特爲屬意」〔註236〕，並於擇錄詞作時做到「寧嚴勿濫，不敢遍收」，是以先著「恐詞之或即於淫鄙穢雜，而因以見宋人之所爲，

〔註234〕　〔清〕朱彝尊：〈紅鹽詞序〉，收錄於《曝書亭集》，見於《景印文淵閣四庫全書》（臺北：臺灣商務印書館，1983 年），冊 1314，卷40，頁 2～3。

〔註235〕　〔清〕先著、程洪輯；劉崇德、徐文武點校：《詞潔》（保定：河南大學出版社，2007 年 8 月），頁 1。

〔註236〕　〔清〕先著：《詞潔·發凡》，頁 2。今見《詞潔·發凡》皆據此出處，未免繁瑣，不再贅注。

固自有眞耳。」將《詞潔》作詞選名。

全書選錄以宋詞爲主，宋代以前作品則取《花間》原本稍作遴選，擇取詞作傾向情眞質美之作品，肯定寄予詞中情之作用：

> 韻，小乘也。豔，下駟也。詞之工絕處，乃不主此。今人多以是二者言詞，未免失之淺矣。蓋韻則近於佻薄，豔則流於褻媟，往而不返，其去吳騷市曲無異。必先洗粉澤，後除琱續，靈氣勃發，古色黯然，而以情與經緯其間。雖豪宕震激，而不失其粗；纏綿輕婉，而不入於靡。即宋名家固不一種，亦不能操一律以求。

音律、字句的和諧與工巧雖是佳詞之必備，但並非評斷佳詞的主要因素，反而是要將情感富於其中，如此一來，豪放不失其粗，婉約也不致頹靡。先著尤以北宋周邦彥與南宋姜夔爲尚：「柳永以『樂章』名集，其詞蕪累者十之八，必若美成、堯章，宮調、語句兩皆無憾，斯爲冠絕。」書中體例以詞調爲序，間有評語及品藻。先著曾於〈鵲橋仙〉（華燈縱博）中讚賞陸游詞格局之放大，〔註237〕亦言陸游「胸中有故，出語自不同」〔註238〕等語，知先著對陸游詞之欣賞，《詞潔》全書收錄陸游詞共十六闋。

3. 沈辰垣、王奕清等奉敕編纂《御選歷代詩餘》一百二十卷

《御選歷代詩餘》爲清代大型官方編纂之詞選，收錄內容之眾更甚於明代巨編《花草粹編》，凡一百二十卷，收錄唐、宋、元、明詞共九千零九闋。成書於康熙四十六年（1707），前一百卷爲詞選，依詞調字數多寡爲序，不以小令、中調、長調分類，期望更洗《草堂詩餘》等舊本之陋習，詞調下標註異名，共一千五百四十調；一百零一

〔註237〕〔清〕先著：「詞之初起，事不出於閨帷、時序。其後有贈送、有寫懷、有詠物，其途遂寬。即宋人亦各競所長，不主一轍。」〔清〕先著、程洪輯；劉崇德、徐文武點校：《詞潔》（保定：河南大學出版社，2007年8月），頁64。

〔註238〕〔清〕先著、程洪輯；劉崇德、徐文武點校：《詞潔》（保定：河南大學出版社，2007年8月），頁88。

卷至一百一十卷為詞人姓氏，附有詞人小傳，依時代先後順序排列，共九百五十七家；一百一十一卷至一百二十卷為詞話輯錄，共七百六十三則。

　　《御選歷代詩餘》之編纂，乃因「（康熙）游心藝苑，於文章之體，一一究其正變，核其源流，兼括洪纖，不遺一技，乃命侍讀學士沈辰垣等搜羅舊集，定著斯編。」〔註239〕可見康熙對於文學之重視，他於序文中云：

> 朕萬幾清暇，博綜典籍，於經史諸書，有關政教而裨益身
> 心者，良已纂輯無遺。因流覽風雅，廣識名物，欲極賦學
> 之全，而有《賦彙》；欲萃詩學之富，而有《全唐詩》，刊
> 本宋、金、元、明四代詩選。更以詞者繼響夫詩者也，乃
> 命詞臣輯其風華典麗悉歸於正者，為若干卷，而朕親裁定
> 焉。〔註240〕

康熙將詞之地位與賦、詩並列，知他對詞體之重視。

　　所錄之詞，婉約、豪放風格兼具，以「錄其風華典麗而不失於正者為準式；其沉鬱排宕，寄託深遠，不涉綺靡，卓然名家者尤多收錄。」〔註241〕選詞以「鼓吹風雅」為目的，然綜觀全書，屬名家者盡收詞作，如秦觀、周邦彥、吳文英等皆收錄現有存詞之百分之七十以上，而蘇軾、辛棄疾等人之作品亦收錄現有存詞百分之五十左右，或《御選歷代詩餘》以典麗風雅之詞風為選詞標準，較偏好婉約詞風，但仍搜羅許多豪放作品，可推《御選歷代詩餘》之編纂亦有存詞之考量。陸游詞共計一百四十五闋，《御選歷代詩餘》收錄九十闋，比例達百分之六十以上。

〔註239〕　〔清〕紀昀等：《四庫全書總目提要》（北京：中華書局，1997 年 1
　　　　　月），下冊，頁 2806。
〔註240〕　〔清〕清聖祖御撰：〈歷代詩餘序〉，收錄於《景印文淵閣四庫全書》，
　　　　　冊 1491，頁 1。
〔註241〕　〔清〕沈辰垣、王奕清等奉敕編：《御選歷代詩餘・欽定凡例》，收
　　　　　錄於《景印文淵閣四庫全書》，冊 1491，頁 3。

4. 沈時棟輯《古今詞選》十二卷

《古今詞選》爲沈時棟輯，尤侗與朱彝尊參訂，凡十二卷。卷首有尤侗、顧貞觀與沈時棟之序文，序後有〈選略〉八則，說明此書凡例，卷首另有〈歷代詞名家目〉，載錄詞人名號、籍貫與作品別集。選錄作品朝代橫跨唐代至清朝，共收錄詞作九百九十四闋，詞人二百八十六家。全書依調名字數多寡爲序，先小令後慢詞，凡一百九十九調。

選錄詞作豪放、婉約風格兼具，〈選略〉第二則即言：「是集雄奇、香豔者具錄，惟或粗或俗，間有敗筆者置之，即名作不登選者，猶所不免。」〔註242〕選詞標準是以俗作不錄，間有瑕疵者亦不選，以蘇軾〈念奴嬌〉（大江東去）爲例，沈時棟認爲此闋詞中「遙想公瑾當年，小喬出嫁了，雄姿英發。」是「白璧微瑕」，故不選錄，如此評價，實爲難解。綜觀全書，雅俗皆備，謬誤甚多，施蟄存將此書評「最爲下劣」〔註243〕。但沈時棟於〈選略〉中言：「不因人而濫選，一不以人而廢詞。若章法不亂，情致動人者，即非作手，概錄不疑。」〔註244〕可見他是有意識地想跳脫世俗之既定印象，由詞作本身來評定價值，而非作者，故《古今詞選》乃是沈時棟對於詞作本身價值之判定，或過於主觀，以致令人費解。全書收錄陸游詞共六闋，多爲婉約作品，如〈鷓鴣天〉（梳髮金盤剩一窩）、〈朝中措〉（怕歌愁舞懶逢迎）、〈臨江仙〉（鳩雨催成新綠）、〈沁園春〉（一別秦樓），而〈訴衷情〉（青衫初入九重城）與〈朝中措〉（幽姿不入少年場）則爲憂志傷懷之作，知沈時棟對於陸游此類較爲接受。

5. 夏秉衡輯《清綺軒詞選》十三卷

《清綺軒詞選》，又名《歷朝名人詞選》，收錄唐朝至清代詞作，共八百四十七闋，目錄散見於各卷，依調編次，卷一至卷六爲小令，

〔註242〕〔清〕沈時棟輯：《古今詞選》（臺北：東方書局，1956年5月）。
〔註243〕施蟄存：〈歷代詞選序錄〉，收錄於《詞學》第四輯（上海：華東師範大學出版社，1986年8月），頁253。
〔註244〕〔清〕沈時棟輯：《古今詞選》（臺北：東方書局，1956年5月）。

卷七至卷八爲中調，卷九至卷十三爲長調，且各詞調下皆標註異名。
卷首有沈德潛與夏秉衡所作序文，言及編纂詞選之目的，據夏秉衡〈清
綺軒詞選自序〉：

> 余嘗有志倚聲，竊怪自本選本，《詞律》嚴矣，而失之鑿；
> 《汲古》備矣，而失之煩。他若《嘯餘》、《草堂》諸選，
> 更拉雜不足爲法，爲朱竹垞《詞綜》一選，最爲醇雅，但
> 自唐及元而止，猶未爲全書也。因不揣固陋，網羅我朝百
> 餘年來宗工名作，薈萃得若干首，合唐宋元明，共成十三
> 卷，意在選詞，不備調，故寧隘毋濫。〔註245〕

夏秉衡指出《詞律》選詞甚嚴，而毛晉之《汲古》過於繁雜，若言及
《嘯餘譜》或《草堂詩餘》等書更是不足爲法，故詞選應首推朱彝尊
之《詞綜》，稱「最爲醇雅」，然僅搜羅唐、宋、元代之詞作，猶未完
備，因此欲補《詞綜》未收明清詞之缺憾，編輯詞選，且表明目的不
在備調，寧隘毋濫。

　　選詞標準以雅正溫厚，倚聲按律爲尚，並且強調「詞雖宜於豔冶，
一不可流於穢褻。……是集所選，一以淡雅爲宗。」〔註246〕整體詞
選如朱彝尊《詞綜》，以雅正爲趨向，沈德潛〈清綺軒詞選序〉言：「少
陵論詩：『別裁僞體親風雅』，見欲親風雅，必先去其與風雅爲仇者也，
唯詞亦然。……意不外乎溫厚纏綿，語不外乎搴芳振藻，格不外乎循
聲按節，要必清遠超妙，得言中之旨、言外之韻者，取焉。若夫美人
香草之遺，而屑屑焉求工於穠麗，雖當時兒女子所盛稱，古香咸在
屏棄之列也。」〔註247〕知此書擇取詞作以穢俗、工巧穠麗爲病，夏
秉衡亦將周邦彥、姜夔、蔣捷、史達祖、張炎等人評爲「詞家上乘」

〔註245〕　〔清〕夏秉衡：〈清綺軒詞選自序〉，收錄於施蟄存編《詞籍序跋萃
　　　　　編》（北京：社會科學出版社，1994年12月），頁763。

〔註246〕　〔清〕夏秉衡：《清綺軒詞選・發凡》，收錄於施蟄存編《詞籍序跋
　　　　　萃編》（北京：社會科學出版社，1994年12月），頁764。

〔註247〕　〔清〕沈德潛：〈清綺軒詞選序〉，收錄於施蟄存編《詞籍序跋萃編》
　　　　　（北京：社會科學出版社，1994年12月），頁763。

〔註 248〕，以求雅正之音。全書以周邦彥收錄二十闋居冠，陸游僅取三闋，但皆爲情致纏綿、清麗風雅之作，著實展現選詞特點。

6. 黃蘇輯《蓼園詞選》

《蓼園詞選》係以明代顧從敬、沈際飛評箋《草堂詩餘正集》爲底本，加以去蕪存菁、擇取精華而成。此書不分卷，共輯唐五代、兩宋詞人八十五家，詞作二百一十三闋，內有黃蘇、況周頤所作序文，每闋詞作之下箋有名家詞話，再以按語載錄作者身世，或詞作本事、內容旨意。況周頤〈蓼園詞選序〉言及編纂詞選之意：

> 綜觀宋以前諸選本，《花間》未易遽學，《花庵》間涉標榜，
> 弁陽翁《絕妙好詞》，泰半同時儕輩之作，往往以詞存人。
> 或此人別有佳構，翁未及見，而遂闕如，烏在其爲黃絹幼
> 婦也。爲《草堂詩餘》、《樂府雅詞》《陽春白雪》，較爲醇
> 雅。以格調氣息言，似乎《草堂》尤勝。中間十之一二，
> 近俳近俚，唯大醇之小疵也。自餘名章俊語，選錄精審，
> 清雅朗潤，最便初學。〔註 249〕

黃蘇認爲《花間集》、《花庵詞選》與《絕妙好詞》以詞存人，易有缺漏，而《草堂詩餘》、《樂府雅詞》《陽春白雪》則較爲醇雅，尤以《草堂》爲佳，然其中有少數幾闋俚俗之詞，僅爲小疵，不礙《草堂》整體價值，可見在眾多宋代選本中，黃蘇首推《草堂詩餘》，認爲此書選錄精審，清雅朗潤，最適於初學。黃蘇如此見解，於清代詞壇一片批評《草堂詩餘》之聲浪中，實屬少見。

黃蘇選詞特重意涵比興，強調情眞意切之格調，以無病呻吟、空疏浮泛爲詬病，亦不以詞風作爲判定標準。《草堂詩餘》中不乏俳諧

〔註 248〕〔清〕夏秉衡：〈清綺軒詞選自序〉：「至南北宋而作者日盛，如清眞、石帚、竹山、梅溪、玉田諸集，雅正超忽，可謂詞家上乘矣。」，收錄於施蟄存編《詞籍序跋萃編》（北京：社會科學出版社，1994年 12 月），頁 763。

〔註 249〕〔清〕況周頤：〈蓼園詞選序〉，見於唐圭璋編《詞話叢編》（北京：中華書局，2005 年 10 月），冊 4，頁 3017。

俚俗之詞，故黃蘇皆將剔之，況周頤〈蓼園詞選序〉亦言：「《蓼園詞選》取材於《草堂》而汰其近俳、近俚諸作者也。每闋綴以小箋，意在引掖初學。」〔註250〕《蓼園詞選》除去《草堂》中之俗詞，專取意深高雅之作，《草堂詩餘正集》中僅選陸游〈水龍吟〉（摩訶池上追遊路）一闋，此闋黃蘇並無剔除，可見肯定此闋詞中蘊含之深意，與情感之深切。

7. 許寶善輯《自怡軒詞選》八卷

《自怡軒詞選》凡八卷，卷前附有清嘉慶元年（1796）吳蔚光、許寶善之序文、凡例九則，及玉田先生〈樂府指迷〉十四則，此實為張炎《詞源》之下卷。全書共錄唐宋金元詞三百九十一闋，以唐宋詞為主，金元詞間附一二。據許寶善〈自怡軒詞選自序〉，知此書之編纂契機乃由朱彝尊《詞綜》一書而來：「竹垞先生《詞綜》一書，兼收博採，含英咀華，可謂無美不臻矣，然求多求備，譬猶泰山不讓土壤，河海不擇細流，收取稍濫，間或有之。宗之者不學古人之長，而反學其短，不幾大負竹垞苦心也哉？余好作詞，間有數闋流傳人口，自愧不及古人萬一，然嘗遍取古人之詞，精加玩味，稍能辨其訛正。……因取唐宋詞之佳者，匯成一編，偶有字句未愜心處，寧割愛遺之。」〔註251〕可見許寶善乃因見《詞綜》收取稍濫之病，故編纂此書以求辨訛為正。〈凡例〉中更言及擇詞標準：「是書之刻，只取詞之精粹者。」、「是選以雅潔高妙為主，故東坡、清真、白石、玉田諸公之詞，較他家獨多。其有家弦戶誦而近於甜熟鄙俚者，概從割棄。」〔註252〕許寶善偏愛蘇軾、周邦彥、姜夔、張炎之詞，認為其作品雅潔高妙，故收錄較他家為多，同時推尊姜夔與張炎為詞中之聖、仙，

〔註250〕　〔清〕況周頤：〈蓼園詞選序〉，見於唐圭璋編《詞話叢編》（北京：中華書局，2005 年 10 月），冊 4，頁 3025～3026。

〔註251〕　〔清〕許寶善：〈自怡軒詞選自序〉，收錄於施蟄存編《詞籍序跋萃編》（北京：社會科學出版社，1994 年 12 月），頁 767。

〔註252〕　〔清〕許寶善：〈自怡軒詞選凡例〉，收錄於施蟄存編《詞籍序跋萃編》（北京：社會科學出版社，1994 年 12 月），頁 767。

可見許氏對高雅清空之詞的推崇，及對浙西詞風之趨向。對於詞律聲調，許氏認爲需謹慎之：「宋賢能自製腔，如東坡之〈醉翁操〉，白石之〈石湖仙〉、〈暗香〉、〈疏影〉，夢窗之〈霜花腴〉、〈西子妝慢〉之類，只宜照原詞平仄塡之，不可妄爲出入。」、「前人往往虛心，故方千里〈和清眞詞〉，無論句調相同，即四聲亦不敢稍微移易。今人畏難就易，私心改換，未免自作聰明。」可見許氏強調塡詞須按聲律，不可因畏難而改換古人之句調平仄。全書依調分類編次，亦標註詞調體式的異同，或間有詞譜之功能。所選之詞，若有古人評跋或本事皆以小字刻附其下，而詞中或有異同、耐人尋味者，許氏亦評騭於後。全書擇選陸游詞二闋，即〈安公子〉（風雨初經社）、〈齊天樂〉（角殘鍾晚關山路），皆無評騭語。

8. 周濟輯《詞辨》二卷

周濟爲常州詞派大家，編纂《詞辨》一書乃欲教授弟子學詞，以期觀古人作品，辨其是非。原書本有十卷，周濟《詞辨‧介存齋論詞雜著》言及原本之編錄：

> 一卷起飛卿，爲正；二卷起南唐後主，爲變；名篇之稍有疵累者，爲三、四卷；平妥清通，纔及格調者，爲五、六卷；大體純繆，精采間出，爲七、八卷；本事、詞話爲九卷；庸選惡札，迷誤後生，大聲疾呼，以昭炯戒，爲十卷。
> 〔註253〕

然於未付梓前不愼落於水中，今僅存前二卷，無目錄，前有周濟、潘增瑋所作序文，，共錄唐五代至兩宋詞作九十四闋，詞家三十三人。周濟雖立論於常州詞派，但與張惠言的詞學主張稍有不同，周濟主張詞應感物託興，莊重典雅未必是作詞之首要，他於《詞辨‧序》中言：「夫人感物而動，興之所託，未必咸本莊雅。要在諷誦紬繹，歸諸中正。辭不害志，人不廢言，雖乖繆庸劣，纖微委瑣，苟可馳喻比類，

〔註253〕　〔清〕周濟：《詞辨‧介存齋論詞雜著》，收錄於《續修四庫全書》（北京：商務印書館，2005 年），冊 1732，頁 579。

異聲究實，吾皆樂取，無苛責焉。」〔註254〕可見周濟將詞的風格呈現與主旨表達獨立分開，認爲言之有物、比興寄託才是詞之正體，同時亦推溫庭筠等九位詞家，曰：「自溫庭筠、韋莊、歐陽脩、秦觀、周邦彥、周密、吳文英、王沂孫、張炎之流，莫不蘊藉深厚，而才豔思力，各騁一途，以極其致，譬如匡廬、衡岳，殊體而並勝，南威、西施，別態而同妍矣。」〔註255〕周氏認爲各家詞人雖有殊體別態，然不論意蘊、才思皆爲上乘。周濟編纂《詞辨》亦是設想爲詞體分正變、溯源流，潘增瑋〈周氏《詞辨》序〉曰：「介存之論詞云：『見事多，識理透，可謂後人論世之賢。詩有史，詞亦有史。』世之譚者，多以詞爲小技而鄙夷之，若介存者可謂知言也夫。」〔註256〕知周濟將詞體提昇與詩並列，且同意詞史之存在價值。總觀《詞辨》共收錄陸游詞一闋，即〈朝中措〉（怕歌愁舞懶逢迎），周濟《詞辨》中無評點，然觀全詞，悽怨之情流露，詞藻纖麗，寄情於景，與周濟之選詞標準吻合。

9. 陳廷焯輯《詞則》二十四卷

陳廷焯有感歷代選本的缺失，如《花間》、《草堂》、《尊前》等集「背謬不可言」〔註257〕，周密《絕妙好詞》「當是局於一時聞見，即行采入，未窺各人全豹耳。」〔註258〕夏秉衡《清綺軒詞選》亦被評爲「荒謬至極」〔註259〕，惟王昶《國朝詞綜》、馮煦《宋六十一家詞選》、戈載《宋七家詞選》，以及成肇麟《唐五代詞選》可謂精雅無憾，

〔註254〕　〔清〕周濟：《詞辨・序》，收錄於施蟄存編《詞籍序跋萃編》（北京：社會科學出版社，1994 年 12 月），頁 782。

〔註255〕　〔清〕周濟：《詞辨・序》，收錄於施蟄存編《詞籍序跋萃編》（北京：社會科學出版社，1994 年 12 月），頁 782。

〔註256〕　〔清〕潘增瑋：〈周氏《詞辨》序〉，收錄於施蟄存編《詞籍序跋萃編》（北京：社會科學出版社，1994 年 12 月），頁 783。

〔註257〕　〔清〕陳廷焯：《白雨齋詞話》，收錄於唐圭璋編《詞話叢編》（北京：中華書局，2005 年 10 月），冊 4，頁 3970。

〔註258〕　〔清〕陳廷焯：《白雨齋詞話》，收錄於唐圭璋編《詞話叢編》（北京：中華書局，2005 年 10 月），冊 4，頁 3807。

〔註259〕　〔清〕陳廷焯：《白雨齋詞話》，收錄於唐圭璋編《詞話叢編》（北京：中華書局，2005 年 10 月），冊 4，頁 3888。

是爲雅正善本〔註260〕；同時陳氏亦推舉朱彝尊《詞綜》，認爲此書取材宏富、可備覽觀，可惜「未能洞悉本源，直揭三昧。」〔註261〕此外，也指出張惠言《詞選》一編，「宗風賴以不滅，可謂獨具隻眼矣。惜篇幅狹隘，不足以見諸賢之面目。」〔註262〕故陳廷焯爲補足缺失，同時探求詞體之風騷雅正，編纂《詞則》一部。據陳廷焯〈詞則總序〉，言及《詞則》的分集別類及編選要旨：

> 余竊不自揣，自唐迄今，擇其尤雅者五百餘闋，匯爲一集，名曰〈大雅〉。長吟短諷，覺南齒雅化，湘漢騷音，至今猶在人間也。顧境以地遷，才有偏至。執是以尋源，不能直視以窮變。〈大雅〉而外，爰取縱橫排戛、感激豪宕之作四百餘闋爲一集，名曰〈放歌〉。取盡態極妍、哀感頑艷之作六百餘闋爲一集，名曰〈閑情〉。其一切清圓柔脆、急奇鬥巧之作，別錄一集，得六百餘闋，名曰〈別調〉。〈大雅〉爲正，三集副之，而總名之曰《詞則》。求諸〈大雅〉固有餘師，即遁而之他，亦即可於〈放歌〉、〈閑情〉、〈別調〉中求大雅，不至入於歧趨。古樂雖亡，流風未闋，好古之士，庶幾得所宗焉！〔註263〕

《詞則》共分四集：〈大雅〉、〈放歌〉、〈閑情〉與〈別調〉，各爲六卷，內含集序，論及各集擇詞標準，全書共選詞二千三百六十闋，詞人四百七十餘家。於集序之後條列詞目，標示集內所收詞人、詞作數量，詞人以時代先後爲序，且附註詞家小傳，含字號、年里、官職、著述等資料，亦於詞末加上評點，自抒己見。

〔註260〕〔清〕陳廷焯：《白雨齋詞話》，收錄於唐圭璋編《詞話叢編》（北京：中華書局，2005年10月），冊4，頁3888～3889。

〔註261〕〔清〕陳廷焯：《白雨齋詞話》，收錄於唐圭璋編《詞話叢編》（北京：中華書局，2005年10月），冊4，頁3775。

〔註262〕〔清〕陳廷焯：〈詞則總序〉，收錄於施蟄存編《詞籍序跋萃編》（北京：社會科學出版社，1994年12月），頁791。

〔註263〕〔清〕陳廷焯：〈詞則總序〉，收錄於施蟄存編《詞籍序跋萃編》（北京：社會科學出版社，1994年12月），頁791。

　　〈大雅集〉，跨時由唐代至清朝，共收錄詞家一百二十八人，詞作五百七十一闋，據陳廷焯〈大雅集序〉，可知此集乃是選取歷來詞作尤雅者：「詞至兩宋而後，幾成絕響。古之爲詞者，志有所屬，而故鬱其辭，情有所感，而或隱其義，而要皆本諸風騷，歸於忠厚。自新聲競作，懷才之士皆不免未風氣所圍，務取悅人，不復求本源所在。」〔註264〕可見陳廷焯有意透過〈大雅集〉尋求詞體之風騷本源，肯定詞體與詩教之間的聯繫，故擇取之詞皆爲大雅正音，符合忠厚情感之作品，〈大雅集〉收錄陸游詞二闋，即〈鵲橋仙〉（茅簷人靜）、〈采桑子〉（寶釵樓上妝梳晚），陳廷焯曾評〈鵲橋仙〉一闋言：「借物寓言，較他作爲合乎古。」〔註265〕亦稱讚〈采桑子〉爲「婉雅閑麗而不可多得」〔註266〕，知此二闋詞雅正之風格。

　　〈放歌集〉輯錄詞人一百一十家，詞作四百四十九闋，專收豪放宕氣之作，「若瑰奇磊落之士，鬱鬱不得志，情有所激，不能一軌於正，而胥於詞發之，風雷之在天，虎豹之在山，蛟龍之在淵，恣其意之所向，而不可以繩尺求。酒酣耳熱，臨風浩歌，亦人生肆志之一端也。」〔註267〕可知陳廷焯認爲豪氣之人，不免一時抑鬱失志，因而遣興抒懷於詞中，一解憂憤之情，雖不能循詞之正軌，但也不可以「雅正」爲尺規，抹去其價值，因此〈放歌集〉中多爲縱歌肆志之作，合計共收陸游詞六闋，即〈青玉案〉（西風挾雨聲翻浪）、〈好事近〉（華表又千年）、〈鷓鴣天〉（家住東吳近帝鄉）、〈蝶戀花〉（桐葉晨飄蛩夜雨）、〈眞珠簾〉（山村水館參差路），以及〈漁家傲〉（東望山陰何處

〔註264〕　〔清〕陳廷焯：〈大雅集序〉，收錄於施蟄存編《詞籍序跋萃編》（北京：社會科學出版社，1994年12月），頁792。
〔註265〕　〔清〕陳廷焯：《白雨齋詞話》，收錄於唐圭璋編《詞話叢編》（北京：中華書局，2005年10月），冊4，頁3796。
〔註266〕　〔清〕陳廷焯：《詞則・大雅集》（上海：上海古籍出版社，1984年5月），頁105。
〔註267〕　〔清〕陳廷焯：〈放歌集序〉，收錄於施蟄存編《詞籍序跋萃編》（北京：社會科學出版社，1994年12月），頁792。

是），皆爲豪放風格，如〈青玉案〉一闋，陳廷焯評「爽朗」二字，〈漁家傲〉更言：「軒豁是放翁本色。」〔註268〕可見陸游詞之豪宕。

〈閑情集〉，收唐至清代詞人二百七十一家，詞作六百五十五闋，內容多爲閑情綺思之作，〈閑情集序〉曰：「淵明以名臣之後，際易代之時，欲言難言，時時寄託。『閑情』云者，閑其情使不得逸也。是以歷寫諸願，而終以所願必違。其不仕劉宋之心，言外可見。淺見者膠柱鼓瑟，致使美人香草之遺意，等諸桑間濮上之淫聲，等昭明之過也。茲篇之選，綺說邪思，皆所不免。然夫子刪詩，並存鄭衛，知所懲勸，於義何傷。名以〈閑情〉，欲學者情有所閑，而求合於正，亦聖人思無邪也。」〔註269〕此集多收盡態極妍、哀感頑艷之作，此些作品可當勸戒，無礙風騷大雅，此外，陳廷焯亦認爲詞作豔體，若能以風騷精神爲根底，涵養意蘊，當可擺脫輕挑浮薄之病。〈閑情集〉未收陸游詞一闋，可知陸游詞乏此類作品。

〈別調集〉共計收詞人二百五十七家，詞作六百八十五闋，盡收繁聲變調之作，其序云：「人情不能無所寄，而又不能使天下同出一途。大雅不多見，而繁聲於是乎作矣！猛起奮末，誠蘇、辛之罪人。盡態逞妍，亦周、姜之變調。外此則嘯傲風月，歌詠江山，規模物類，情有感而不深，義有託而不理。直抒所事，而比興之義亡。侈陳其盛，而怨慕之情失。辭極其工，意極其巧，而不可語於大雅，而亦不能盡廢也。」〔註270〕古人爲詞，自然而然，今人卻盡相鬥妍，工極奇巧，作品眩奇造作，盡失古意，但其中亦有佳作，雖不可語於大雅，亦不可盡廢，故陳廷焯編〈別調〉一集，企圖聊備一格，集中陸游詞僅收一闋，即〈鵲橋仙〉（華燈縱博），陳氏評云：「怨壯語亦是安份語。」

〔註268〕〔清〕陳廷焯：《詞則‧放歌集》（上海：上海古籍出版社，1984年5月），頁339。

〔註269〕〔清〕陳廷焯：〈閑情集序〉，收錄於施蟄存編《詞籍序跋萃編》（北京：社會科學出版社，1994年12月），頁793。

〔註270〕〔清〕陳廷焯：〈別調集序〉，收錄於施蟄存編《詞籍序跋萃編》（北京：社會科學出版社，1994年12月），頁793。

〔註271〕能得其中寄蘊。綜觀《詞則》全書，共收錄游詞九闋，以〈放歌集〉爲最多，可見陳廷焯肯定陸游詞之感激豪宕，但也不乏雅正之音與繁語別調。

10. 梁令嫻輯《藝蘅館詞選》五卷

《藝蘅館詞選》凡五卷，甲卷爲唐五代詞，乙卷爲北宋詞，丙卷爲南宋詞，丁卷爲清詞，戊卷則爲補遺，元、明兩代則名家較少，故闕。全書搜羅唐朝至清代作品，共一百七十九家，六百八十九闋。以詞人之時代先後爲序，同代詞家則以帝王爲首，方外、閨秀之詞附於卷末，詞人名下有小字簡述生平，以及前人評論，有關詞作之本事或可考見者皆附錄於後。卷首有梁令嫻自序，序中言及選詞原因與目標：「專集固不可得悉讀，選本則自《花間集》、《樂府雅詞》、《陽春白雪》、《絕妙好詞》、《草堂詩餘》等，皆斷代取材，末由盡正變之軌。近世朱竹垞氏網羅百代，渤爲《詞綜》，王德甫氏繼之，可謂極茲事之偉觀。然苦於浩瀚，使學子有望洋之歎。若張皋文氏之《詞選》，周止庵氏之《宋四家詞選》，精粹蓋前無古人。然引繩批根，或病太嚴；主奴之見，諒所不免。令嫻茲編，斟酌於繁簡之間，麥丈謂以校朱、王、張、周四氏，蓋有一節之長云。」〔註272〕據梁令嫻自序，《藝蘅館詞選》最初殆二千首，後來經麥蛻弇甄別去取，遂成茲編。此外，梁令嫻亦指出歷代詞選之缺失，如《花間集》、《樂府雅詞》、《陽春白雪》、《絕妙好詞》、《草堂詩餘》等集，因僅攫取斷代，故無法知其中正變流軌，朱彝尊《詞綜》一書則取材浩廣，令人有望洋興嘆之感，而張惠言《詞選》與周濟《宋四家詞選》本身主見太過，流於排斥異己，選詞太嚴之病，是以梁令嫻編纂此集，冀望能取其中衡，斟酌於繁簡之間，同時能追尋詞體正變之源流。

〔註271〕〔清〕陳廷焯：《詞則・別調集》（上海：上海古籍出版社，1984年5月），頁932。

〔註272〕〔清〕梁令嫻：〈藝蘅館詞選自序〉，收錄於《藝蘅館詞選》（臺北：臺灣中華書局，1970年10月）。

全書以宋詞收錄最多，梁令嫻認為：「詞之有宋，如詩之有唐；南宋則其盛唐也，故是編所抄以宋詞為主，南宋尤夥。」〔註273〕可知梁令嫻肯定宋詞價值，尤其南宋詞，更有如盛唐詩之地位，另外，他亦推尊南宋詞家，於〈例言〉云：「清眞、稼軒、白石、碧山、夢窗、草窗、西麓、玉田詞之李杜韓白也，故所鈔視他家獨多。」〔註274〕梁令嫻於南宋詞壇推崇周邦彥、辛棄疾、姜夔、王沂孫、吳文英、周密、陳允平及張炎等人，選其詞較多於他家。除辛棄疾外，其他皆屬周、姜一派，可知梁令嫻之偏好，但辛棄疾卻是全書中收錄最多詞作者，共二十七闋，或因梁令嫻特愛辛詞，故選取獨多，但由獲選詞家風格來看，梁令嫻亦是偏愛周姜一格，是以豪放派之指標詞家——蘇軾，僅選八闋。陸游詞於《藝衡館詞選》共獲選二闋，即《釵頭鳳》（紅酥手）、《鵲橋仙》（茅簷人靜），梁令嫻引劉克莊評云：「放翁、稼軒一掃纖豔，不事穿鑿，高則高矣，但時時掉書袋，要是一癖。」〔註275〕此論點出陸游詞之優勢與缺失，就梁令嫻選辛詞與陸詞之差異性而言，他對於陸游詞之接受，應如劉克莊所言，故選取較少。

11. 周濟輯《宋四家詞選》一卷

周濟於晚年編成《宋四家詞選》，較早年所編纂之《詞辨》，無論思想或立論更趨成熟。全書共收詞家五十一人，詞作二百三十九闋，僅錄宋詞，屬斷代詞選，前有周濟〈序論〉云：「右宋詞若干首，別為四家，以周、辛、王、吳為之冠。序曰：清眞、集大成者。稼軒斂雄心，抗高調，辨溫婉，成悲涼。碧山餍心切理，言近指遠，聲容調度，一一可循。夢窗奇思壯采，騰天潛淵，反南宋之清泚，為北宋之

〔註273〕〔清〕梁令嫻：〈藝衡館詞選例言〉，收錄於《藝衡館詞選》（臺北：臺灣中華書局，1970年10月）。

〔註274〕〔清〕梁令嫻：〈藝衡館詞選例言〉，收錄於《藝衡館詞選》（臺北：臺灣中華書局，1970年10月）。

〔註275〕〔清〕梁令嫻：《藝衡館詞選》（臺北：臺灣中華書局，1970年10月），頁102。

穠摯。是爲四家，領袖一代。」〔註 276〕周濟編《宋四家詞選》無疑是想將周邦彥、辛棄疾、王沂孫與吳文英四家作爲指標，領袖詞壇，集中除此四家之外，另有其他詞人分別隸屬於四家名下，陸游則歸屬辛棄疾，其他如范仲淹、蘇軾、姜夔、陳亮等人皆歸辛家名下。

他於〈序論〉中言及南北宋詞之差異：「北宋主樂章，故情景但取當前，無窮高極身之趣。南宋則文人弄筆，彼此爭名，故變化益多，取材益富。然南宋有門徑，有門徑，故似深而轉淺；北宋無門徑，無門徑，故似易而實難。」〔註 277〕周濟點出南北宋詞之利病得失，且提出由南返北，以吳王取代姜張，重實質渾涵之作的策略。〔註 278〕他主張「問途碧山，歷夢窗、稼軒，以還清眞之渾化。余所望於世之爲詞人者，蓋如此。」雖《宋四家詞選》其中有三家屬南宋，但先歷南宋後返歸於北，是爲詞之本。周濟屬常州詞派，常州詞派是以反浙西詞派爲發聲，但周濟不因反浙而否定南宋詞，反倒更知北宋之妙，透過由南返北，析出詞體源流之變化發展。同時周濟於〈序論〉中，聲明「非寄託不入，專寄託不出」之詞學論點，將詞體與寄託融渾一體，有別於張惠言以治經之法爲詞，周濟認爲「求無寄託」才是詞之最高境界。全書共選陸游詞三闋，即〈朝中措〉（怕歌愁舞懶逢迎）、〈極相思〉（江頭疏雨輕煙）與〈鵲橋仙〉（茅簷人靜）。

12. 馮煦輯《宋六十一家詞選》十二卷

馮煦據毛晉《宋六十名家詞》加以刪減、去蕪後編成《宋六十一家詞選》，選輯名家皆與毛晉同，但篇帙僅留原本之二三，故所錄詞篇數量與《宋六十名家詞》少，馮煦曾云：「古無所謂詞韻也，箋斐軒雖稱紹興二年所刊，論者猶疑其僞託，它無論已。近戈氏載撰《詞

〔註 276〕　〔清〕周濟：〈宋四家詞選序論〉，收錄於《續修四庫全書》（北京：商務印書館，2005 年），集部，冊 1732，頁 592。

〔註 277〕　〔清〕周濟：〈宋四家詞選序論〉，收錄於《續修四庫全書》（北京：商務印書館，2005 年），集部，冊 1732，頁 592。

〔註 278〕　劉少雄：〈周濟與南宋典雅詞派〉，《中國文哲研究集刊》第 5 期，1994 年 9 月，頁 165。

林正韻》，列平上去為十四部，入聲為五部，參酌審定，盡去諸弊，視以前諸家，誠為精密。故所選七家，即墨守其說，名章佳構，未嘗少有假借。然考韻錄詞，要為兩視，削足就屨，甯無或過。且綺筵舞席，按譜尋聲，初不暇取禮部韻略，逐句推敲，始付歌板。而土風各操，又詎能與後來撰著逐字吻合邪。今所甄錄，就各家本色擷精舍粗。」〔註279〕馮煦懷疑宋紹興年間的菉斐軒《詞林要韻》的真偽，肯定戈載撰《詞林正韻》的價值，然戈載編《宋七家詞選》雖通貫自家理論，卻考韻選詞，不免失當，故馮煦企圖從中做到「從之甄采」、「就各家本色擷精舍粗」，以詞家之本色作為選詞標準，將名家精華詞篇留刊，全書可視為毛晉《宋六十名家詞》之簡編。卷前有馮煦作〈宋六十一家詞選序〉，後有凡例數十則，論及自身詞學觀點、評論各家得失，立論精到，唐圭璋據此輯為《蒿庵論詞》，收錄於《詞話叢編》。馮煦屬常州詞派，徐珂《近詞叢談》云：「效常州派者，光緒朝有丹徒莊棫、仁和譚獻、金壇馮煦諸家。」〔註280〕故馮煦論詞大抵以常州派為根基加以發展，但他對於宋詞各家特色皆尊重保留，有別於張惠言、周濟強調比興寄託、詞體正變之立論，此外，他更吸取浙西詞派理論之優點，並融於自身另成體系。

此書收有詞人六十一家，共一千二百五十闋詞，其中並無圈點或評注。收陸游詞共三十六闋，南宋詞家中以吳文英收錄一百四十九闋為最多，其次為史達祖四十九闋、辛棄疾三十八闋，陸游為第四。馮煦稱讚陸游：「劍南屏除纖豔，獨來獨往，其逋峭沈鬱之概，求之有宋諸家無可方比。」〔註281〕可知他認為陸游詞之逋峭沈鬱，乃為其本色，甚將此提高至宋諸家皆不可方比之地位。

〔註279〕 〔清〕馮煦：《蒿庵論詞》，收錄於唐圭璋編：《詞話叢編》（北京：中華書局，2005 年 10 月），冊 4，頁 3599。
〔註280〕 徐珂：《近詞叢談》，收錄於唐圭璋編：《詞話叢編》（北京：中華書局，2005 年 10 月），冊 5，頁 4224。
〔註281〕 〔清〕馮煦：《蒿庵論詞》，收錄於唐圭璋編：《詞話叢編》（北京：中華書局，2005 年 10 月），冊 4，頁 3593。

13. 端木埰輯《宋詞十九首》不分卷

《宋詞十九首》原名爲《宋詞賞心錄》，此書原是端木埰以手抄輯錄，贈送予王鵬運賞玩之書，書後有「幼霞仁棣清玩端木埰」之題字。全書選錄宋代詞家十七人，詞作共十九闋，其中蘇軾、姜夔二人皆錄二首，即〈水調歌頭〉（明月幾時有）、〈念奴嬌〉（大江東去）以及〈暗香〉、〈疏影〉，另收詞人范仲淹〈蘇幕遮〉（碧雲天）、歐陽脩〈臨江仙〉（柳外輕雷）、秦觀〈滿庭芳〉（山抹微雲）、周邦彥〈齊天樂〉（綠蕪凋盡）、岳飛〈小重山〉（昨夜寒蛩）、辛棄疾〈百字令〉（野棠花落）、李清照〈鳳凰臺上憶吹簫〉、史達祖〈壽樓春〉（裁春衫）、高觀國〈金縷曲〉（月冷霜袍）、吳文英〈滿江紅〉（雲氣樓臺）、周密〈玉京秋〉（煙水闊）、陳允平〈綺羅香〉（雁字蒼寒）、王沂孫〈齊天樂〉（一襟餘恨）、張炎〈高陽臺〉（接葉巢鶯）等，所選多爲任氣慷慨的感懷之作，甚有悲涼、沉摯之感。所收陸游詞爲〈沁園春〉（孤鶴歸飛），此闋詞將宦遊回鄉的感受，以及往後晚年生活的設想融入其中，全作以氣貫注，情感流通暢達、飽滿勁健，滿足端木埰選詞慷慨任氣之標準。

14. 朱祖謀輯《宋詞三百首》不分卷

《宋詞三百首》經三易定稿，初編本有詞人八十七家，詞作三百闋。爾後，朱祖謀再行增補汰選，是爲重編本，朱祖謀將初編本中二十八闋詞汰去，後加入十一闋詞作，故總數易爲二百八十三闋。之後朱氏又行增訂，補入二闋詞作，是爲三編本，共收詞人八十二家，二百八十五闋詞作，爲最後定稿。全書以人編次，將帝王居首，閨秀爲末，其他詞人依時代順序排列。書中無朱祖謀之評點，或闡釋編選取向，只能以收錄對象及作品，與況周頤之序文進行析論，探討其中意涵。

朱祖謀選詞以「渾成」爲標準，據況周頤〈宋詞三百首序〉云：「詞學極盛於兩宋，讀宋人詞，當於體格神致間求之。而體格尤重於神致，以渾成之一境，爲學人必赴之程境。……彊村先生嘗選《宋詞

三百首》，爲小阮逸馨誦習之資，大要求之體格神致，以渾成爲主旨。
夫渾成未遽詣極也，能循途守轍於三百首之中，必能取精用閎於三百
首之外。益神明變化，於詞外求之，則夫體格神致間尤有無形之脗合、
自然之妙造，即更進於渾成，要亦未爲止境。」〔註 282〕此選詞標準
與當時詞壇上追求「渾」之理想詞境的趨向密切相關。「渾」即作家
「創作主體」與作品的「表現技巧」完滿融合的境界，因而成爲這個
時期詞家所追求的美典。不同的詞學家，基於個人的學識及體悟，針
對此一美典，而提出不同的詞學主張。〔註 283〕此外，觀書中所選詞
家詞作，知朱祖謀偏好「婉約」、「典雅」詞風，對「豪放」風格則較
爲少取，〔註 284〕獲選最多詞作者爲吳文英，共二十五闋，其次爲周
邦彥二十二闋，第三爲姜夔十七闋，皆屬婉約雅詞之格。豪放代表蘇
軾、辛棄疾二人，僅選取十闋、十二闋，其中雖有超曠情思或沈鬱豪
放之風格，但所收多爲婉麗作品，是以朱祖謀選詞以婉約、典雅爲取
向。《宋詞三百首》共收陸游詞一闋，即〈卜算子〉（驛外斷橋邊），
詞中以梅喻人，將自身之感投射於梅，語言婉美，情感沈鬱，恰如朱
氏之偏好，進而獲選。

15. 顧春輯《宋詞選》三卷

　　顧春，字梅仙，又字子春，道號太清，晚號雲槎外史，著有《天
遊閣集》、《東海漁歌》、《紅樓夢影》等。《宋詞選》成書於道光十五
年（1853），共收錄詞人五十二家，詞作一百四十八闋，輯詞目的是
爲汲取學詞之典範，具有一定的詞學價值。綜觀全書，顧春選詞雖南
北兼顧，但南宋詞較夥，獲選詞作最多的南宋詞家，前三名爲：辛棄

〔註 282〕　〔清〕況周頤：〈宋詞三百首序〉，收錄於施蟄存編《詞籍序跋萃編》
　　　　　　（北京：社會科學出版社，1994 年 12 月），頁 769。
〔註 283〕　侯雅文：〈論朱祖謀《宋詞三百首》所建構的「宋詞史」及其在清
　　　　　　代宋詞典律史上的意義〉，《彰化師大國文學誌》，第 12 期，2006
　　　　　　年 6 月，頁 313。
〔註 284〕　侯雅文：〈論朱祖謀《宋詞三百首》所建構的「宋詞史」及其在清
　　　　　　代宋詞典律史上的意義〉，《彰化師大國文學誌》，第 12 期，2006
　　　　　　年 6 月，頁 342。

疾十三闋，吳文英十一闋，蔣捷、石孝友、程垓各選七闋，並列第三。反觀北宋，以黃庭堅十二闋居冠，周紫芝六闋列為第二，晏幾道、蘇軾、秦觀、周邦彥以四闋名列第三。顧春選詞未受當時浙、常兩派立論所囿，乃依自需選詞，期望透過選錄精華詞篇，節錄精煉詞句，進行自我學習，偏重其中字句之錘鍊，以及意境之高深，但顧春選詞「為我」成分過於濃厚，因而消解《宋詞選》的學術價值。書中選錄陸游詞四闋，即〈眞珠簾〉（燈前月下嬉遊處）、〈南鄉子〉（歸夢寄吳檣）、〈浣溪沙〉（懶向沙頭醉玉瓶），以及〈漁家傲〉（東望山陰何處是），此等皆為沈鬱深思、境界並高之作品，顧春選此而習之，頗有道理。

（二）未錄選陸游詞者

　　清代詞選共有四部未收錄陸游詞，即張惠言《詞選》、董毅《續詞選》、王闓運《湘綺樓詞選》，與戈載《宋七家詞選》，茲就各部詞選概況、選詞標準、目的，分述如下：

1. 張惠言輯《詞選》二卷、董毅輯《續詞選》二卷

　　《詞選》編纂之契機，是因張惠言坐館講學於歙縣金氏，為教授金氏諸生習詞之用，此書成於嘉慶二年（1797），其中論及比興寄託之觀念，而後成為常州詞派立論之根基，吳梅《詞學通論》即言：「皋文《詞選》一編，掃靡曼之浮音，接風騷之眞脈，直具冠古之識力者也。……皋文與翰風出，而溯源竟委，辨別眞偽，於是常州詞派成，與浙派分鑣爭先矣。」〔註285〕可知張惠言《詞選》一書，對清代詞壇的影響力。

　　張惠言於《詞選》中提出「比興寄託」的觀念，他透過唐宋詞中的微言大意，企圖提高詞體地位，此觀念於《詞選・序》中清楚談及，其言：「詞者，蓋出於唐之詩人，採樂府之音以制新律，因繫其詞，故曰『詞』。傳曰：『意內而言外，謂之詞。』其緣情造端，興於微言，以相感動。極命風謠里巷男女哀樂，以道賢人君子幽約怨悱不能自言

〔註285〕　吳梅：《詞學通論》（北京：中國書籍出版社，2006 年 5 月），頁 230。

之情。低徊要眇,以喻其致。蓋詩之比興、變風之義,騷人之歌,則近之矣。然以其文小,其聲哀,放者為之,或跌蕩靡麗,雜以昌狂俳優,然要其至者,莫不惻隱盱愉,感物而發,觸類條鬯,各有所歸,非苟為雕琢曼辭而已。」〔註286〕張惠言首言詞體之成,認為單單只有合樂不足以為詞,還要達「意內而言外」之要求,才可稱作詞。他認為君子賢人皆有「幽約怨悱不能自言之情」,因此往往要藉由微言而起興,透過寄託比喻,「低徊要眇」的表現出來。如此一來,詞體便可與《詩》、《騷》中的比興精神接軌,具有反映現實的功能。據《詞選・序》所言,張惠言企圖提高詞體地位,將詞體與《詩》、《騷》並列,同時開拓創作詞體的思想內容,將微言比興的寓託加入詞體,讓詞體特色除音樂面外,另有更深一層的思想面。〔註287〕張惠言於《詞選・序》的最後言及編纂詞選之目的:「今第錄此篇,都為二卷。義有幽隱,並為指發。幾以塞其下流,導其淵源,無使風雅之士懲於鄙俗之音,不敢與詩賦之流同類而風誦之也。」〔註288〕他將自我的比興觀念,加入《詞選》當中,寄望典範的流傳,促使鄙俗之音不再。

　　《詞選》輯唐宋詞家四十四人,詞作一百一十六闋,全書選錄溫庭筠詞作為最多,共十八闋,其次為秦觀詞,收錄十闋,李煜詞收六闋,名列第三。張惠言選詞講求內容之比興託寓,他讚溫詞「深美閎約」,認為其成就、價值為最高。此外,張惠言曾言:「宋之詞家,號為極盛。然張先、蘇軾、秦觀、周邦彥、辛棄疾、姜夔、王沂孫、張炎,淵淵乎文有其質焉。」〔註289〕這些詞家皆為他所欣賞,秦觀詞尤甚。他雖然批評「孟氏、李氏君臣為謔,競作新調,詞之雜流,由

〔註286〕〔清〕張惠言:《詞選・序》,收錄於施蟄存編《詞籍序跋萃編》(北京:社會科學出版社,1994年12月),頁795～796。
〔註287〕徐秀菁:〈由選詞與評點的角度看張惠言《詞選》中比興寄託說的實踐〉,《彰化師大國文學誌》第12期,2006年6月,頁287。
〔註288〕〔清〕張惠言:《詞選・序》,收錄於施蟄存編《詞籍序跋萃編》(北京:社會科學出版社,1994年12月),頁796。
〔註289〕〔清〕張惠言:《詞選・序》,收錄於施蟄存編《詞籍序跋萃編》(北京:社會科學出版社,1994年12月),頁796。

此起矣」，但其中亦有令他欣賞者，從他選李煜詞爲第三多數者來看，他仍肯定李煜詞中的微言深意。張惠言選詞以是否合乎正聲、是否有比興寄託之寓爲標準，他藉由選詞以樹立詞之正統，從詞的源頭處找尋比興寄託的發展道路，《詞選》未選錄陸游詞，並非陸游詞不具有微言比興之特色，而是與其他詞家相比，陸游詞中之文句較不隱晦，陸游不論寫景、傷懷，多直抒胸臆，如此一來，便不符合張惠言所要求詞作「意內而言外」的準則，故《詞選》中無法尋及陸游詞之蹤影。

繼張惠言之後，董毅另編《續詞選》，編選之因可據張綺〈續詞選序〉了解：「《詞選》之刻，多有病其太嚴者，擬續選而未果。今夏外孫董毅子遠來署，攜有錄本，適愜我心，爰序而刊之，亦先兄之志也。」〔註290〕是以董毅編纂《續詞選》乃因《詞選》一書選詞過嚴，入選詞作不多，故爲補足缺憾而輯。《續詞選》共輯唐宋詞家五十二人，詞作一百二十二闋，其中以張炎獲選二十三闋爲最多，其次爲秦觀詞八闋，周邦彥、姜夔詞作各選七闋，爲第三。董毅接續張惠言選詞標準，編輯《續詞選》，而陸游詞亦未受到青睞之因，應與《詞選》相同。

2. 王闓運輯《湘綺樓詞選》三卷

《湘綺樓詞選》分本編、前編、續編三卷，卷前有王闓運於清光緒二十三年（1897）之自序。王闓運，字壬秋，號湘綺，著作豐富，門人輯爲《湘綺樓全書》，故有「學贍才高，一時無偶」的稱譽。王氏編輯《湘綺樓詞選》是以涵養性情，談藝自娛爲目的，他於序文中言及自己「既坐東洲，日短得長，六時中更無所爲，爰取《詞綜》覽之，所選乃無可觀。姑就其本，更加點定。餘暇又自錄精華名篇，以示諸從學詩文者。俾知小道可觀，致遠不泥之道云。」〔註291〕可見

〔註290〕 〔清〕張綺：〈續詞選序〉，收錄於施蟄存編《詞籍序跋萃編》（北京：社會科學出版社，1994年12月），頁800。
〔註291〕 〔清〕王闓運：〈湘綺樓詞選序〉，收錄於唐圭璋編：《詞話叢編》（北京：中華書局，2005年10月），冊5，頁4281。

他編纂詞選乃是閒暇間餘之，且《湘綺樓詞選》是以朱彝尊《詞綜》為底本，王氏再加以刪節點定而成。全書輯有唐五代至南宋之詞家作品，共錄五十五家，作品七十六闋，詞人名下未附小傳，詞牌底下也無詞題、詞序，作者作品排序也甚無系統，更顯此選貽情自娛之用。平均每位詞人被收錄詞作僅一至兩闋，其中以姜夔錄五闋為最多，其次為蘇軾四闋、李煜三闋，可知王氏婉約、豪放二種詞風兼收，但王氏並非茫然選詞，他在自序中清楚說明自身之擇詞觀點：「周官教禮，不屏野舞縵樂。人心既正，要必有閑情逸致，游思別趣。如徒端坐正襟，茅塞其心，以為誠正，此迂儒枯襌之所為，豈知道哉。」〔註292〕王氏肯定詞體存在之價值，雖言語間透漏詞是閒逸間為之，但也將詞視為生活中不可或缺的要件。王闓運編輯《湘綺樓詞選》並非是要彰顯自身之詞學觀點，因此編選時乃信手拈來，詞下雖偶有評語，但未蘊含許多立場與論點，僅僅為一抒己見與愛好，因此《湘綺樓詞選》未選錄陸游詞，亦可能僅是王闓運對陸游詞不有偏好矣。

3. 戈載輯《宋七家詞選》七卷

戈載為「吳中七子」〔註293〕之一，尤工詞作，對詞之音韻格律頗有研究，亦有《詞林正韻》等著作。《宋七家詞選》乃是輯周邦彥、史達祖、姜夔、吳文英、周密、王沂孫、張炎等七人詞作，以詞家生年為序，各卷後附有跋語，論述詞人詞作之特點，與該詞集版本之得失，以表自身詞學理念與立論，全書共錄四百八十闋詞，以吳文英一百一十五闋為收錄最多者。戈載所選七家，皆為宋詞人中最工音律者，〔註294〕此與他尤工音律之特點相互契合，戈載曾於《詞林正韻‧發凡》云：「詞學至今日可謂盛矣，然填詞之大要有二：一曰律，一曰韻。律不協則聲音之道乖，韻不審則宮調之理失，二者並行不悖。」

〔註292〕〔清〕王闓運：〈湘綺樓詞選序〉，收錄於唐圭璋編：《詞話叢編》（北京：中華書局，2005年10月），冊5，頁4281。
〔註293〕吳中七子即是朱綬、沈傳桂、沈彥曾、吳佳洤、王嘉祿、陳彬以及戈載等人，此七人皆是當時詞家中講求聲律者，故並稱之。
〔註294〕王兆鵬：《詞學史料史》（北京：中華書局，2009年2月），頁373。

〔註295〕可知戈載對音律之強調，因此編有《詞林正韻》一書，《宋七家詞選》應是戈載為當時詞家樹立音律典範而編選，要以前人雅音為法，闡揚一己之詞學理念，使詞林傳播正聲，常在天地。〔註296〕戈載編纂《宋七家詞選》之目的十分清晰明顯，所選詞家皆為姜、張一派，陸游乃屬蘇、辛，雖不如蘇軾「自是曲子縛不住者」，但仍不受戈載所賞，因此《宋七家詞選》未選陸游詞。

二、清代譜體詞選擇錄情形

　　清代是詞的中興時代，詞在經歷過明代的衰微之後，伴隨著清朝盛世開展屬於自己的華麗舞臺，宋犖曾於〈瑤華集序〉中讚頌當時詞體復興的盛況：「今天子右文興治，揮弦解慍，睿藻炳然。公卿大夫，精心好古，詩律之高，遠邁前代；而以其余業溢為填詞，詠歌酬贈，累有篇什，駸駸乎方駕兩宋。嗚呼！其盛矣！」〔註297〕知當時文人填詞盛況。倚聲填詞必有所依，詞作數量的增加，使得文壇也開始出現許多詞譜，其時編纂詞譜呈現一片繁榮景象，同時，詞譜編纂於明代已有先例，雖數量不多，體例也堪粗略，但清人亦可藉此改良，進而深化，走向成熟。筆者見得的清代譜體詞選有吳綺《選聲集》、賴以邠《填詞圖譜》、郭鞏《詩餘譜式》、萬樹《詞律》、徐本立《詞律拾遺》、杜文瀾《詞律補遺》、王奕清《御定詞譜》、秦巘《詞繫》、賴申薌《天籟軒詞譜》、舒夢蘭《白香詞譜》、周祥鈺《九宮大成南北詞宮譜》，以及謝元淮《碎金詞譜》共十二部，其中包含格律譜與音樂譜，茲就各部譜體詞選編纂大要及收錄陸游詞之概況，分述如下：

〔註295〕〔清〕戈載：《詞林正韻》（臺北：文史哲出版社，1980 年 10 月），頁 25。

〔註296〕陶子珍：〈戈載《宋七家詞選》試析〉，《中國國學》第 26 期，1998 年 11 月，頁 101。

〔註297〕〔清〕宋犖：〈瑤華集序〉，收錄於《四庫禁燬叢刊》（北京：北京出版社，2000 年），集部，冊 37，頁 3。

詞選名稱	編選者	卷數	編選年代	詞選屬性	陸詞數量
選聲集〔註298〕	吳綺	3卷	唐宋	譜體詞選（格律譜）	6
填詞圖譜〔註299〕	賴以邠	6卷	唐代至明代	譜體詞選（格律譜）	6
填詞圖譜續集〔註300〕	賴以邠	3卷	唐代至明代	譜體詞選（格律譜）	1
詩餘譜式〔註301〕	郭鞏	2卷	唐代至清代	譜體詞選（格律譜）	4
詞律〔註302〕	萬樹	20卷	唐代至清代	譜體詞選（格律譜）	13
詞律拾遺〔註303〕	徐本立	8卷	唐代至清代	譜體詞選（格律譜）	2
詞律補遺〔註304〕	杜文瀾	不分卷	唐代至清代	譜體詞選（格律譜）	未收錄
御定詞譜〔註305〕	王奕清	40卷	唐代至清代	譜體詞選（格律譜）	13
詞繫〔註306〕	秦巘	24卷	唐代至清代	譜體詞選（格律譜）	4

〔註298〕 〔清〕吳綺：《選聲集》，收錄於《四庫全書存目叢書》（臺南：莊嚴文化事業公司，1997年），集部，冊424。

〔註299〕 〔清〕賴以邠：《填詞圖譜》，收錄於（清）查繼超輯；吳熊和校點：《詞學全書》（北京：書目文獻出版社，1986年11月）。

〔註300〕 〔清〕賴以邠：《填詞圖譜續集》，收錄於（清）查繼超輯；吳熊和校點：《詞學全書》（北京：書目文獻出版社，1986年11月）。

〔註301〕 〔清〕郭鞏：《詩餘譜式》，收錄於《四庫未收書輯刊》，冊30。

〔註302〕 〔清〕萬樹：《詞律》（臺北：世界書局，2009年4月）

〔註303〕 〔清〕徐本立：《詞律拾遺》，收錄於萬樹輯《詞律》（臺北：世界書局，2009年4月）。

〔註304〕 〔清〕杜文瀾：《詞律補遺》，收錄於萬樹輯《詞律》（臺北：世界書局，2009年4月）。

〔註305〕 〔清〕王奕清奉敕撰：《欽定詞譜》，收錄於《景印文淵閣四庫全書》，集部，冊1495。

〔註306〕 〔清〕秦巘編著；鄧魁英、劉永泰校點：《詞繫》（北京：北京師範大學出版社，2009年4月）。

天籟軒詞譜〔註307〕	葉申薌	5卷	唐代至金元	譜體詞選（格律譜）	10
白香詞譜〔註308〕	舒夢蘭	不分卷	唐代至清代	譜體詞選（格律譜）	1
九宮大成南北詞宮譜〔註309〕	周祥鈺	82卷	唐代至清代	譜體詞選（音樂譜）	1
碎金詞譜〔註310〕	謝元淮	14卷續譜6卷	唐代至清代	譜體詞選（音樂譜）	4

（一）吳綺撰《選聲集》三卷

《選聲集》共三卷，卷後附有詞韻簡一卷，全書按調分類排序，即小令、中調與長調。吳綺在〈選聲集序〉強調格律對填詞的重要性：「調有定格，字有定數，韻有定聲。……倘操觚之家，率意短長，任加損益，則是不筏問津，無翼沖舉者也。是譜所列，俾首尾轉換，平仄韻歌，一披楮素，燦若列星。用以縱古橫今，旁求博采，失律之誚，庶幾免乎。」〔註311〕其中「調有定格，字有定數，韻有定聲。」與徐師曾〈詩餘序〉中所強調的觀點不謀而合，可知《選聲集》是延續明製詞譜的理念，認爲填詞需照譜倚聲，不可率意增損長短，若照譜填詞，便可免於失律之譏。此外，吳綺也指出作詞不能限於詞譜規矩，而是要以此爲基，進而突破一展詞風本色：「若夫纏綿悽豔，步秦柳之柔情；磊落激揚，傚蘇辛之豪舉。天實生才人，拈本色，此又詞非譜出，而譜不盡詞也。」〔註312〕他以秦觀、柳永、蘇軾與辛棄疾爲

〔註307〕　〔清〕葉申薌：《天籟軒詞譜》，清道光間刊本，現藏於國家圖書館。
〔註308〕　〔清〕舒夢蘭：《白香詞譜》（臺北：世界書局，1994年3月）。
〔註309〕　〔清〕周祥鈺：《新定九宮大成序》，收錄於劉崇德校譯《新定九宮大成南北詞宮譜校譯》（天津：天津古籍出版社，1998年7月），冊1～6。
〔註310〕　〔清〕謝元淮：《碎金詞譜》，收錄於《續修四庫全書》（北京：商務印書館，2005年），集部，冊1737。
〔註311〕　〔清〕吳綺：〈選聲集序〉，收錄於《四庫全書存目叢書》（臺南：莊嚴文化事業公司，1997年），集部，冊424，頁436。
〔註312〕　〔清〕吳綺：〈選聲集序〉，收錄於《四庫全書存目叢書》（臺南：莊嚴文化事業公司，1997年），集部，冊424，頁437。

例，四人風格鮮明，乃因他們是天生才人，故能寫出本色精釆的作品，然才能無法趨步而行，按譜填詞卻是首要。

　　吳綺編纂《選聲集》亦有對過去詞譜反省改進之意，於〈凡例〉云：「舊刻平聲用囗，仄聲用丨，可平可仄用囗，稍有模糊，反生淆亂。今惟可平可仄用囗，其平仄不可移易者，原在本文，瞭如指掌。按而求之，耳目爲之一清，矩矱於斯罔易。」〔註313〕吳綺有感之前詞譜標示平仄，易使人模糊、混淆，便加以更訂，他僅標註可平可仄之處，當平、當仄者皆省去標記，以詞例呈現，如此一來，除去標記平仄的繁雜，詞譜更爲瞭然、清朗。此外，吳綺也標明詞作叶韻、對仗之處，使詞譜標記更形完整。爾後，因《選聲集》爲時人所重，故吳綺協程洪對此增廣重訂，編成《記紅集》四卷，然筆者可寓目僅《選聲集》，也無從得知《記紅集》之編纂要旨，以及收錄陸游詞概況，故暫且不論。全書選詞以秦觀二十闋居冠，柳永、周邦彥各以十六、十五闋列爲二、三，由此可推論吳綺較喜愛纖麗婉約之詞風；《選聲集》共選陸游詞七闋，其中〈江月晃重山〉（芳草洲前道路）本屬劉秉忠，吳綺誤收爲陸游詞，故《選聲集》實收陸游詞六闋，其中小令一闋、中調三闋、長調二闋，可知吳綺對陸游詞並無偏好何種調式，平均取之。

（二）賴以邠撰《填詞圖譜》六卷、《填詞圖譜續集》三卷

　　《填詞圖譜》爲賴以邠著，查繼超增輯，查曾榮、王又華同輯，查王望鑑定，毛先舒、仲恒參訂，全書依小令、中調、長調分類排序。《填詞圖譜》乃是承襲明代詞譜之體例編纂而成，最爲顯著的是書中所標圖譜符號與張綖《詩餘圖譜》如出一轍，《填詞圖譜·凡例》曰：「圖圈即是譜，詞字面○爲平，●爲仄，譜平而可仄者用◐，譜

〔註313〕　〔清〕吳綺：《選聲集·凡例》，收錄於《四庫全書存目叢書》（臺南：莊嚴文化事業公司，1997 年），集部，冊 424，頁 438。

仄而可平者用●。大約上半爲現譜之音，下半爲通用之法。」〔註314〕同時，賴以邠將同調異體之詞作，直接於詞調後載明第幾體，此乃承繼程明善《嘯餘譜》之體例，由此可知，賴以邠於標譜上未有重大創舉，甚至沿襲明人之陋，吳熊和曾指出此書幾點陋習，如「唐宋詞調往往一調多名，《塡詞圖譜》每誤認爲異調而加以分列」、「詞的句法多與詩句不同，如五字可有上一下四的，七字句有上三下四的，《塡詞圖譜》於此不分句讀，令人混塡。」〔註315〕等，其中關於詞中句法，賴以邠惟恐圖譜煩雜，因而省略，但就一部嚴謹詞譜來說，探究句法有其必要，他卻將此省略，實爲可惜。《塡詞圖譜》體例上雖多承繼以往明代所編詞譜，但賴以邠仍有創見於其中：「塡詞宋雖後於唐，而詞以宋爲盛，每調之詞，宋不可得，方取唐；唐不可得，方及元明。梁武帝曾有〈江南弄〉等詞，雖六朝以濫觴，概不敢盡取。」〔註316〕賴以邠將每一詞調之詞例皆以宋詞爲優先選擇，雖然此種作法仍值得商榷，但它卻破除詞譜與婉約詞派的連繫，淡化了風格，強調詞調發展的時代性因素。〔註317〕《塡詞圖譜》雖含有許多問題，但就一部適用於初學者學習塡詞的詞譜，仍不失其存在價值。全書共收陸游詞七闋，正集六闋，續集一闋，其中誤收一闋劉秉忠〈江月晃重山〉（芳草洲前道路），故全書實收六闋，其中小令二闋，中調三闋，長調一闋，收錄詞作多與《選聲集》同，僅一、二闋有異。

〔註314〕〔清〕賴以邠：《塡詞圖譜・凡例》，收錄於（清）查繼超輯；吳熊和校點：《詞學全書》（北京：書目文獻出版社，1986 年 11 月），頁143。

〔註315〕吳熊和：《詞學全書・前言》，收錄於（清）查繼超輯；吳熊和校點：《詞學全書》（北京：書目文獻出版社，1986 年 11 月），頁 6。

〔註316〕〔清〕賴以邠：《塡詞圖譜・凡例》，收錄於（清）查繼超輯；吳熊和校點：《詞學全書》（北京：書目文獻出版社，1986 年 11 月），頁141。

〔註317〕江合友：《明清詞譜史》（上海：上海古籍出版社，2008 年 5 月），頁 92。

（三）郭鞏撰《詩餘譜式》二卷

《詩餘譜式》凡二卷，卷前有韓侯振〈詩餘譜式敘〉、郭鵬〈詩餘式序〉，以及郭鞏自作之〈譜說〉、〈引〉與〈譜例〉。全書以明代程明善《嘯餘譜》為宗，編纂而成，分類與所收調數皆與《嘯餘譜》，郭鞏於〈譜說〉文中言明《詩餘譜式》成書契機：「丙子春遊楚桃源，謁羅公紫蘿先生。……公出其素藏《嘯餘譜》以授余，余拜而受之，細心以研究之，乃知一調之中，為體不一。其昔之不眸者，今則釋然矣。」﹝註318﹞當時所見之《嘯餘譜》使郭鞏視野增廣，同時也促使他編纂《詩餘譜式》。〈引〉中申明編纂要旨：「余之刻是書也，悉遵《嘯餘》古本，刪其大繁，非別有增飾，亦不入近來詞調。總為初學填詞，苦於磨對字句平仄，故為圈法。」更於〈譜例〉末條言：「此書刻成，磨對恐未詳確，又或原本錯訛未改正者，一依原本闕疑，不敢擅改，取罪前人。」郭鞏惟恐取罪前人，甚沿襲《嘯餘譜》之錯訛，可見他對《嘯餘譜》之尊崇，亦可知他認為《嘯餘譜》內容過於繁雜，因此刪減重訂，使詞譜更易於初學者使用。《詩餘譜式》與《嘯餘譜》顯著的不同在於郭鞏改變標譜符號：平聲為○，仄聲為●，可平可仄為◑，郭鞏改良程明善以「可平」、「可仄」字面標譜之繁，此外，還以上下兩層分列譜例與圖譜，便於相互對照。全書雖趨步於《嘯餘譜》，但其中仍有郭鞏的主觀己見，如詞調用韻平仄皆需依據原本，不可擅加更改；詞中句法有如「蜂腰」之斷者，在此郭鞏注意到長句句法之節奏等。《詩餘譜式》選錄陸游詞共四闋，即〈釵頭鳳〉（紅酥手）、〈夜遊宮〉（獨夜寒侵翠被）、〈謝池春〉（賀監湖邊），及〈戀繡衾〉（不惜貂裘換釣篷），皆為明代譜例典範，是以郭鞏《詩餘譜式》承襲明代譜體詞選之現象。

﹝註318﹞ 〔清〕郭鞏：《詩餘譜式·譜說》，收錄於《四庫未收書輯刊》，冊30，頁441。今見〈引〉與〈譜例〉皆據此出處，未免繁瑣，不再贅注。

（四）萬樹撰《詞律》二十卷、徐本立《詞律拾遺》
八卷、杜文瀾《詞律補遺》

　　詞譜的編纂從明代至清初，以累積一定的經驗，然而不論是明代，或是清初所編纂的譜體詞選皆從簡刊行，多有疏漏，吳興祚〈詞律序〉云：「陽羨萬子有憂之，爲古詞本來，自今泯滅，乃究其弊所從始，原諸家刊本不詳考其眞，而訛以承訛，或竄以己見，遂使流失莫底，非亟爲救正不可。然欲救其弊，更無他求，惟有句櫛字比於昔人原詞，以爲章程已耳。因輯成此集，可就精嚴，無微不著，名曰《詞律》，亦取乎刑名法制，若將禁防佻達不率之爲者，顧推尋本源，其乎合轍而止，未嘗深刻以繩世之自命爲才人宿學者也。」〔註 319〕萬樹即有感當時詞壇遵循之詞體規範仍有多處缺失，針對《嘯餘譜》、《填詞圖譜》以及諸家詞集之錯謬進行糾舉，用以更爲謹愼、求實的態度爲之，要時十餘年，共收六百餘調，一千一百八十多體，遂成《詞律》。

　　全書依詞作字數多寡排序，以〈竹枝〉十四字爲首，〈鶯啼序〉二百四十字居卷末，萬樹改變過去以小令、中調、長調爲分類的排序情況，認爲「若以少一字爲短，多一字爲長，必無是理。」〔註 320〕同時也批評《嘯餘譜》等書以題意爲分類依據的缺失，〈發凡〉云：「《嘯餘譜》分類爲題意，欲別於《草堂》諸刻，然題字參差，有難取義者，強爲分列，多至乖違。」強制將詞牌題意分門別類，易造成分類模糊、類目不清之病。此外，他也指出過去標註同調異體，以「第某體」呈現之，最無義理，詞調之源，遠去於今，何以將詞體劃出等第，因此以「又一體」的方法標示，並對詞調中之押韻、平仄等細節皆仔細標註。萬樹對詞體格律要求甚嚴，於〈發凡〉中申明：「詞尤以諧聲爲主，倘平仄失調，則不可入調。……今雖音理

〔註 319〕　〔清〕吳興祚：〈詞律序〉，收錄於（清）萬樹：《詞律》（臺北：世界書局，2009 年 4 月），頁 4。

〔註 320〕　〔清〕萬樹：〈詞律發凡〉，收錄於〔清〕萬樹：《詞律》（臺北：世界書局，2009 年 4 月），頁 9。今見〈詞律發凡〉皆據此出處，未免繁瑣，不再贅注。

失傳，而詞格具在，學者但宜仿舊作，字字恪遵，庶不失其中矩。」可見萬樹不僅對詞譜體例嚴加精審外，對於擇取書中譜例詞作更是加緊要求。萬樹有意識地將當時詞譜作一番徹底的改良與精進，雖其中偶見疏漏，但《詞律》總結明代以來，至清初的詞體格律，對往後的清代詞壇影響極大，清人田同之云：「宋元人所撰詞譜流傳者少。自國初至康熙十年前，塡詞家多沿明人，遵守《嘯餘譜》一書。詞句雖勝於前，而音律不協，即衍波亦不免矣，此《詞律》之所由作也。……故浙西名家，務求考訂精嚴，不敢出《詞律》範圍以外，誠以《詞律》爲確且善耳。」〔註321〕可見《詞律》當爲時人所重。《詞律》建構了格律譜的基本框架，體例完善，突破以往詞譜體例，爲後世詞譜開啓新頁。全書擇錄陸游詞共十四闋，其中誤收一闋他人作品，實收十三闋，有別於之前詞譜僅收陸游詞不到十闋的情況，可知陸游詞的格律，在某種程度上萬樹是較爲欣賞的。

　　爾後，徐本立編纂《詞律拾遺》八卷，爲萬樹《詞律》作一番增補與訂正，其序文言及編纂體例：「卷一至卷六補其未備，原書所未收之調，今爲補之，曰『補調』；原書已收，而未盡厥體，今亦補之，曰『補體』。卷七至卷八則訂正原書者居多，曰『補注』。」〔註322〕全書體例標註皆與《詞律》同，僅於詞調上標明是爲「補體」，或爲「補調」，俞樾稱讚此書爲「萬氏功臣」，與《詞律》並行之，是後世之詞林正軌，可知徐本立補遺之功。《詞律拾遺》再補陸游詞二闋，即〈雙頭蓮〉（風卷征塵）、〈月照梨花〉（霽景風軟）。繼徐本立對《詞律》進行增補後，杜文瀾編《詞律補遺》，於《詞律》、《詞律拾遺》外又補五十調，杜氏僅補調不補體，乃因他認爲「其體則不及備列」，然此書未收陸游詞。

〔註321〕　〔清〕田同之：《西圃詞說》，收錄於唐圭璋主編《詞話叢編》（北京：中華書局，2005 年 10 月），冊 2，頁 1473～1474。

〔註322〕　〔清〕俞樾：〈詞律拾遺序〉，收錄於〔清〕萬樹：《詞律》（臺北：世界書局，2009 年 4 月），頁 463。

（五）王奕清撰《御定詞譜》四十卷

《御定詞譜》是由康熙下令，王奕清等人奉敕編纂，成書於康熙十七年（1678），卷前有〈御製詞譜序〉、〈提要〉，以及〈御定詞譜凡例〉，據〈提要〉云：「惟近時萬樹作《詞律》，析疑辨誤，所得爲多，然仍不免於舛漏。惟我聖祖仁皇帝，聰明天授，事事皆深契精微。……又以詞亦詩之餘派，其音節亦樂之支流，爰命儒臣輯爲此譜，凡八百二十六調，二千三百六體。凡唐至元之遺篇，靡弗採錄；元人小令，其言近雅者，亦間附之；唐宋大曲，則彙爲一卷，綴於末。每調各注其源流，每字各圖其平仄，每句各注其韻協，分刌節度，窮極窈眇，倚聲家可永守法程。」〔註323〕可知《御定詞譜》所收錄詞調、詞體之數目，其間附有元人小令、唐宋大曲，亦標明各調源流，註明各譜平仄。於《御定詞譜》之前，沈辰垣等人已早一步進行《御選歷代詩餘》的編纂，拿二書相互對照後可發現，雖兩者之間有所異同，但仍可推知《御定詞譜》是以《御選歷代詩餘》爲基礎，進而成書。

萬樹乃憑一己之力完成《詞律》，其中難免疏漏，但《御定詞譜》是由官方下定編纂，無論是在收採資料，或取用典籍皆較爲方便，加以編著者爲一個團隊，整體客觀條件下，皆優於萬樹，因此體製也更加完善，書中〈凡例〉也言明此書編纂是「翻閱群書，互相參訂，凡舊譜分調分段及句讀音韻之誤，悉據唐宋元詞校定。」〔註324〕而成。全書排序依循《詞律》的以字數多寡排列，但又兼敘時代，將詞調首出之詞列於前，做到溯本源流之功夫。《御定詞譜》標註譜式的符號，有別於《詞律》以字面表示，而是同於明代張綖《詩餘圖譜》的圈法，以圖譜的方式標記，〈凡例〉云：「每調一詞，旁列一圖，以虛實朱圈分別平仄，平用虛圈，仄用實圈，字本平而可仄者上虛下實，字本仄

〔註323〕　〔清〕紀昀等：〈御定詞譜提要〉，見於《景印文淵閣四庫全書》，集部，冊 1495，頁 3。

〔註324〕　〔清〕王奕清奉敕撰：《欽定詞譜》，收錄於《景印文淵閣四庫全書》，集部，冊 1495，頁 4。

而可平者上實下虛。」〔註 325〕且於每句之後標示韻法、句讀，並將譜例與圖譜結合，使整體書面更爲簡潔、清楚。

《御定詞譜》是爲劃時代的巨作，不論在詞調的蒐集，或是詞體的羅列，皆勝於過往詞譜，同時在考訂正格，追溯源流的成就上，亦高出許多，它以官書形式刊行，進一步言之，此書將格律譜的形式規範以官方的身分做出總結，爲後世詞譜的編纂形成顯著的標目，影響深遠。全書擇取陸游詞十四闋，誤收他人作品一闋，實收十三闋。

（六）秦巘撰《詞繫》二十四卷

《詞繫》的編纂成書，乃起因於秦巘家中藏書豐富，秦巘便搜羅明代以來之詞譜，進一步詳加參照，以《詞律》爲底本，加以補闕糾舉而成。他於〈凡例〉中指出過去幾本詞譜之缺失：「《詩餘圖譜》、《嘯餘譜》，當時盛行，塡詞家奉爲圭臬。然體例踳駁蕪亂，貽誤後學非淺。康、乾間萬紅友（樹）訂爲《詞律》，糾訛補謬，苦心孤詣，允爲詞學功臣，然今翕然宗之。惜乎援據不傳，校讎不審，其中不無缺失。」〔註326〕接著指出萬樹《詞律》的四缺六失，可見秦巘雖奉《詞律》爲宗，但仍客觀點出其中疏漏。全書編次「按世次編列」，較於《詞律》依字數多寡編列，多具史觀。關於詞譜標記，秦巘亦有別於《詞律》，可說是再加以改良而成，據《詞繫‧凡例》云：「舊譜平仄或用○●，或用▯│，易致淆亂。不若《詞律》明注字左，可平可仄及入作平作上，較爲明顯。其餘句讀、叶韻、疊韻，亦遵其例，詳注字右。有必不可易移之字，平聲加○，上聲加◐，去聲加◑，入聲加●，凡仄聲◖◗，特爲標明，俾閱者著眼，不致誤塡。」秦巘試圖站在讀者立場編纂詞譜，以閱者爲便爲出發點。此外，秦巘不僅標

〔註 325〕〔清〕王奕清奉敕撰：《欽定詞譜》，收錄於《景印文淵閣四庫全書》，集部，冊 1495，頁 5。

〔註 326〕〔清〕秦巘：《詞繫‧凡例》，收錄於（清）秦巘編著；鄧魁英、劉永泰校點：《詞繫》（北京：北京師範大學出版社，2009 年 4 月），頁 1。今見《詞繫‧凡例》皆據此出處，未免繁瑣，不再贅注。

註譜式，甚至「考調名、敘本事、辨體裁」皆爲之，可見秦巘編纂詞譜之用心，他結合過去詞譜、詞選偏重講求聲律，或記述本事之特點，創造更爲健全的詞譜類型，此爲《詞繫》之價值。全書收錄陸游詞四闋，即〈戀繡衾〉（不惜貂裘換釣篷）、〈江月晃重山〉（芳草洲前道路）、〈繡停針〉（歎半紀）、〈眞珠簾〉（燈前月下嬉遊處），列爲正體，其中〈江月晃重山〉乃是誤收，實收三闋。

（七）葉申薌撰《天籟軒詞譜》五卷

葉申薌最初編纂《天籟軒詞譜》，是以萬樹《詞律》爲本，於〈發凡〉中清楚言及：「薌素不諳音律，而酷好塡詞，自束髮受書，即竊相摹擬。茲遠宦萬里，行篋無書，暇時輒取《詞律》，親爲編次，乃竟裒然成帙。雖未足爲枕中之祕，亦便於取攜耳。其以天籟名軒者，爲不諳音律，故也。」〔註 327〕此爲初編，後道光十年（1830），葉申薌回到福建閩縣，見到《御定詞譜》和《御選歷代詩餘》等書，發現《詞律》失收詞調甚多，因重理舊編，增廣詞調，成四卷，並編纂補遺一卷。至道光十一年（1831）編成，又收所編《詞韻》一卷合刊，即爲天籟軒五種本。〔註 328〕全書共收三百二十一調，詞一千一百九十四闋，所收詞調、詞作，除卷五補遺之外，皆與《詞律》同，但編纂體製上，葉申薌則與《詞律》相異，甚至是有意識地試圖對《詞律》體製進行改正，據〈發凡〉言：「編調仍以字數多寡爲序，不分小令、中長調名目，其同是一調，而字數參差者，自應先列首製原詞，再依序分列各體，或但同調名而字數懸殊、體格迥異者，亦附列於後，以另格二字別之。」〔註 329〕以字數多寡編列順序，此乃同於《詞律》，但葉申薌更多了凸顯源流的工夫，他將詞調首製原詞列於前，以表原創本流，然此種編列方式，亦可能是葉申薌參酌《御定詞譜》之體製

〔註327〕　〔清〕葉申薌：《天籟軒詞譜》，清道光間刊本，現藏於國家圖書館。
〔註328〕　江合友：《明清詞譜史》（上海：上海古籍出版社，2008 年 5 月），頁 178。
〔註329〕　〔清〕葉申薌：《天籟軒詞譜》，清道光間刊本，現藏於國家圖書館。

後，仿而效之。關於譜式，葉申薌捨棄萬樹以字標譜的形式，以單圈（○）、重圈（◎）標譜：「分句處以單圈記之，以別於用韻之重圈也。」、「其每調或平幾韻、仄幾韻、幾換韻，及平仄通叶者，均於題下注明，以便檢閱。」〔註 330〕如此記譜方式有別於其他詞譜，但以閱者角度而言，更加簡潔明瞭。此外，葉申薌提出依文理分句的概念：「分句自以文理爲憑，不必拘定字數，況詞原稱爲長短句，其同是一調，或一人連塡數闋，或數人共塡此調，在當時字數已有參差。」〔註 331〕過去詞譜多拘於格律，對詞體之押韻、聲律要求嚴格，然詞之分句，有依格律，或依文意斷句兩種，葉申薌於此提出有別於以往，僅是依格律斷句的概念，使讀者更能體會詞中文意之連貫流暢。

選詞標準方面，葉申薌亦有自身看法：「譜擇其音調和雅，且無錯落者方收。」、「選詞自已原製之詞，及名人佳作爲譜。」可見葉申薌偏好柔和婉雅之詞，同時亦重視詞體源流。全書收錄陸游詞十闋，其中有四闋爲增補《詞律》未收之詞。

葉申薌除編纂詞譜之外，另編有《天籟軒詞選》六卷，前四卷是從毛晉《宋六十名家詞》中選錄，後二卷則是據家藏詞集增補而成，共輯詞人九十家，詞作一千四百十一闋。書中未言編輯詞選之目的與標準，全書選陸游詞三十五闋，可知與詞譜十闋頗有差距。或擺脫編纂詞譜所限制的格律，於詞選中展現的，僅是葉申薌個人之偏好。

（八）舒夢蘭撰《白香詞譜》

《白香詞譜》篇幅較簡，僅收一百調，一調一詞，較於之前的《詞律》、《御定詞譜》收錄千調以上的規模，精省許多，全書體製，按詞調字數排列，不依小令、中調、長調名目編排。舒夢蘭有鑑於過去詞譜編列過於繁瑣雜亂，不易於初學者入手，加以《詞律》等書，對於詞體格律要求甚嚴，過於拘泥聲律之法，失之性情，故主張「折衷爲譜」，降低對格律的要求。江合友對舒夢蘭以「折衷」的觀點編纂詞

〔註 330〕 〔清〕葉申薌：《天籟軒詞譜》，清道光間刊本，現藏於國家圖書館。
〔註 331〕 〔清〕葉申薌：《天籟軒詞譜》，清道光間刊本，現藏於國家圖書館。

譜，認爲有其成就之處：「舒夢蘭提出『折衷』一說，主要考慮到了
方便初學這一點，某種程度上回歸了明代詞譜的纂譜思路。但是《白
香詞譜》又有可以超越明人的資本，舒夢蘭可以參考借鑑《詞律》等
高水準詞譜，在此基礎上進行『折衷』，因此其回歸的層次要更高一
些。」〔註332〕舒夢蘭將詞譜推向實用及便利的層面，對後來詞譜的
編纂產生深遠的影響。全書以秦觀、李煜二人收錄六闋居冠，其次爲
朱彝尊五闋，歐陽脩、蘇軾、張耒各收四闋列第三，由此可見，《白
香詞譜》是婉約豪放風格兼收，同時亦破除以往詞譜譜例不入元人之
後的通例，對明清作品給予肯定。舒夢蘭於譜式上，並無突破，採用
傳統的標譜圖圈呈現，平聲用○，仄聲用●，可平而仄者用◓，可仄
而平者用◒，此外，舒夢蘭在加上句、讀、韻的標註，詞中句用「、」，
讀於字中用「·」，押韻處則用「－」標示，加以譜例詞作的配合，
一望犁然。然《白香詞譜》將譜式簡化，格律從寬的結果，也造成體
例不精，標譜粗略的情況。選詞方面，舒夢蘭不重首創詞體，故選詞
亦非擇錄創體，乃是依自身喜好，符合自己審美情趣的詞作。《白香
詞譜》僅收陸游詞一闋，即〈沁園春〉（孤鶴歸飛），此闋詞於清代詞
譜中，僅《詞律》與《白香詞譜》選錄，〈沁園春〉之原體乃是賀鑄
〈沁園春〉（宮燭分煙），舒夢蘭棄賀鑄原體，改收陸游詞，可見對此
闋詞的喜愛，同時《詞律》亦收，此二書皆是不收原體爲譜例之詞譜，
然卻同將陸游〈沁園春〉（孤鶴歸飛）一闋選錄，可見此闋詞卻有其
獨特引人之處。

　　唐宋詞樂由宋末元初之時，始漸失傳，而後明代文人未因應填詞
需求，故自度曲一時蔚爲風行，可惜其中詞律粗略。自《花間集》與
《草堂詩餘》於明代詞談流行之後，詞家對詞體展開溯源，無論是風
格或是聲律，皆以古爲尚，也由於詞樂失傳，將詞體格律化則勢在必
行，詞譜之編纂也由此開始。撰寫詞譜延續至清代，無論是體製，或

〔註332〕　江合友：《明清詞譜史》（上海：上海古籍出版社，2008 年 5 月），
　　　　　頁 191。

編纂方式皆告成熟，尤其在《詞律》、《御定詞譜》二書完成之後，格律譜之成就到達高峰，然過於追求格律的結果，反而忽略詞體本質的音樂性。因此有詞家開始反思，在製譜時是否應當將音樂體製納入考量，以此補足過去詞譜只講求格律的缺失，於是詞樂研究興起，甚有一些試圖將詞體恢復歌唱性質的音樂譜也相繼出現。茲就筆者所能寓目之音樂譜：《九宮大成南北詞宮譜》與《碎金詞譜》二書，略述分析。

（九）周祥鈺撰《九宮大成南北詞宮譜》八十二卷

《九宮大成南北詞宮譜》內容如其名（以下簡稱《九宮大成》），搜羅自西元九世紀至十八世紀，近九百餘年間曲譜，其中詞譜亦含括其中。此書於乾隆十一年（1746）完成刊行，是為南北曲譜之總集，內容除音樂譜外，兼有格律譜，堪稱戲曲音樂和格律體式的集大成者。〔註 333〕《九宮大成》乃是為補足《律呂正義》未收南北宮調之缺憾而成，據周祥鈺〈新定九宮大成序〉云：「莊親王既蒙上命纂輯《律呂正義》，因念雅樂燕樂實相為表裏，而南北宮調從未有全函。歷年既久，魚魯亥豕不無淆訛，乃新定九宮大成。」〔註 334〕《律呂正義》專收壇廟朝會樂章，然雅樂燕樂互為表裏，於是周祥鈺著手搜羅南北宮調樂譜。全書共錄一百七十二首詞樂樂譜，由唐至宋元諸家皆有所錄，其中以柳永詞收錄最多，陸游則僅收一闋，即〈好事近〉（客路苦思歸），此闋詞於清代格律譜中，僅《御定詞譜》收錄，但同為音樂譜的《碎金詞譜》亦有收，或可推知，〈好事近〉（客路苦思歸）具有較佳之音樂性。

（十）謝元淮撰《碎金詞譜》十四卷、續譜六卷

繼《九宮大成》完書後，有許寶善將其中所收詞樂樂譜輯出，編

〔註 333〕 江合友：《明清詞譜史》（上海：上海古籍出版社，2008 年 5 月），頁 157。

〔註 334〕 〔清〕周祥鈺：〈新定九宮大成序〉，收錄於劉崇德校譯《新定九宮大成南北詞宮譜校譯》（天津：天津古籍出版社，1998 年 7 月），冊 6，頁 4998。

成《自怡軒詞譜》，現今藏於中國國家圖書館，可惜筆者未能見及此書，故無從得知內容體例，與輯錄詞作之概況。同於《九宮大成》，《自怡軒詞譜》亦有曲詞譜混淆之嫌，爾後謝元淮編《碎金詞譜》，即是要將二者作清楚劃分，釐清詞曲分界。謝元淮〈碎金詞譜自序〉中言明編纂過程與體例：「嘗讀《南北九宮曲譜》，見有唐宋元人詩餘一百七十餘闋，雜隸各宮調下，知詞可入曲，其來已尚，於是復遵《欽定詞譜》、《御選歷代詩餘》，詳加參訂。又得舊注宮調可按者如干首，補成一十四卷，仍各分宮調，每一字之旁左列四聲，右具工尺，俾覽者一目了然。雖平時不嫻音律，依譜填字，便可被之管絃。」〔註335〕可知謝元淮餘編纂詞譜時，曾參酌《欽定詞譜》、《御選歷代詩餘》二書；在體例上，以簡潔、易於入手為主，將格律譜、音樂譜融合，同時標註四聲，如此精細嚴格的譜式，是以往詞譜不多見的。《碎金詞譜》刊出後，詞壇未有多方響應，評價也不一，但從謝元淮企圖分界詞曲，融合音樂與格律的譜式而言，亦有其影響及價值。全書共收陸游詞四闋，即〈好事近〉（客路苦思歸）、〈繡停針〉（歎半紀）、〈朝中措〉（幽姿不入少年場），以及〈謝池春〉（賀監湖邊），其中〈朝中措〉一闋，以往詞譜皆無選錄，謝元淮青睞此詞，或與他偏好「清詞麗句」有關。

三、清代詞選對陸游詞之接受

　　清代為詞學復興的時代，因此於清代所發展的詞學理論系統會複雜許多，同時呈現不同的面相，各種詞派理論皆有各自的擁護者，或由他們的書文中可知理論架構，然而詞選的編輯乃是他們對自身詞論的實踐，透過選擇典範表達、鞏固詞學思想，後人可從中梳理的不只是理論，更可從中窺探出詞家們對前代詞作詞人的接受。綜觀上述詞選的編纂要旨，與擇取陸游詞數量，或評騭，可推知清代詞選對陸游詞的接受有以下二端：

〔註335〕　〔清〕謝元淮：《碎金詞譜・自序》，收錄於《續修四庫全書》（北京：商務印書館，2005年），集部，冊1737，頁6。

　　其一、浙西詞派與常州詞派皆有接受，並無有何種詞派未錄的失衡情況。筆者所能寓目的清代詞選屬浙西詞派的共五部，屬常州詞派的共九部，其中五部浙西詞派詞選皆有收陸游詞，而常州詞派僅張惠言《詞選》與董毅《續詞選》未收錄外，其餘皆有選錄。

　　浙西詞派自康熙年間興，它源起於一群浙籍詞人，相互交遊唱和，自成群體，康熙十八年龔翔麟編成《浙西六家詞》，始確立詞派名稱，據《四庫全書總目提要》云：「國朝朱彝尊、李良年、沈皞日、李符、沈岸登、龔翔麟之詞。翔麟，仁和人。其五人皆嘉興人。故稱浙西六家。凡彝尊《江湖載酒集》三卷，良年《秋錦山房詞》一卷，皞日《柘西精舍詞》一卷，符耒《邊詞》二卷，岸登《黑蝶齋詞》一卷，翔麟《紅藕莊詞》三卷。前有宜興陳維崧序。」〔註 336〕其中六人雖皆為浙籍，但創派人之一的朱彝尊也曾指明，屬浙西詞派者非定要浙籍人士，僅「同調」即可，且浙西詞派所嚮往的宋代詞家，如姜夔、張炎、周密等人皆非浙出，如此來說，朱彝尊以個人所傾向的詞學理論與思想來劃分派別，此種觀念絕非僅以地域概念來分別這般單純，而是更進一步地擁有結黨成派的意味。

　　朱彝尊甚至將浙西詞派與宋代江西詩派相比擬，頗有提高詞體地位的意思，同時高舉醇雅詞風的旗幟，藉以對明代衰微的詞風作一反動。此外，推尊姜夔、張炎等人之詞，為浙西詞派之典範。其中陸游〈朝中措〉（怕歌愁舞懶逢迎）此闋詞在五部浙西派詞選當中共有四部選錄，可知此作品為浙派詞家所欣賞。

　　除浙西詞派外，常州詞派是清代兩大詞派之一，如吳梅《詞學通論》所言：「乾嘉以還，日就衰頹。皋文與翰風出，而溯源竟委，辨別真偽，於是常州詞派成，與浙派分鑣爭先矣。」〔註 337〕由此可見，常州詞派繼浙派而出，並與之相互抗衡，且引起清代詞壇的廣大迴

〔註336〕　〔清〕紀昀等：《四庫全書總目提要‧浙西六家詞十卷》（北京：中華書局，1997 年 1 月），下冊，頁 2820。
〔註337〕　吳梅：《詞學通論》（北京：中國書籍出版社，2006 年 5 月），頁 230。

響。張惠言是常州詞派之創始者，亦爲其中核心人物，他與張惠琦共同編纂的《詞選》也是之後常州詞派的理論依據。筆者所能閱見之常州派詞選九部，僅張惠言《詞選》與董毅《續詞選》未收陸游詞，然《詞選》卻是常州詞派的立論指標，或囿於篇幅之限，常州派詞選的篇幅實不如浙派龐大，除陳廷焯《詞則》與馮煦《宋六十一家詞選》外，其餘多爲選一、二百首詞作之數量，篇幅既小，擇錄範圍必無法擴大，因此便有許多不得不捨棄的佳作，《詞選》與《續詞選》不錄陸游詞或有此因，但更大的因素，或許是因爲張惠言想將《詞選》作爲一種指標性的讀物，故對擇錄詞作較爲嚴格，張惠言提倡「寄託說」，同時他在選取作品時，亦希望達到每闋詞皆蘊含微言大義、比興寄託，故陸游詞便不列入其選。

　　陸游詞於清代詞選中，不論是浙西詞派，或是常州詞派，所選取之詞不太集中，甚有重複之詞，茲表列如次：

所屬派別	浙西詞派							常州詞派					
詞調名／詞選	詞綜	詞潔	古今詞選	清綺軒詞選	自怡軒詞選	詞選	續詞選	蓼園詞選	詞辨	詞則	宋四家詞選	宋詞十九首	宋詞三百首	宋六十一家詞選
青玉案・西風挾雨聲翻浪										V				V
南鄉子・歸夢寄吳檣	V	V												V
感皇恩・小閣倚秋空	V	V												
南鄉子・早歲入皇州														V
好事近・湓口放船歸	V													

好事近·羇雁未成歸									V
好事近·客路苦思歸									V
好事近·歲晚喜東歸									V
好事近·華表又千年							V		V
好事近·揮袖別人間									V
朝中措·怕歌愁舞懶逢迎	V	V	V			V		V	
朝中措·鼕鼕儺鼓餞流年	V								
朝中措·幽姿不入少年場		V							
鷓鴣天·家住東吳近帝鄉							V		V
鷓鴣天·梳髮金盤剩一窩		V							
蝶戀花·陌上簫聲寒食近									V
蝶戀花·桐葉晨飄蛩夜語							V		V
水龍吟·摩訶池上追遊路		V				V			V
水龍吟·樽前花底尋春處		V							
采桑子·寶釵樓上妝梳晚	V						V		V
卜算子·驛外斷橋邊			V					V	V
月上海棠·斜陽廢苑朱門閉									V

月上海棠·蘭房繡戶厭厭病											V
烏夜啼·金鴨餘香尚暖		V									V
沁園春·粉破梅梢	V										
沁園春·一別秦樓	V		V								
沁園春·孤鶴歸飛									V		
眞珠簾·山村水館參差路	V							V			V
柳梢青·十載江湖											V
夜遊宮·雪曉清笳亂起											V
夜遊宮·獨夜寒侵翠被											V
安公子·風雨初經社				V							
蘇武慢·澹靄空濛											V
漁家傲·東望山陰何處是	V	V						V			V
一叢花·尊前凝佇漫魂迷											V
極相思·江頭疏雨輕煙									V		
隔浦蓮近拍·飛花如趁燕子											V
隔浦蓮近拍·騎鯨雲路倒景											V
昭君怨·晝永蟬聲庭院			V								

雙頭蓮·華鬢星星									V
南歌子·異縣相逢晚									V
鵲橋仙·華燈縱博	V						V		V
鵲橋仙·茅簷人靜	V						V	V	V
長相思·暮山青	V								
菩薩蠻·江天淡碧雲如掃									V
菩薩蠻·小院蠶眠春欲老									V
訴衷情·當年萬里覓封侯									V
訴衷情·青衫初入九重城		V							
生查子·梁空燕委巢									V
上西樓·江頭綠暗紅稀									V
太平時·竹裏房櫳一徑深			V						V
月照梨花·霽景風軟	V								
月照梨花·悶已縈損	V								
釵頭鳳·紅酥手	V								
臨江仙·鳩雨催成新綠	V	V							
驀山溪·窮山孤壘	V								
齊天樂·角殘鐘晚關山路	V			V					

　　據上表，陸游詞於浙、常兩派的詞選中，選錄情況相當分散，未有集中於某詞的情形。其中浙派最喜〈朝中措〉（怕歌愁舞懶逢迎），常派則偏愛〈鵲橋仙〉（茅簷人靜）一闋，由其所好觀之，亦可體現二派的詞學思想。浙派高舉「雅正」旗幟，認爲婉約即是正宗，而〈朝中措〉（怕歌愁舞懶逢迎）一闋，雖是描摹歌女之神情意態，但卻寫得委婉曲折、細膩含蓄，正符合浙派對婉約雅正的需求。〈鵲橋仙〉（茅簷人靜）爲陸游客居蜀地之作，以景寄情，寫出自身宦遊時的孤獨飄零，將飄零覊旅之感發揮深透，與常派強調的微言大義相符。綜觀來看，〈朝中措〉（怕歌愁舞懶逢迎）、〈漁家傲〉（東望山陰何處是）、〈鵲橋仙〉（茅簷人靜）三闋皆受兩派歡迎，可知陸游詞於清代兩大詞派中皆被接受，並無有特別喜愛、偏好的情況出現，然此種情況應與陸游詞風格多樣密切相關。

　　其二、於譜體詞選中，再創陸游詞之格律典範。明代詞譜因處於試驗階段，因此整體而言皆未達成熟，然清代詞譜則是已臻完成，擁有更完備的體製及編纂方式，故從以往明代詞譜中的範式中再給予加強。由明代詞譜中所呈現的陸游詞的格律典範有〈釵頭鳳〉（紅酥手）、〈謝池春〉（賀監湖邊）與〈戀繡衾〉（不惜貂裘換釣蓬）三闋，然此三闋於清代詞譜亦屬熱門，除此之外，〈繡停針〉（歎半紀）與〈雙頭蓮〉（華鬢星星），皆有五部詞譜擇錄，尤其於要求格律甚嚴的清代，更可知其中音律之美，足以爲後世典範。

小　結

　　綜觀本章，陸游詞於詞集的刊刻，以及於歷代詞選、詞譜之接受情況，可得以下數端：

　　其一、陸游詞作早於刊刻《渭南文集》之時已附於後，並且由其子陸子遹進行整理，故陸游詞得以完整保存，爾後所出之詞集或有誤收、疏漏，但相去不甚遠，因此陸游詞於歷代流傳刊刻時，可達到最爲完整之傳播效果。

　　其二、宋金元朝詞選對陸游詞的接受，除黃昇《中興以來絕妙詞選》將焦點專注於南宋外，其他詞選對陸游詞的選錄皆不超過十闋，甚至金元詞選皆未擇錄陸游詞。然當時詞選正處於萌芽階段，編選範圍皆不大，體製也未成熟，加以陸游詞風格並未如同其詩般令人印象深刻，因此接受層面較小。

　　其三、明代詞壇雖不盛，但由嘉靖至崇禎時期，逐漸從關懷唐五代、北宋詞轉向南宋詞，而陸游也因此漸得重視，於詞選中所收錄的詞作比起以往數量明顯增多。但陸游詞也首度出現誤收，或誤作他人詞的情況，或因編者未盡校勘之責，或延續前代之謬，造成錯誤。此外，編纂詞譜的初步發聲，也足以見得陸游詞中聲律之典範。

　　其四、清代詞選、詞譜持續發展，已達高峰，詞壇上也出現為自身派別立論而編纂的詞選，其中以浙西詞派、常州詞派為甚，但觀察此二派對陸游詞之接受，並未顯現特別的偏好，甚至佳作皆選，或與陸游詞穠纖合度，婉約豪放兼具相關；由另一方面來看，此種詞風不強烈的作品更可得到普遍的接受。清代詞譜也藉由明代的奠基，更趨成熟、完備，同時亦呈現出有別於明代的陸詞格律典範。